I din himmel

Tidigare utgivning:

Övergreppet 1997
Hoppa in då! 1998
Någonstans inom oss 1999
Hela mig 2001
Utsaga 2005
Gärningsman 2006
Intrång 2009
Uppsåt 2010
Domslut 2011
Livstid 2012
Trauma 2014
Går i alla gårdar 2015
Kontroll 2016
Övrig händelse 2017

I din himmel

Ulla Bolinder

© Ulla Bolinder 2019
Omslag: Ulla Bolinder
Omslagsfoto: Pixabay
Förlag: BoD – Books on Demand, Stockholm, Sverige
Tryck: BoD – Books on Demand, Norderstedt, Tyskland
ISBN: 978-91-7785-317-6

DEL ETT

Larmsamtal till LKC
O: Operatören
M: Man
P: Polisen
K: Kvinna
S: Sjukvården

O: SOS 112, vad har inträffat?

M: Eh… jag skulle vilja anmäla ett… vad säger man… bråk, ett misshandelsbråk.

O: Pågående eller?

M: Ursäkta?

O: Pågår det just nu eller?

M: Det vet jag inte, men det är en man som har slagit ner en kvinna i elljusspåret här.

O: Ojdå. Då kopplar jag dig direkt till polisen. Stanna kvar i telefonen.

M: Tack, tack.

(ringsignal)

P: Polisen, vad har inträffat.

M: Hej, det har inträffat ett slagsmål uppe i elljusspåret här, och det…

P: Okej.

M: …ligger en kvinna nerslagen, och så är det en kille som springer runt och bråkar.

P: Okej, men var mer exakt är det?

M: Ja, var ska man säga att det är… Det är vid parkeringen bakom affärerna alltså, nedanför elljusspåret. Och det ligger en kvinna nerslagen, och så är det en kille som springer runt och härjar.

P: Ja, okej, är det nära järnvägsspåret eller?

M: Det är ovanför parkeringen där själva spåret börjar, uppe i backen där. Jag är inte så hemma här, för jag...

P: Är det Vråkvägen som går förbi där eller?

M: Ja, precis.

P: Ja.

M: Vi vill... jag vill att ni tar er hit och...

P: Ja, men den här kvinnan, är hon så skadad att hon behöver ambulans eller?

M: Ingen aning. Jag har blivit stoppad av en kvinna i en bil här, så jag har inte själv sett det.

P: Okej, du kan inte se dom nu heller?

M: Nej, jag ser bara... ser bara trädtopparna här nerifrån.

P: Okej. Du kan inte se personerna?

M: Nej, tyvärr.

P: Nej. Dom är nog... Hon ska ligga på marken, säger du?

M: Ja.

P: Men den här mannen som har slagit, är han kvar där?

M: Nej, det vet jag inte.

P: Nej.

M: (ohörbart) som jag har pratat med, hon är lite upprörd, så jag stannar hos henne här ett slag, ser att hon är okej.

P: Ja, kan jag få prata med henne.

M: Ja, det kan du få. Jag går runt bilen lite snabbt här så får hon telefonen.

P: Ja, vad bra.

K: Hallå, ja.

P: Hejsan, du pratar med polisen.

K: Ja, jag skulle ut och springa och hade precis kommit upp till spåret här, och då är det en man som bråkar med en kvinna, och han slår ner henne, eller om han hugger, det törs jag inte säga riktigt, för dom var ganska långt ifrån.

P: Okej.

K: Men jag ser att hon ramlar omkull, och jag skulle gå dit men vågade inte, så jag vände och gick ner till bilen igen.

P: Okej, du såg henne falla, men du vet inte om…

K: Nej, jag gick ner till bilen och satte mig, jag hade ingen telefon med mig, så jag tänkte att jag skulle vänta tills det kom nån som hade telefon som kunde ringa till er.

P: Okej, du är inte kvar på platsen.

K: Nej, jag är en bit ifrån.

P: Men han högg mot henne, säger du.

K: Ja, ja. Eller om han slog. Men jag vände och gick därifrån.

P: Ja, okej.

K: Jag tordes inte göra nånting. Om han hade kniv så tordes jag inte göra nånting.

P: Nej. Den här mannen, hur såg han ut då, hur gammal var han ungefär?

K: Nej, det hann jag aldrig… det hann jag inte se.

P: Okej. Tänkte du nånting på vad han hade på sig?

K: Nej, jag bara vände om så fort som möjligt och…

P: Okej.

K: …gick ner till bilen (ohörbart) ingen telefon (ohörbart) pratar i nu.

P: Ja, okej, då ska vi… Hur skadad såg hon ut att vara då, behöver hon ambulans eller?

K: Ja, nej, det… det vet jag inte, han fick bara omkull… knuffade bara omkull henne.

P: Såg du om han hade kniv då?

K: Nej, jag bara såg att hon föll.

P: Men ligger hon kvar på marken nu?

K: Nej, det vet jag inte, jag gick därifrån, så jag ser bara…

P: Okej. Du kan inte se dom nu?

K: Nej, nej, jag gick därifrån.

P: Ja, okej. Men du kommer inte ihåg nånting av hur han såg ut, hårfärg eller nån färg…

K: Nej.

P: …på kläder.

K: Nej, jag bara svängde runt och…

P: Ja, okej.

K: …tordes inte stanna.

P: Nej. Men kan du närma dig så pass att du kan se ifall den här mannen och kvinnan är kvar på platsen?

K: Ja, det… Kan du gå upp och se om dom är kvar? … Ja, han som är här med mig kan göra det, säger han.

P: Ditt sällskap går upp och ser efter?

K: Ja, så väntar jag här. Men dom är nog inte kvar.

P: Du tror att dom har tagit sig därifrån? Att kvinnan…

10

K: Ja, det är ju ett bra tag sen nu som jag såg det. Jag satt här i bilen och väntade på att nån skulle komma som jag kunde be ringa och då gick tiden. Jag tror att jag var lite chockad, faktiskt.

P: Hur länge satt du och väntade då?

K: Ja, det tog säkert tio minuter innan nån kom.

P: Jaha, tio minuter… då är det kanske…

K: Ja, dom har nog… Men det såg läskigt ut, i alla fall.

P: Ja.

K: Men det var nog inte så farligt som jag tyckte.

P: Nej.

K: Utan hon har nog… hon har väl endera sprungit ifrån honom eller om han stack iväg själv.

P: Okej. Ja, kvinnan då, hur gammal såg hon ut att vara?

K: Ja, det hann jag inte se förrän hon…

P: Okej.

K: Alltså det (ohörbart) heller, nej. Men nu kommer han tillbaka här, så nu ska du se att det har…

M: Hallå, det behövs en ambulans här! Det ligger en skadad kvinna däruppe och hon blöder, och jag… Jag springer tillbaka nu, och ser om jag kan… Skicka en ambulans så fort ni kan!

P: Du springer tillbaka.

M: Ja, fan vad dålig kondis jag har…

P: Ser du kvinnan?

M: Nej, inte än. Vänta lite, så är jag snart framme.

P: Ja, okej.

M: Ja, nu är jag här.

P: Vad ser du?

M: Hon ligger här, och hon är…

P: Är hon vaken och kontaktbar eller?

M: Nej, jag har inte försökt, men hon rör sig lite grand i alla fall, och det rinner rätt mycket blod från henne.

P: Kan du gå fram och bara kolla att du får kontakt med henne så att hon är vaken.

M: Ja, vänta ska jag se.

P: Ja.

M: (hörs svagt i bakgrunden) Hör du mig? … Nej, hon svarar inte.

P: Ser det ut som att hon andas då?

M: Ja, det gör det. Hon andas.

P: Men du…

M: Ja.

P: Jag ska koppla dig till sjukvårdens larmcentral direkt, så om du bara väntar här.

M: Ja.

P: Ambulans SOS, är du med eller?

S: Ja, jag är med.

P: Kan du skicka en ambulans till elljusspåret vid Vråkvägen.

S: Jajamän. Har vi nån närmare adress där?

P: Ja, det är… vad sa ni, Vråkvägen som går förbi där?

M: Ja, första infarten efter vårdcentralen här. Skynda er, skynda er!

S: Jajamän, vi ska koppla ut honom med en gång.

P: Ja, det är en blodig kvinna som ligger där.

M: Vafan ska jag göra?

P: Hallå.

S: Du, den här tjejen, andas hon eller?

M: Ja, hon andas. Hon ligger... hon ligger...

S: Ambulansen är på väg.

M: Skynda er, skynda er!

P: Polisen är på väg också. Hallå.

M: Ja.

P: Vet... kan du berätta för mig lite snabbt bara vad det är du ser?

M: Hon ligger här livlös. Hon är inte död, men hon har svårt att (ohörbart) och alldeles blodig.

S: Var är hon blodig?

M: Hon har... hon kan... hon andas inte riktigt.

S: Nej, jag förstår. Kan du gå fram och lägga henne i framstupa sidoläge, tror du?

M: Ja, jag har gjort det, jag har gjort det.

S: Har hon kläder på sig, annars kan du kanske lägga över henne din jacka.

M: Ja, jag ska göra det. Jävla svin!

S: Du ser att hon andas eller?

M: Ja, hon andas, men hon... Fy fan, ni måste skynda er!

S: Ja, dom kör så fort dom kan.

M: Hon har blivit nerslagen och släpad hit till...

P: Polisen här igen. Har hon sagt att hon har blivit våldtagen eller så?

M: Nej, hon...

P: Du har inte sett nån när du kom fram utan du hittade...

M: Nej.

P: ...henne liggande där bara.

M: Ja, hon har blivit släpad hit.

P: (ohörbart) kommer alldeles strax då.

S: Ambulansen är på väg.

P: Hm, jättebra.

M: Hon andas.

S: Ja.

M: Hon är slagen så in i helvete och (ohörbart) släpspår från vägen och in här.

P: Ja.

S: Går det att prata med henne?

M: Nej, nej... åh... fy fan.

P: Är du ensam på platsen med henne?

M: Ja.

P: Ja. Försök att ta det lite försiktigt med att röra, för det är hundpatrull på väg också som ska spåra lite.

M: Okej.

S: Ni sa första infarten efter vårdcentralen.

M: Ja, ja, första där. Ni måste vara här snart!

P: Dom kommer alldeles strax.

S: Jajamänsan.

M: Fan, nu kommer det folk här också. Nu blir det...

P: Ja, försök hålla dom lugna där bara, vi kommer fram alldeles strax.

M: Ja. (manlig röst i bakgrunden) Vad har hänt?

M: Jag vet inte. Hon är slagen och... (manlig röst i bakgrunden) Vem har slagit henne?

M: Jag vet inte. Dom kommer alldeles strax. Nej, nej, hon ska ligga så, hon ska ligga så!

P: Ja, försök att inte röra henne för mycket bara utan...

M: Ta det lugnt, ambulansen kommer. Hon lever, hon

andas. Hon andas, hon andas.

P: Vad heter du som ringer?

M: Leif Brolin.

P: Telefonnummer till dig, Leif.

M: Fan vad lång tid det tar.

P: Dom kommer alldeles strax. Telefonnummer till dig, Leif.

M: (ohörbart)

P: Det är många bilar på väg. Dom kommer alldeles strax.

M: Varifrån åker dom då? Varför tar det så jävla lång tid?

P: Dom åker från centrum. Dom är i området.

M: Det är fan inte sant!

P: Jodå, dom kommer alldeles…

M: Nej, det är fan inte sant! Fy fan vad dåligt! Men hon andas (ohörbart). Ja, hon andas. Nu kommer dom, nu kommer dom!

P: Kommer ambulansen nu eller är det polisen?

M: Var fan är ambulansen?

P: Är det polis?

S: Dom är där alldeles strax. Dom är i rondellen vid idrottsplatsen. Dom är strax framme.

M: Det har du sagt i tio minuter nu!

S: Du ringde för fem minuter sen, ringde du till oss, så det har inte gått så lång tid.

M: Det ska jag fan…

P: Har polisen kommit fram nu?

M: Ja, men det är ju för fan viktigare med ambulansen!

P: Ambulansen och polisen kör så fort dom kan. Dom

kommer alldeles strax.

S: Ja, nu la han på där.

P: Ja, nu bröts det. Ja, ja.

S: Ja, ambulansen är framme nu.

P: Ja, det är bra. Och vi har flera patruller på väg dit, så det är jättemånga bilar.

S: Ja, vi har två ambulanser på väg dit.

P: Ja, vad bra. Fick du nåt mer innan där eller?

S: Nej.

P: Nej.

S: Nej, ingenting. Jag kopplade ju han med en gång där.

P: Ja, det är ju jättebra.

S: Ja.

P: Ja, han var väldigt upprörd. Jag förstår det.

S: Ja, det förstår man ju.

P: Ja.

S: Jamen det är bra.

P: Jättebra, tack ska du ha. Hej då.

S: Hej.

1

Nu är det dags igen, Mårtensson. En kvinna har hittats våldtagen och mördad i motionsspåret uppe vid Vråken. Det hände i fredags vid åttatiden och hela det stora maskineriet har dragits igång. Under kvällen och natten satte vi upp kontrollplatser på olika ställen, och alla bilförare och passagerare som visade tecken på avvikande beteende eller såg skumma ut i största allmänhet stoppades och kontrollerades.

Det är Eva Thorén som är förundersökningsledare, och det tycker jag är bra, för hon är lätt att ha att göra med. Men jag saknar dig, Mårtensson. Du borde vara här nu och hjälpa till med det här! Men vi är ett bra team, och slipper vi bara Holth så mycket som möjligt är jag nöjd. Fast helt kan vi inte undkomma honom. Särskilt inte jag, för mig har han ett extra horn i sidan till, och han försöker komma åt mig så ofta han kan. Han är faktiskt inte riktigt klok. I det här läget måste vi ställa alla personliga motsättningar åt sidan och koncentrera oss på utredningen, anser jag. Stora, krävande utredningar, där det gemensamma målet är viktigt för alla, brukar skapa ett bra arbetsklimat, och så hoppas jag att det ska bli den här gången också, trots Holths krumbukter. En del slänger käft och har en jargong som inte passar mig, men man behöver ju inte delta om man inte vill.

Minns du hur det känns att ligga i startgroparna inför en ny, stor mordutredning? Man tror, hoppas och vill så

17

mycket, fast man anar att man snart kommer att sitta där och inte veta hur fan man ska komma vidare. Så hoppas jag att det inte ska bli den här gången. Så hoppas jag varje gång att det inte ska bli, trots alla erfarenheter av motsatsen. Ja, du vet hur jag är, Mårtensson. Envis som en åsna och naiv som en nyfödd kattunge. Nej, naiv är jag nog inte, men hoppfull, för det måste man vara om man ska klara av det här jobbet.

Jag har börjat höra patrullerna som var först på plats för att skapa mig en bild av det initiala läget. Vi har dessutom en del vittnen som ska höras. Ett är till och med ett ögonvittne, men hur stor nytta vi kommer att ha av det återstår att se. Det var två anmälare som pratade växelvis i samma telefon, och det ena, som är en kvinna, ska enligt uppgift ha sett gärningsmannen när han angrep offret. Men det var på ganska stort avstånd hon gjorde iakttagelsen, så vi vågar inte hoppas på för mycket.

Jag började med att höra Björn Larsson. Honom minns du, för han har jobbat här länge. Jag tror att du gillade honom, och det gör jag också, för han är lugn och sansad och en skicklig polis som inte låter sig rubbas i första taget.

Det aktuella passet åkte han som yttre befäl och senare som insatschef tillsammans med kollegan Patrik Ståhl i radiobil 2720, som var först på plats drygt tio minuter efter larmet. När jag pratade med Björn redogjorde han för insatsen och berättade att vid den tidpunkten var kvinnan fortfarande vid liv men hade livshotande skador. Hon var slagen i huvudet och troligtvis våldtagen och var inte kontaktbar. Patrik och en annan kollega började arbeta med henne och gav HLR tills ambulanspersonalen kom och tog över.

Björn Larsson

Vi befann oss i närheten av tennishallen när larm gick ut från LKC. Vi informerades om att det hade skett en våldtäkt i löparspåret uppe vid Vråken och beordrades dit. Med oss åkte även Oscar Ljung och Jenny Olsen i radiobil 2340, Jeanette Eriksson och Tobias Sager i radiobil 3020 och Per Ström i radiobil 7230. På väg fram fick vi veta att kvinnan var livlös.

Vi i bil 2720 var först på plats. Ambulansen hade fortfarande inte anlänt men kom några minuter senare. Vi möttes av anmälaren som visade oss platsen där kvinnan låg. Jag skickade fram Oscar och Patrik för att kontrollera hur det var med henne. I det läget förstod vi inte att hon var så illa däran som hon var, men vi fick ganska snart klart för oss att hon hade livshotande skador, och Patrik och Oscar började arbeta med henne och gav henne hjärt- och lungräddning.

Själv koncentrerade jag mig på att få bort obehöriga från platsen, få området avspärrat och säkra personer som befann sig i närheten. Anmälaren var framme vid kvinnan och hade svårt att hålla sig borta. Han hade lagt sin jacka över henne och var chockad och irriterad.

Ganska omgående lyckades vi spärra av ett stort område för att inte riskera att gå miste om viktig bevisning. Jag och en kollega gick därefter längs spåret mot fyndplatsen för att påbörja bevakningen av avspärrningen. Det var mörkt ute, men i skenet från min ficklampa uppmärksammade jag att det tvärs över löparspåret var märken i gruset. Jag tyckte att det såg ut som om nånting hade släpats där. När jag kontrollerade närområdet såg jag att vi var precis i höjd med fyndplatsen, som låg cirka trettio meter in i skogen i nordvästlig riktning. Det som jag bedömde som ett släpspår var cirka sextio centimeter brett och gick från den ena sidan av löparspåret till den andra och rakt in mot den aktuella platsen.

När jag kom fram till den skadade kvinnan låg hon på rygg. Patrik höll henne i huvudet och försökte blåsa in luft i pocketmasken. Jag såg att hon var mycket svårt skadad i huvudet och att hon var blodig också nertill på kroppen. Anmälarens jacka låg över henne, men jag kunde se att hennes byxor var nerdragna till anklarna, och det verkade som om hon hade blivit utsatt för ett sexuellt övergrepp. Anmälaren ville ha tillbaka sin jacka, men den tog vi i beslag, eftersom den hade legat över kvinnan och kunde ha spår av gärningsmannen på sig. I detta läge trodde jag inte att kvinnan skulle överleva. Jag bad därför LKC att informera beredskapskommissarie Eva Thorén för att hon skulle bli inkopplad på ärendet, och hon gick omedelbart in som förundersökningsledare.

2

Oscar Ljung åkte tillsammans med kollegan Jenny i radiobil 2340 och var först på plats tillsammans med Björn och Patrik. Oscar var den av poliserna som kom fram till den skadade kvinnan allra först. Han försökte få kontakt med henne men lyckades inte. Oscar är ung och relativt oerfaren, och jag märkte på honom när han berättade, att händelsen hade gjort starkt intryck på honom. Han kunde utan problem redogöra för sin insats, men han var fortfarande lite skärrad när jag träffade honom.

Oscar Ljung

När vi kom fram till platsen rusade jag ut ur polisbilen och upp mot ett ställe där jag såg att det rörde sig lite folk. Det var en tre, fyra stycken, och dom var i chocktillstånd och surrade runt som getingar kring en kvinna som låg på marken cirka tjugofem meter från en upplyst gångväg. På gångvägen kunde man se ett brett släpspår i riktning mot platsen där hon låg. Det såg ut som om hon hade blivit överfallen på gångvägen och därefter dragen åt sidan ut i terrängen.

Jag sprang fram och försökte få kontakt med henne, men hon verkade livlös och gav ingen respons på tilltal. Hon låg på vänster sida, i en onaturlig ställning med en jacka utbredd över sig. Det såg ut som om nån hade försökt lägga henne i framstupa sidoläge men inte lyckats riktigt. Hon låg i en ställning som en person som har råkat ut för en svår trafikolycka kan göra. En lealös kropp som fortfarande hänger ihop fast den är krossad inuti, eller hur jag ska säga.

Det var väldigt mörkt på platsen men jag kunde se att hon låg med huvudet direkt mot marken och hade ansiktet nästan nere i jorden. Min första tanke var att hon inte kunde andas i den ställningen. Jag lyfte därför upp hennes huvud och vred ansiktet så att hon låg med det åt sidan och kunde få luft. Ansiktet var blodigt och svullet och jag tänkte att jag inte skulle titta så mycket på det.

Patrik från radiobil 2720 kom strax efter mig, och han hade en ficklampa med sig. Innan dess hade jag varit utan ljus. Vi lät anmälaren, som fortfarande uppehöll sig i närheten, att hålla lampan medan Patrik påbörjade en mer noggrann undersökning av kvinnan. Han har sjukvårdsutbildning och visste vad som behövde göras. Han kände en svag puls men ingen andning och ropade efter mask.

I samband med att vi skulle lägga henne på rygg för att påbörja HLR tog jag bort jackan som låg över henne. Då såg jag att hennes joggingbyxor var nerdragna till fötterna. Hennes trosor var också nerdragna så att man såg hennes underliv. Det var alldeles blodigt, och av en ren impuls drog jag tillbaka jackan över henne för att skyla henne nertill. Strax därefter kom ambulanspersonal till platsen och tog över.

3

Patrik Ståhl åkte tillsammans med Björn Larsson, som var yttre befäl, i radiobil 2720 som anlände till platsen samtidigt med radiobil 2340 med Oscar och Jenny. Patrik är sjukvårdsutbildad och insåg nästan genast att kvinnan var så svårt skadad att han måste ge henne andningshjälp och hjärtkompressioner.

Patrik Ståhl
Vi blev larmade till Vråken med anledning av ett kvinno-överfall. Vi anlände till platsen samtidigt som radiobil 2340 med Oscar Ljung och Jenny Olsen kom dit.

När jag klev ur bilen såg jag en man i vit T-tröja som vinkade och skrek på hjälp. Det stod ytterligare tre, fyra personer tillsammans med honom. En kollega sprang fram till den livlösa kvinnan som låg på marken. Björn sa åt mig att spärra av. Själv gick han mot dungen där kvinnan låg, medan jag började dra banden. Men när han såg hur allvarligt läget var sa han åt mig att släppa avspärrningen och ta hand om kvinnan istället. Oscar och mannen i den vita T-shirten var då på plats vid offret. Denne man, som visade sig vara anmälaren, hördes senare av polisassistent Jeanette Eriksson i radiobil 3020.

När jag kom fram såg jag en kvinna ligga på marken med en svart jacka över sig. Hon låg på vänster sida med huvudet i riktning mot berget. Det var mycket blod vid huvudänden. Jag såg också att hennes byxor var nerdragna, men jag tänkte inte så mycket på hennes klädsel eftersom jag fokuserade på hennes huvud och på vad jag skulle göra. Anmälaren surrade runt och kunde inte hålla sig lugn, så jag sa åt honom att hålla min ficklampa och rikta den mot kvinnan. Han berättade att det var han som hade lagt sin jacka över henne.

Jag satte mig vid hennes huvudända. Anmälaren stod till vänster om mig och Oscar stod till höger. Jag började med att vända henne på rygg. Jag vred sedan upp huvudet för att kontrollera andning och puls. Det var mörkt på platsen men jag kunde direkt konstatera en större skallskada i bakhuvudet som såg deformerat ut och var täckt av blod. Ansiktet låg vänt åt sidan, och jag lyfte huvudet för att få det mer rakt upp. Det var dåligt ljus men jag kunde se att hela munnen var igenmurad och kladdig. Jag stoppade in fingrarna för att få bort det som eventuellt kunde ligga i vägen för andningen. Munnen var en enda sörja. När jag rörde på fingrarna hördes ett pysande som av andning. Jag försökte därefter hitta pulsen på halsen och kände då att hon var väldigt kall. Jag gnuggade henne på vänster sida av halsen och tyckte mig känna en mycket svag och fladdrig puls, men det kan ha varit från mina egna fingrar. Initialt hörde jag en svag rossling, men jag såg inte att bröstet hävde sig. Efter rosslingen uppfattade jag ingen andning mer.

Jag ropade att jag behövde mask och fick det direkt. Jag försökte placera masken över munnen på henne, men det var svårt att få fäste för att det var så halt och sörjigt. När den till slut var på plats började jag blåsa. Pysandet kom inte tillbaka och jag insåg att hon inte hade andning och tänkte att jag måste börja med kompressioner. I samma stund kom ambulanssjukvårdarna och tog över.

4

Jeanette Eriksson arbetade tillsammans med Tobias Sager i radiobil 3020 den här kvällen. Hon var den första som pratade lite mer ingående med anmälarna, och hon fick fram ett vagt signalement på gärningsmannen som omedelbart skickades ut till radiobilarna.

Jeanette Eriksson
Vi fick i uppdrag att köra mot Vråkberget med blåljus och styrde omedelbart dit. När vi väl var på plats och jag precis hade klivit ur bilen hörde jag en kollega ropa efter mask. Jag tog fram sjukvårdsväskan och rusade upp med masken. Medan jag sprang fram ropade Björn "akta spåren" eller nåt liknande. Jag såg då några släpspår över vägen och sprang på vänster sida upp mot platsen där kvinnan låg. Patrik hade precis vänt henne på rygg. Han fick masken av mig för att påbörja inandning med den, men det var svårt beroende på att den inte fick ordentligt fäste.

Efter cirka en minut kom den första ambulansen. Jag tog upp min ficklampa och lyste. Jag såg att kvinnans hals var blålila liksom hennes ansikte. Allt var svullet och blodigt. Hon hade en svart jacka över sig som togs bort när ambulanspersonalen kom. Jag hörde i efterhand att jackan tillhörde anmälaren som hade hittat henne. När den togs bort såg jag att hennes byxor var nerdragna till vristerna så att hennes underliv var bart. På överkroppen hade hon en röd långärmad tröja som ambulanspersonalen klippte upp, och under den en tunnare vit tröja och en svart behå som också klipptes upp.

Efter att kvinnan var avförd blev jag ombedd att ta mig an närvarande personer på platsen. Det var avspärrat en bit upp mot berget och hela gräsplätten ner mot infarten och parkeringen. Det stod mycket folk längre bort, men dessa personer hölls på avstånd från brottsplatsen och jag idade i första hand övriga personer.

När jag hade lett bort även dessa mot avspärrningsbanden såg jag hur en relativt lättklädd man kom gående. Han hade jeans och bara en tunn T-shirt på sig, och tröjan var blodig. Jag frågade vem han var och bad om id. I det läget blev han arg och sa att det inte var viktigt vem han var, men att det var han som hade hittat kvinnan. Han var mycket upprörd över att det hade tagit så lång tid innan ambulansen kom till platsen, och jag insåg att det fick gå en stund innan jag kunde hålla ett förhör med honom eftersom han var chockad och tyckte att alla poliser var amatörer. Jag pratade med honom i polisbilen senare när allting började dra ihop sig och patrullen stod i begrepp att lämna området.

Innan dess fick jag kontakt med kvinnan som hade sett gärningsmannen. Hon var upprörd och virrig, och jag agerade så lugnt jag kunde för att inte pressa på med för många frågor. Det gäller att ha tålamod och ta sig tid även om det är bråttom. Blir man frustrerad får man inte visa det utan tygla sig, för annars kanske vittnet låser sig helt. Men vi behövde få fram info så att kollegerna i patrullbilarna skulle få nånting att gå på. I vår värld handlar det ju om att få fram spår och hitta gärningsmannen, och man har kort tid på sig, för spåren försvinner snabbt.

För en person i chock kan det vara svårt att hjälpa till med info. Det tar tid att ta in det som hänt, bearbeta och kunna prata om det. Det måste vi vara medvetna om, men det är väldigt tålamodsprövande och frustrerande att behöva vänta när varje minut är dyrbar och man vet att kollegerna ropar efter uppgifter. Man åker på ett jobb och är på plats i tid men får inget att leta efter. Till slut tittar man efter vad som helst som är avvikande.

Det var så det var för våra kolleger ute i patrullbilarna den här kvällen. Jag jobbade stenhårt på att få kvinnan att berätta vad hon sett, och till slut fick jag henne att lägga fram det lite mer sammanhängande, och vi kunde skicka ut ett svagt signalement på gärningsmannen till bilarna som cirklade runt i närområdet.

5

Kristina Lundholm åkte tillsammans med kollegan Lars Holmkvist i ambulans 7954, som var första ambulans på plats. När hon såg kvinnans svåra skador förstod hon att kvinnan inte skulle överleva och att det handlade om ett mord.

Kristina Lundholm
Vi körde in till Vråken via den bom som är i anslutning till torget. Vi åkte på insidan av gångvägen och parallellt med Vråkvägen. När vi befann oss på gångvägen mötte vi tre tonårskillar som kom gående från det håll där kvinnan hittats. Jag reagerade i efterhand på att dom inte vinkade och sprang efter oss. Folk brukar peka mot olycksplatser och springa efter ambulansen för att dom är nyfikna, men det gjorde inte dom här killarna. Dom gick bara lugnt därifrån. Jag uppskattade att dom var i sextonårsåldern och av utländsk härkomst. Jag har inga minnesbilder av klädsel eller detaljerat utseende.

När vi kom fram till början av gångvägen såg jag poliser i en skogsdunge och började gå i den riktningen. En kvinnlig polis som stod vid avspärrningen sa till mig att det var allvarligt, och då började jag springa.

Kvinnan låg insläpad i en dunge med huvudet bakom ett träd i riktning mot berget. Hon låg på rygg, och en polis gav andningshjälp med pocketmask. Min kollega Lars kände på handlederna efter kvinnans puls och slet upp kläderna på henne. Hennes träningsbyxor var nerdragna till fötterna så att man kunde se hennes underliv. Hon hade inga trosor och underlivet var söndertrasat och blodigt. Lars lät polismannen fortsätta med inblåsningarna och klippte upp behån för att komma åt bröstkorgen. Han satte sen igång med HLR, och jag sprang och hämtade syrgas från ambulansen.

När jag återkom sa jag till polisen att backa och började göra inblåsningar på henne med Rubensblåsan. Det var kallt, mörkt och mycket folk runt omkring, så det var svårt att hjälpa henne. När båren kom lyftes hon upp på den och bars av Lars och ytterligare en kollega. En polis höll i syrgasen, och jag fortsatte att ventilera henne medan hon fördes mot ambulansen.

Inne i ambulansen satt jag vid hennes huvudända. Min uppgift var att kontrollera huvud- och halsregionen. Jag började med att titta på huvudskadan och gick långsamt neråt. När jag såg hur fruktansvärt misshandlad hon var tänkte jag: Det här är mord. Hon var fortfarande vid liv, men när jag såg hennes tillstånd var jag övertygad om att hon inte skulle överleva.

6

Patrullen i bil 2080 med polisassistent Jonas Sjöwall och polisassistent Markus Forslund blev skickad till sjukhuset för att säkra kvinnans kläder. Ambulansen hade strax innan anlänt till sjukhuset och kvinnan var förd till traumarummet. Efter ungefär en halvtimme kom ett meddelande om att hon hade egen puls och skulle flyttas till IVA. Innan dess fick patrullen tillåtelse att fotografera hennes skador.

Jonas Sjöwall

Av LKC skickades vi till sjukhuset med anledning av att en kvinna blivit våldtagen och svårt misshandlad. Vår uppgift var att säkra offrets kläder. När vi kom till sjukhuset hade ambulanspersonalen kommit in med kvinnan. Hon hade precis blivit förd till traumarummet. Vi pratade med en av ambulanssjukvårdarna som sa att hon blivit våldtagen. Hennes byxor hade varit nere vid fötterna när hon hittades. Sjukvårdaren sa att hon troligtvis inte skulle klara sig. Hon hade blivit strypt och hade kraftiga blåmärken runt halsen. Hon hade även blivit slagen i huvudet med ett järnrör eller liknande.

Vi informerade sjukvårdspersonalen om att vi ville ta kläderna i beslag och att varje plagg skulle förpackas i papperspåsar var för sig. Personalen lovade hjälpa till med detta så snart kvinnans tillstånd medgav det.

När vi kom till sjukhuset var kvinnan medvetslös och

hade ingen puls, men när vi hade varit där cirka trettio minuter meddelade personalen att hon hade fått svag puls. En stund senare kom en läkare ut från traumarummet och bekräftade att hon hade egen puls och skulle flyttas till IVA. Läkaren sa att vi kunde komma in och fotografera henne innan hon skulle köras iväg.

Vi gick in i rummet för att fotografera och plocka ihop kläderna som skulle tas i beslag. Det jag kommer ihåg av hennes skador är att det var mycket blod från halsen och uppåt och blåmärken runt halsen. Hon blödde ur näsan och vänster öra. Bakhuvudet och håret var täckt av blod, men det var svårt att se själva såret eftersom hon låg på rygg. Det var också svårt att bedöma vad hon hade för skador i ansiktet på grund av att det var så blodigt. Även låren var blodiga, och underlivet var blodigt och väldigt uppsvullet.

Vi fotograferade och tog emot kläderna och lämnade därefter sjukhuset.

7

Jag ska kanske redogöra för hundinsatserna också, så att du får hela bilden klar för dig. Det var hundförare Joakim Holm som fick i uppgift att biträda, och han gjorde spårsök med sin hund Access. Han hittade ett ställe i anslutning till brottsplatsen där gräset var nertrampat och där en tom karamellpåse låg på marken. Platsen spärrades av, men när tekniska hade undersökt den, kunde man bara konstatera att spåret inte var intressant i sammanhanget. Orsaken till den bedömningen framgår inte av rapporten.

På platsen där kvinnan hittats upptäckte Joakim ett hål i marken där det såg ut att ha legat en sten. Hålet var cirka femton centimeter i diameter och cirka fem centimeter djupt och fanns ungefär femtio centimeter till höger om kvinnans huvudposition. Att döma av jorden i och intill hålet verkade det som att stenen, om det nu var en sten, nyligen hade tagits upp. Jorden var färsk och hade inte påverkats av väder och vind. Joakim markerade platsen och informerade teknikerna om upptäckten. Den stenen kan mycket väl vara mordvapnet, men den påträffades aldrig, så i så fall måste förövaren ha tagit den med sig.

Joakim sökte också med sin hund längs vägen och fick upp ett spår som gick över fotbollsplanen, men på andra sidan var det tapp. En utbildad spermahund med förare anlände också till platsen, men inte heller den fick upp några spår som kunde vara till nytta.

Hundinsatserna gav alltså ingenting. När teknikerna var klara med sitt arbete hävdes avspärrningarna och samtliga inblandade i insatsen samlades på stationen för avrapportering och avlastningssamtal.

Jag sitter här med rapporterna från det första dygnet. Klockan 00.30 ringde en kollega till sjukhuset för att kontrollera offrets tillstånd. Hon blev då kopplad till CIVA där en läkare meddelade att kvinnan hade avlidit och dödförklarats klockan 23.38.

Vi vet fortfarande inte vem hon är. Ingen har anmält henne saknad. Ingen mobiltelefon eller några andra personliga tillhörigheter som kan hjälpa oss att fastställa hennes identitet har påträffats på brottsplatsen. Ingen bil eller cykel som kunde tillhöra henne fanns på parkeringen, så det ligger nära till hands att tro att hennes bostad är belägen i närområdet och att hon har tagit sig till motionsspåret till fots.

I nuläget vet vi inte vilken typ av bevisning som kommer att utkristalliseras vid den tekniska undersökningen, men vi hoppas naturligtvis på DNA. I väntan på besked koncentrerar vi oss på att höra alla kända vittnen och knackar dörr i området för att eventuellt hitta flera som kan ha sett eller hört nånting.

Birgitta Olsson är vårt hittills viktigaste vittne. Hon såg gärningsmannen och har lämnat en vag beskrivning av honom. Signalementet skickades ut till bilarna, trots att det var bristfälligt och intetsägande, för det var ju viktigt att komma igång med sökandet, även om det inte fanns så mycket för patrullerna att gå på.

När jag träffade Birgitta var hon fortfarande ganska uppjagad, men förhöret löpte på bra. Jag behövde bara skjuta in korta frågor då och då. Hon hade inga problem med att redogöra för händelseförloppet, men när jag bad henne koncentrera sig på mannens utseende, och försöka beskriva honom lite närmare, hade hon inte mycket att komma med. Hon var fortfarande uppriven och hade skuldkänslor över sitt eget agerande i samband med händelsen, och till slut bestämde jag mig för att inte pressa henne mer.

Birgitta Olsson

En kvinnlig polis skulle förhöra mig, och hon tog in mig i ett litet förhörsrum där det inte fanns mycket mer än ett bord och några stolar. Jag fick sätta mig på den ena sidan bordet, och hon satte sig på den andra, och mellan oss hade vi en liten bandspelare som jag skulle prata in i. Jag kände mig nästan som en brottsling, men jag begrep ju att jag måste berätta vad jag hade sett, fast jag inte kunde beskriva det så bra.

Jag skulle alltså ut och springa lite, eller jogga, för löpa orkar jag inte, så jag åkte till Vråken och ställde bilen på parkeringen som jag brukar. Det hade regnat hela dan fram till sextiden, så det var inga andra där när jag kom. Inga bilar i alla fall, men två cyklar såg jag, i kanten av parkeringen.

Ja, och så går jag upp till spåret då, och det första jag ser är en man som slår ner en kvinna. Det är på långt håll, så jag ser inte om han slår eller knuffar eller hugger henne, men hon ramlar i alla fall omkull, och jag tänker att jag måste springa dit, men jag vågar inte och vänder och går ner till bilen igen och vet inte vad jag ska göra. Jag hade ingen telefon med mig, så jag kunde inte ringa till polisen, och inte var jag säker på vad som hade hänt heller. Jag bara satt där i bilen, och jag var nog lite chockad, tror jag, men jag bestämde mig för att vänta tills det kom nån som hade telefon så att jag skulle kunna ringa i alla fall.

Efter cirka fem minuter kom två tjejer joggande uppifrån spåret, och då tänkte jag att dom måste ha sprungit förbi där jag såg det hända, så då kunde ju ingen ligga där, tänkte jag. Då måste ju kvinnan ha klarat sig i alla fall. Och jag hann inte fråga tjejerna om dom hade en telefon, för dom kastade sig direkt upp på cyklarna och for iväg.

Jag var precis på väg att starta bilen och åka hem när jag slogs av tanken att mannen kanske hade släpat in kvinnan i skogen, och att det var därför tjejerna inte hade sett nånting, och då bestämde jag mig för att vänta tills nån med telefon kom i alla fall, så att polisen fick undersöka saken. Jag hade ju lite dåligt samvete eftersom jag hade gått därifrån och inte hade försökt hjälpa henne. Jag var nog lite chockad, tror jag, och rädd, för om han hade en kniv eller nåt annat vapen kunde han ju ha gett sig på mig med, tänkte jag.

Så jag satt kvar i bilen, och efter kanske tio minuter svängde en annan bil in på parkeringen och stannade. Jag väntade tills den som körde hade klivit ur, för jag ville se vilken sorts människa det var, och det var en man, och han såg ganska beskedlig ut, tyckte jag, så jag gick fram till honom och frågade om han hade en telefon. Jag berättade vad jag hade sett och bad honom ringa till polisen, och det gjorde han efter en stund.

Ja, sen ville dom prata med mig med, och jag förklarade igen vad som hade hänt, och dom ställde en massa frågor som jag tyckte att det var svårt att svara på, och sen sa dom att jag skulle gå och se efter om kvinnan låg kvar däruppe, men det vågade jag inte, så jag bad mannen med mobilen att gå istället medan jag var kvar i telefonen med polisen.

Efter bara en kort stund kom han tillbaka och var upprörd och sa att kvinnan låg däruppe och var skadad. Jag blev helt chockad då och tänkte att jag kunde ha räddat henne om jag hade gått tillbaka. Jag bara satte mig i bilen igen medan han tog sin telefon och sprang tillbaka upp för att se hur det var med henne. Jag tänkte nästan åka hem då, men det gjorde jag inte i alla fall, och sen kom polisbilar och ambulanser och det blev ett rysligt ståhej. En av poliserna kom fram och frågade vem jag var, och när jag hade sagt det bad han mig sitta kvar i bilen och vänta, och sen kom en kvinnlig polis och pratade med mig och ville att jag skulle beskriva hur mannen däruppe hade sett ut, men det kunde jag nästan inte, för jag hade bara sett honom på långt håll. Men av medellängd var han, och mörkhårig, om han inte hade en mörk mössa på sig, och han hade en grå, långärmad tröja, såg jag, och det berättade jag för den där kvinnliga polisen då, när hon kom och pratade med mig i bilen.

8

Nu är den mördade kvinnan identifierad. Hon heter Karin Wiklund och var fyrtiofem år gammal. Hennes anhöriga är underrättade och vi ska prata med alla senare.

En väninna till henne tog kontakt med oss och berättade att hon hade hört om mordet på nyheterna och blivit orolig eftersom hon visste att Karin brukade springa i spåret uppe vid Vråken. Och när hon inte lyckades få kontakt med Karin under hela helgen, och inte heller på hennes arbete veckan efter, befarade hon det värsta och vände sig till oss.

Husrannsakan har verkställts i Karins lägenhet, som är en tvåa i ett höghusområde cirka femhundra meter från motionsspåret. Men det har inte gett mycket av intresse. Hon hade få vänner och levde ett ganska ensamt och tillbakadraget liv. Om hon åtminstone hade haft en dator eller en smartphone, men det fanns ingen dator i hennes lägenhet och ingen mobiltelefon heller. Enligt hennes väninna tyckte hon att det räckte med datorn på jobbet. Men hon hade en e-postadress, och den undersöker vi nu utan alltför stort hopp om att det ska ge nånting. När det gäller mobiltelefonen hade hon enligt väninnan bara en gammal Nokia med kontantkort, och den har vi inte hittat eller kunnat spåra. Det troliga är att hon hade den med sig i löparspåret och att gärningsmannen tog den. Detsamma gäller hennes dörrnycklar, som hon rimligtvis borde ha tagit med sig när hon gav sig iväg hemifrån.

Efter den första intensiva kvällen och natten när patruller körde runt på gatorna och aktivt letade efter gärningsmannen, har utredningen gått in i den lugnare fasen med inre spaning. Vi följer upp info som vi har fått in via dörrknackningen och från personer som på eget initiativ har kontaktat oss. Folk som bor i husen intill har blivit uppsökta och utfrågade, och vi har skickat ut en vädjan om att personer som använde löparspåret för att promenera, jogga eller rasta hunden den aktuella kvällen ska höra av sig.

En tipstelefon har inrättats. Tips om våldsamma män har kommit in; tips om män som slår sina flickvänner och fruar, tips med syftet att sätta dit en ovän eller fiende, tips och polisanmälningar från kvinnor som har blivit ofredade eller överfallna av obekanta män på gatan – och alla måste i vanlig ordning tas på allvar och undersökas. Högarna med uppslag växer för varje dag. Många är inte möjliga att bearbeta eftersom uppgifterna är så oprecisa och inte innehåller konkret information. Vissa som ringer vill vara anonyma, andra är inte riktigt nyktra och börjar breda ut sig om hur oduglig svensk polis är eller ger förslag på vad vi borde göra med alla invandrare som kommer hit och begår brott.

Vi har gått igenom aspen och signalementsregistret för att hitta personer som stämmer in på beskrivningen av gärningsmannen. Vi letar i minnet och i våra register efter andra anmälda våldsbrott mot kvinnor och kollar om det finns omhändertagna föremål från tidigare fall som kan undersökas ytterligare för att få fram en DNA-profil. Gamla olösta fall granskas och jämförs, och i det sammanhanget är naturligtvis Tunnelmannen högintressant. Du minns väl Tunnelmannen? Vid det här laget har vi, förutom ett antal våldtäktsförsök, sex fullbordade våldtäkter som han med säkerhet kan bindas till. Den senaste våldtäkten inträffade för bara ett par månader sen. Tillvägagångssättet har hela tiden varit detsamma och vi har säkrat DNA i samtliga fall.

Frågan är om det verkligen är han som har gjort sig skyldig till det här mordet. Jag känner mig inte säker på det, men det kan naturligtvis inte uteslutas. En serievåldtäktsman brukar ju trappa upp våldet, och det är kanske det han har gjort nu.

Vittnesförhören fortsätter. Jag har träffat Leif Brolin, som är den anmälare som pratade med polisen och sjukvården tillsammans med Birgitta Olsson, och det var han som hittade Karin i skogsdungen intill spåret. Han var upprörd då, över att det tog så lång tid för ambulansen att komma fram, och han var upprörd nu, av samma anledning. Det är inte svårt att förstå att det måste ha varit väldigt påfrestande för honom att stå där ensam med offret, som låg intill honom på marken med livshotande skador, och inte kunna göra annat än vänta.

Leif Brolin

Jag brukar promenera där i skogen, i motionsspåret, och det hade jag tänkt göra den där kvällen också. Men när jag hade parkerat bilen kom en kvinna emot mig och frågade om jag hade en telefon med mig. Hon sa att det hade varit bråk uppe i spåret och att en kvinna hade blivit nerslagen där. Hon var upprörd och lite vimsig, så jag be-

40

grep inte riktigt vad hon stod och surrade om, men jag ringde 112 i alla fall och framförde det hon ville att jag skulle säga. Sen fick hon förklara själv i mobilen, och jag blev ivägskickad för att se om jag kunde hitta kvinnan som skulle ha blivit nerslagen.

När jag kom upp såg jag ett släpspår och gick i samma riktning in i skogen, och där låg kvinnan, alldeles blodig men fortfarande vid liv. Jag sprang tillbaka till parkeringen och ryckte åt mig telefonen och bad dom skicka en ambulans.

Sen sprang jag upp igen. Det var mörkt där hon låg, men jag såg hur helvetes skadad hon var, och jag vände henne i framstupa sidoläge och slet av mig jackan och bredde ut den över henne. Hon andades men svarade inte på tilltal, och jag stod där och höll på att gå upp i limningen för att det tog en sån jävla tid för ambulansen att komma. Dom sa att det gick fort, men det tog nästan en kvart, och under den tiden var jag ensam med henne och kunde ingenting göra. Hon låg där och kämpade för sitt liv medan den jävla ambulansen såsade omkring nånstans och aldrig kom fram.

Det var polisen som var först på plats, men det tog en jävla tid för dom också, för det skilde bara några minuter. Det var i alla fall en snut som försökte hjälpa henne först, och det var jag som fick stå och lysa med en ficklampa för att han skulle se vad han gjorde. Jag lyste på henne, men jag försökte att inte titta på henne, för hon var så jävla skadad, och sen kom ambulanspersonalen och tog över och jag kunde gå därifrån.

På vägen ner mötte jag en kvinnlig snut som ville kolla

41

min identitet, och jag vet inte, men jag tror att jag svor åt henne, för jag var fortfarande så jävla upprörd över att det hade tagit så helvetes lång tid för hjälpen att komma fram.

9

Obduktionsrapporten har kommit. Den visar att dödsorsaken var hjärn- och skallskador med syrebrist och blodförlust som följd. Men hon hade också omfattande skador i underlivet. Nu läser jag direkt ur rapporten:

Blygdläpparna visar olikstora och olikdjupa sönderslitningar med bildningar av vävnadsbryggor. Hela bakväggen av slidan är söndertrasad från slidans mynning uppåt mot livmodertappen och cirka en centimeter från denna, söndertrasningarna sammanflyter med söndertrasningar från ändtarmen så att en stor kommunikation mellan slidan och ändtarmen har bildats. Sönderslitningarna i slidan fortsätter djupare även på toppen av slidan där det finns några fördjupningar som fortsätter i mjukvävnaden till vänster om urinblåsan där vävnaden är söndertrasad med vävnadsbryggor. Huden kring slidan är kraftigt svullen och rödaktigt missfärgad och i mjukvävnaden ses svartröda blödningar. Dessa blödningar sträcker sig även in i mjukvävnaden motsvarande nedre delen av ljumskarna.

Vad är det som får en man att misshandla en kvinna på det sättet? Vad är det som gör att han ger sig på hennes könsorgan? Och hur kan en okänd kvinna uppväcka så mycket hat och vrede hos honom att han inte kan hejda sig?

43

Det här får mig att tvivla ännu mer på att det är Tunnelmannen som har våldtagit och mördat Karin.

Erik Lagerwall

Enligt Rättsmedicinalverkets föreskrifter ska en rättsmedicinsk undersökning utföras av två specialister, i detta fall jag själv och doktor Nakamura. Jag har således varit närvarande vid obduktionen och tagit del av undersökningsfynden.

Jag vill börja med att säga att jag under mina trettio år som rättsläkare aldrig har sett så svåra underlivsskador som i detta fall. Primära skador i slidan, med fortsatt våld mot mellangården och slitningar i ändtarmen, är den troliga ordningen i händelseförloppet. Med tanke på blodansamlingen i blygdläpparna har våldet börjat där, eftersom blygdläpparna var blodgenomdränkta. I detta område finns en stor mängd oerhört blodrika små kärl. Där fanns också den största inlagringen av blod under huden, vilket lett till en kraftig svullnad. Den successiva blodförlusten från skadorna i dessa mjuka och kärlrika vävnader har lett till en medvetandesänkning hos offret.

Skadorna på könsorganen, mellangården och ändtarmen har orsakats av ytterst kraftigt trubbigt våld, av sällsynt rå och brutal karaktär. Skadornas utseende talar starkt för att en knuten hand har införts i slidan och ändtarmen. Möjligheten att skadorna har orsakats av ett trubbigt föremål, till grovleken jämförbart med en knuten hand, kan inte uteslutas, men begreppet "fisting" är väl förenligt med skadornas utseende.

Jag tillhör en skola där regeln är att man aldrig tar till

känsloladdade ord i ett utlåtande utan enbart antecknar neutrala beskrivningar och iakttagelser. I det här fallet har jag för första gången i mitt liv gjort ett avsteg från den regeln och medvetet valt formuleringen "av sällsynt rå och brutal karaktär".

10

Vittnet Sofia Olberg är en tjej i tjugoårsåldern som regelbundet springer i spåret. Den här kvällen passerade hon brottsplatsen en bra stund före överfallet, och hon tog inte samma väg tillbaka. Innan hon startade såg hon en mystisk skåpbil på parkeringen. Den var grå, men hon minns inte vilket registreringsnummer den hade. I spåret sprang hon förbi en man som satt på en bänk. Det var ungefär en kvart före överfallet. Hon tyckte att han uppförde sig underligt, men hon blev inte rädd och fortsatte att springa.

Sofia Olberg

När jag springer har jag alltid koll på dom jag möter. Jag försöker få ögonkontakt innan vi passerar och dom flesta gör likadant tillbaka. När jag har musik i öronen hör jag inte om det kommer nån bakifrån, men jag gillar att lyssna på musik samtidigt som jag springer, och jag vill inte hela tiden vara rädd för att nån jag möter ska vilja mig illa. Jag har kompisar som är jätterädda för att gå ut ensamma på kvällarna bara för att den där jävla Tunnelmannen finns, men jag vill inte att nån jävla dåre ska få styra mitt liv. Jag vill inte vara rädd fast jag vet att det finns anledning. Och jag vill inte känna mig tveksam till att springa ensam i spåret, fast det är den känslan jag får ibland. Jag har aldrig varit med om nåt eller reagerat på nån konstig person förut, men tanken har funnits där ändå, att jag skulle kunna bli överfallen och våldtagen.

Den där kvällen tänkte jag inte så mycket på det, och jag hade bestämt mig för att springa ensam och hade musik på också. Det kunde lika gärna ha hänt mig som henne. Det kunde lika gärna ha varit jag som blev våldtagen och mördad.

Jag brukar springa motsols, upp bakom berget, och dom flesta springer medsols, så ofta möter jag dom som är ute samtidigt som jag. Den där kvällen sprang jag inte hela rundan, så jag kom inte tillbaka samma väg och visste inte vad som hade hänt förrän dagen därpå.

Spåret är ganska brett, och stora delar är grusväg, så det går nästan att ta sig runt hela slingan med bil om man kör in från rätt håll. Vid sidan av spåret är det bergknallar och ganska mycket buskar och träd. Som man har läst brukar Tunnelmannen hoppa fram från portar och gångtunnlar, så jag har tänkt att det inte var så stor risk att han skulle stå på lur ute i skogen, men det var visst helt fel. Han kan tydligen finnas var som helst.

Polisen frågade vilka jag såg den där kvällen, och först var det en bil på parkeringen som jag reagerade på. Det var en grå skåpbil som stod där när jag kom. Strålkastarna var tända, men inne i bilen var det mörkt och det verkade som om ingen var i den. Men sen hörde jag en duns inifrån bilen, och det kändes lite spoky, så jag gick därifrån. Först tänkte jag ta en bild på registreringsskylten, men jag vågade inte stanna och gick upp och började springa istället.

En bit bort står det en parkbänk intill spåret, och där satt det en kille med några ganska små plastpåsar bredvid sig på sätet. Innan jag kom fram såg jag att han lyfte upp en av dom och öppnade den och satte den mot näsan. Jag vet inte om han luktade i den, men det såg så ut. När han fick syn på mig tog han snabbt bort påsen och log lite konstigt mot mig. Han var i trettiofemårsåldern och hade ljust hår och glasögon. Jag tror att han var klädd i jeans och skinnjacka, men det är jag inte helt säker på. Skorna var i alla fall ljusa, och så hade han dom där plastpåsarna, som jag tror var vita. Jag fattade inte vad han höll på med och tänkte att han måste vara nån sorts pundare eller annan knäppskalle, trots att han såg helt normal ut. Jag blev inte rädd för honom i alla fall, och han kom inte efter mig, för det kollade jag.

11

Enligt vittnena jag har hört, rapporterna jag har läst och fotografierna jag har studerat, blev Karin överfallen i löparspåret och därefter släpad cirka trettio meter åt sidan i riktning mot berget, där det sista dödliga våldet tillfogades henne. Inget vapen har påträffats, men krossåret i bakhuvudet orsakades troligtvis av en sten.

Hur lång tid kan det ha tagit? Inte mer än tjugo minuter från det att hon blev nerslagen till att hon påträffades av anmälaren. Under den tiden var risken för upptäckt stor. När som helst kunde nån ha kommit förbi i spåret, hört ljud inifrån skogen och tittat dit eller till och med ha stannat för att undersöka saken. Men det hände inte.

Vilken väg tog han därifrån? Sprang han till en bil som stod parkerad på ett lämpligt ställe, till exempel på andra sidan fotbollsplanen där hunden tappade spåret, eller avlägsnade han sig till fots därför att han bor i närheten?

Jag har läst obduktionsrapporten och tittat på fotografier av skadorna. Jag har sett hennes sönderslagna huvud och sargade underliv på foton som har tagits efter döden. Allt tyder på stor våldsamhet från gärningsmannens sida redan från början. Samtidigt har han behållit en viss grad av lugn och kontroll. Han var tillräckligt lugn för att inte lämna några uppenbara spår efter sig.

Vem är han, Mårtensson, och hur ska vi hitta honom?

Jag föreställer mig henne komma springande i halvmörkret mellan lyktorna. Grenar som rör sig i vinden, moln som kommer glidande på himlen och skymmer månen, en skugga som rör sig mellan träden...

Ropade han innan han överföll henne? Sprang hon vidare då, eller stannade hon till, hejdad av hans röst? Eller smög han sig på henne bakifrån utan ett ljud? Hur nära kunde han komma henne utan att höras eller synas?

I fantasin ser jag en skugga kliva fram ur mörkret och tyst närma sig henne. Varför sprang hon inte? Eller om hon gjorde det, varför kom hon inte undan, vältränad som hon var?

Därför att hon kände honom och inte anade oråd förrän det var för sent. Det är vad jag tror, Mårtensson. Det är vad jag misstänker, men jag kan naturligtvis ha fel.

Vi håller fortfarande på med att granska möjliga misstänkta i registret över sexbrottslingar, men så länge vi inte har fått uppgifter från teknikerna som kan hjälpa oss att begränsa sökandet, är chanserna att hitta rätt inte stora. Och vittnesförhören har fortfarande inte gett nånting som kan föra utredningen framåt.

Maja Eskilsson
Det var jag och en kompis till mig som var ute och sprang. Jag är helt paranoid och känner mig inte säker i spåret, så jag springer aldrig ensam och är alltid extra uppmärksam på vilka vi möter. Den kvällen sprang vi inte hela slingan, bara fram till åkrarna och tillbaka. Det blir ungefär fyra kilometer sammanlagt.

Först mötte vi en tonårskille som kom rusande i väldig fart. Han var ganska lång och hade mörkt hår och var klädd i svarta byxor, grön tröja och gröna löparskor.

Sen sprang vi förbi tre tonårstjejer som promenerade. Den ena tjejen var rätt tjock och hade långt, mörkt hår. Dom två andra tänkte jag inte så mycket på, men alla tre var vardagsklädda i stövlar och jeans.

Den sista jag observerade var en man i skogen. Han såg ut att rasta en hund. Men jag såg ingen hund, så jag blev osäker på om det verkligen var det han gjorde. Han var i skogen i alla fall, bredvid spåret. Hur han såg ut eller hur han var klädd kan jag inte säga, men det märktes på hur han rörde sig att han inte var så ung. Jag tittade mest efter hunden som jag trodde var i närheten, för jag är lite rädd för hundar och ville ha koll ifall den skulle komma rusande. Men jag såg ingen hund, och det gjorde inte min kompis heller, sa hon när jag frågade henne senare.

När vi kom tillbaka till parkeringen hade en röd bil kommit dit. Det satt en kvinna bakom ratten, och hon tittade på oss, märkte jag. Jag tänkte att hon satt och väntade på nån som var ute och sprang och som hon skulle hämta. Vi visste inte då vad som hade hänt uppe i spåret. Vi hade sprungit förbi stället där det hände utan att veta om det. Det kanske hände precis när vi passerade. Jag vet inte riktigt. Men vi såg eller hörde ingenting. Vi bara sprang, och när vi kom ner till parkeringen tog vi våra cyklar och åkte hem.

12

Den tekniska undersökningen gav inte ett skit, Mårtensson! Jag har inte varit med om många fall där resultatet har varit så magert därför att så få kriminaltekniska fynd har gjorts. Inget blod förutom offrets eget. Inga hårstrån, ingen hud under naglarna, ingen saliv, ingen sädesvätska. Eftersom det inte har påträffats sperma antar vi att gärningsmannen antingen inte lyckades få utlösning eller att han avbröts innan han fick det.

Och inga möjliga tillhyggen har påträffats. Avtryck av skor och kängor på brottsplatsen var för sammanblandade för att vara till nytta. När spåren efter anmälaren, polismän och ambulanspersonal var avförda, fanns det ingenting kvar. Bristen på användbara spår på kroppen beror till största delen på att den hanterades av så många olika personer, både på brottsplatsen och sjukhuset, i samband med att livräddande åtgärder sattes in. Vi har helt enkelt inga kriminaltekniska fynd att gå på.

Vittnet Viktor Smedberg befann sig i spåret cirka femton minuter före överfallet. Han satt på en soffa och såg vittnet Olberg, som kom springande med hörlurar på sig och mobilen i ett sportarmband runt armen. När hon hade passerat honom satt han kvar på bänken ytterligare några minuter innan han reste sig och lämnade platsen utan att ha gjort några särskilda iakttagelser.

Jag träffade honom i polishuset, i ett förhörsrum, och nästan det första han frågade var om jag tyckte att han luktade illa. Och det kom faktiskt en unken doft från hans kläder, men jag valde att svara lite svävande för att inte genera honom. När jag hade hört hans berättelse och förstod vad som låg bakom frågan, ändrade jag mig och gav honom ett ärligt svar.

Viktor Smedberg

Det började med att vi hittade en fuktskada i vardagsrummet när vi renoverade. Sen dess har jag blivit en vandrande sniffmaskin och tror att det finns fuktskador i andra delar av huset också. Vid minsta ovanliga lukt, det spelar ingen roll vilken, slår radarn på och jag går omkring och sniffar.

Den senaste månaden har jag känt en lukt som inte har funnits i huset förut. Det är en blandning av läder, trä och jordkällare. Min fru känner ingenting. Hon tycker snarare att det luktar gott när hon kommer hem.

Först trodde jag att det var hennes nya läderstövlar. Sen misstänkte jag att det kom från hallmattan. Men sen märkte jag att det luktade i andra delar av huset också, och då visste jag inte vad jag skulle tro.

Jag har försökt lokalisera källan. Var känns lukten starkast? Vid golvet, väggarna eller taket? Jag har krupit omkring på alla fyra och sniffat i varenda springa utan att komma fram till varifrån den kommer. Jag tror att den har uppkommit den senaste månaden, men det är möjligt att den har funnits där längre men att jag upplever den som starkare nu. Kan det bero på att det har blivit kallare ute, kanske?

Lukten sätter sig i kläderna, men det verkar vara bara

jag som känner den. Jag har bett kompisar och andra att lukta på mig, men ingen tycks känna det jag gör. När jag går ut sitter lukten kvar i cirka fem minuter och sen avtar den ju längre tid jag är hemifrån.

Jag bär med mig lukten i kläderna. När jag är på väg till jobbet tycker jag att det stinker i hela bilen efter en stund, och när jag kommer hem och kliver in genom dörren slår lukten emot mig på en gång. Jag har försökt att ignorera problemet eftersom det tydligen är bara jag som lider av det, men jag har inte lyckats. Så fort jag stiger innanför dörren känner jag lukten, och varje gång jag är på väg hem är jag orolig för att mötas av den. Det ska ju kännas skönt att komma hem, men för mig är det bara nervöst och obehagligt nu för tiden.

Hur ska jag kunna ta reda på varifrån det kommer? Min svärmor har känt det en gång, men hon kunde inte heller säga vad det luktade eller varifrån det kom. Jag har googlat som en dåre på det, och på ett ställe stod det att gammal tretex kan avge odörer, så kanske kan det vara därifrån det kommer? Men jag är långt ifrån säker. Varför har väggarna i så fall börjat lukta först nu? Har det uppstått en ny fuktskada i huset, eller inbillar jag mig bara och håller på att bli tokig?

Min fru tror att jag har lite bättre luktsinne än andra och inte alls inbillar mig. Att jag känner lukten starkare när jag har varit borta från huset i flera timmar tyder på att det är en verklig lukt, säger hon. Luktsinnet fungerar ju så. Nya dofter filtreras bort av hjärnan efter några minuter, för annars skulle livet bli outhärdligt med en salig blandning av olika dofter.

På nätet går det inte att hitta några svar. Alla tänker och tror olika. Men det var på nätet jag hittade tipset om ett test som man kunde göra. Jag tog ett klädesplagg från var och en av oss i familjen och stoppade ner i olika plastpåsar som jag tejpade ihop. Sen tog jag påsarna med mig och gick ut på en promenad. Efter cirka femtio minuter satte jag mig på en bänk och öppnade den första påsen. Jag höll öppningen mot näsan och sniffade. Det var då en tjej kom springande och såg mig. Jag förstår att det jag gjorde såg konstigt ut, men det fanns alltså en enkel förklaring. När jag hade varit ute och inte hade lukten från huset kvar i näsan längre, skulle jag känna efter om den hade fastnat i våra kläder. Och det hade den. Odören fanns instängd i alla tre påsarna och bevisade att jag inte gick omkring och inbillade mig. Men detta löste ju på intet sätt själva problemet. Dessutom fick jag nya problem i form av polisförhör och brottsmisstankar.

13

Flera i teamet är övertygade om att det är Tunnelmannen som har mördat Karin. Jag är öppen för det, även om jag fortfarande tvivlar. Jag vet inte vad det är som stör mig. Att våldet mot Karin känns så personligt, tror jag. Det stämmer inte riktigt med min bild av Tunnelmannens beteende. Han har till exempel aldrig använt några tillhyggen eller vapen mot sina offer tidigare.

Det finns en gärningsmannaprofil på honom, men den har inte varit till så stor nytta. Om man utifrån den ska kunna förutsäga var han ska slå till härnäst, och vilken sorts offentliga reaktioner som kan få honom att träda fram, så har den inte varit till vidare hjälp hittills i alla fall. Och att en gärningsmannaprofil kan ange vilken typ av frågor som kan locka honom att försäga sig eller få honom att erkänna när han väl är gripen, tror jag inte på. Även om man med hjälp av statistik över kända förövares karaktärsdrag kan få fram en bild av hans personlighet och livsstil, så tvivlar jag på att en profil kan ge svar på hur man ska förhöra honom på bästa sätt.

Och vi vet inte vem han är. Vi har hans DNA men ingenting att jämföra med. Vi kan inte heller binda honom till mordet på Karin. Ingen tycks ha sett honom förutom kvinnan som bevittnade överfallet. Men hon såg honom aldrig på nära håll och skulle inte kunna peka ut honom. En mörkhårig man av medellängd, klädd i en grå långärmad tröja, är allt vi har. Och att den tröjan, som

måste ha varit väldigt blodig, skulle finnas kvar och på-
träffas, är inte särskilt troligt. Direkt efter mordet sökte
en arbetsgrupp igenom massor av papperskorgar, sop-
tunnor och containrar utan att hitta nånting av värde.

Övervakningskamerorna har gett oss en del mer eller
mindre skarpa bilder på män som kan ha med brottet att
göra, och vi har skickat ut samtliga till andra polisområ-
den. Förhoppningsvis finns det utredare, spanare eller
ordningspoliser därute som har haft med några av män-
nen att göra och kan identifiera en eller annan. Men bil-
dernas kvalité, och bristen på ett utförligt signalement,
gör det inte särskilt troligt. Tunnelmannen eller ej, så
hade förövaren turen helt på sin sida när han begick sitt
brott.

Det senast förhörda vittnet är en man i sextiofemårsål-
dern som brukar promenera i spåret då och då. Den här
kvällen passerade han brottsplatsen både före och efter
överfallet. Han hamnade mitt i kaoset efter upptäckten.
Vissa iakttagelser som han gjorde har kollats upp, men
ingenting har visat sig ha betydelse för utredningen.

Holger Johansson

Jag går en promenad varje dag för att hålla mig i form.
När jag hade tillryggalagt ungefär en kilometer den där
kvällen blev jag omsprungen av en man som rörde sig i
nordlig riktning i spåret. Han var cirka hundrasjuttiofem
centimeter lång och överviktig. Enligt min bedömning
var han av utländsk härkomst. Inte svart, men spanjor el-
ler italienare möjligen. Han var slätrakad och hade mörkt
kortklippt hår.

Efter ytterligare en kilometers promenad stötte jag på två kvinnor som stod mitt i spåret med varsin hund. Den ena var en svart pudel och den andra en större och ljusare hund. Damerna stod där och pladdrade och tycktes totalt omedvetna om att dom kunde vara i vägen för folk som kom springande. Men just då var det bara jag där, och jag kom förstås lätt förbi.

Jag fortsatte norrut utan brådska och såg inte till några fler förrän jag hade vänt och började närma mig startpunkten igen. Det var bra mycket senare, för jag hade tagit god tid på mig tillbaka. Ja, och då var det full kalabalik där, med folk och snutar överallt. Murvlarna hade också hittat dit med sina filmkameror och fotoblixtar. Jag blev haffad av en spoling som sa åt mig att gå åt sidan, och jag frågade vad som hade hänt men fick inget svar.

Mitt i allthop såg jag en kille steppa runt som en dåre. Tröjan han hade på sig var blodig framtill och han snorade och svor om vartannat. Fan vet vad han hade varit med om. Av den upprörda stämningen att döma var det ingen liten skitsak som hade inträffat. Jag sällade mig till åskådarna utanför avspärrningarna för att om möjligt snappa upp vad det var, och efter en stund hade jag fått det klart för mig.

Ja, fy fan, säger jag, vilka jävla odjur det finns. Dom borde hängas upp i ballarna och piskas blodiga.

14

Jag har träffat Karins syster, som bor tio mil härifrån. Hon arbetar som socialsekreterare, är gift och har två barn i förskoleåldern. Jag åkte och träffade henne i hennes hem. Barnen var inne och lekte medan vi pratade, och ljudet av deras röster kom mig att tänka på Max och Tyra, som jag antagligen aldrig mer kommer att få träffa. Varför i helvete måste du gå och dö, Mårtensson?

Jag undrar vad du kan se där uppifrån din himmel. Kan du se att Eva har tagit era barn med sig och flyttat till en annan del av landet? Jag träffade henne på begravningen, och det var sista gången jag såg både henne och barnen.

Jag har också flyttat, men bara till en annan lägenhet närmare polishuset. Jag cyklar till och från jobbet nu och behöver ingen bil mer. Ibland när jag är på väg kan jag få för mig att jag ser dig komma gående på gatan. Jag får syn på en man som rör sig på samma sätt som du, är ungefär lika lång som du och har likadana kläder som du. Men det är aldrig du.

Min nya lägenhet ligger högst upp i ett trevåningshus och har lägre hyra än den jag hade tidigare. Köket har grågröna skåpluckor, gräddgula väggar och bänkskivor av ek. Jag tycker att det är fint. Färgskalan påminner om mormors emaljerade plåthink och lilla potta som jag minns från min barndom. Vardagsrummet och sovrummet har gråvita, svagt mönstrade tapeter och ljusa trägolv. Allt är i bra skick och har inte behövt renoveras det minsta. Här kommer jag att bo länge, tror jag. Min närmaste granne är en man i fyrtioårsåldern. När jag precis hade flyttat in ringde han på en kväll och hade ett nybakat surdegsbröd med sig till mig. Han presenterade sig och hälsade mig välkommen till huset.

Som du vet är jag rätt osocial av mig. Ett oannonserat besök rubbar mig och känns mest obehagligt. Även om det är en bekant som kommer reagerar jag negativt. Felet med mig är kanske att jag inte behöver andra människor så mycket och att det är därför jag inte känner mig riktigt ärlig och bekväm när jag måste umgås.

Men att Tom kom så där gjorde mig faktiskt ingenting. Jag blev lite rörd av hans gest och kände mig inte alls avvisande, konstigt nog. Vi har fortsatt att träffas, och det är möjligt att det kommer att leda till mer än jag trodde att jag var beredd till och ville.

Men barn är det för sent för. Och jag skulle inte med gott samvete kunna sätta barn till världen när jag inser vad som väntar oss. Det har ju blivit så tydligt nu att vi är på väg mot en katastrof. Dessutom minns jag vad du berättade en gång när Max och Tyra var små.

Första gången Eva var gravid hade era vänner halvt på skämt varnat er för hur förändrat ert liv snart skulle bli med sömnlösa nätter och ingen tid över för er själva. Men vad ingen berättade, sa du, var hur oroliga ni från och med då alltid skulle vara. Först för er själva och er egen säkerhet. Man kan ju plötsligt dö, sa du. Ja, det kan man, Mårtensson, och det gjorde du! Varför i helvete... Man kan drabbas av en hjärtinfarkt när man är ensam ute med barnvagnen, sa du, så att vagnen börjar rulla iväg nerför backen eller tippar över trottoarkanten rakt ut i trafiken. Och sen, när barnet har blivit större, rädslan för vad som kan hända det när det är ute på egen hand. Och då menade du inte pedofiler och kidnappare utan vanliga, vardagliga saker som att barnet springer ut i gatan framför en bil eller ramlar av gungan och spräcker skallen. Den rädslan och oron hade ingen varnat er för, sa du.

Jag saknar dig, Mårtensson. Det känns konstigt att arbeta utan dig. Det känns konstigt att leva vidare och veta att du är död. I min hjärna är det som om en barriär hindrar mig från att ta till mig att du inte finns längre. Eller snarare att du bara finns i mitt huvud nu.

När det gällde jobbet var vi alltid på samma våglängd, men på det personliga planet öppnade jag mig aldrig reservationslöst, som du kunde göra för mig ibland, och som jag kommer att göra nu när du bara finns i mina tankar och risken för att det skulle kunna ställa till problem för oss inte finns mer.

Att jag inte är förtrolig med andra människor beror på att det ofta känns som att jag måste göra avkall på mig själv för att nå fram och passa in. På jobbet koncentrerar jag mig hellre på arbetsuppgifterna än står och kallpratar med kollegerna vid kaffeautomaten. Mitt behov av ensamhet och integritet misstolkas ibland så att jag blir stämplad som arrogant och ogillande när jag drar mig undan gruppen och aldrig deltar i aktiviteter utanför arbetet. Jag anses sakna social kompetens. Men social kompetens är inte detsamma som socialt behov. Ibland tänker jag på hur mycket lättare det skulle vara om jag kunde vara med i den ytliga gemenskapen och få ut det andra tycks få ut av den. Men jag kan inte för mitt liv förstå vad det är. För mig känns det bara påfrestande och som slöseri med tiden att stå och prata om ingenting med människor som egentligen inte intresserar mig. Jobbet är det enda vi har gemensamt, och pratar vi inte om det känns samtalen helt meningslösa för mig. Så kände jag inte med dig, men jag valde att sätta gränsen där ändå, för att inte riskera att ställa till problem för oss.

Jag önskar att du var här nu, och att vi kunde jobba ihop som förr. För vi måste ju lösa det här. Vi måste hitta den skyldige och ställa honom till svars. Jag håller dig uppdaterad, Mårtensson, och hoppas att du kan höra mig där uppifrån din himmel och orkar lyssna på mig nu när jag äntligen har tagit bladet från munnen.

Irene Öhman

När polisen ringde och berättade att Karin var död trodde jag först att det var ett misstag. Men det var det inte. Det var henne det gällde. Det var min syster, och ingen annan, som hade blivit våldtagen och mördad.

Vi träffades inte så ofta på grund av avståndet, men vi ringde regelbundet, och när hon hade flyttat ifrån Henrik och bodde ensam igen blev det ännu mer. Vi har alltid haft bra kontakt trots åldersskillnaden.

Karin var sju år äldre än jag och en storasyster som aldrig svek. När mamma dog var det hon som tog hand om mig. Jag var bara tio år då, och pappa kunde vi inte räkna med förrän hans värsta sorg hade lagt sig. Nu när jag är vuxen och har egen familj har Karins och mitt förhållande naturligtvis förändrats och blivit mer jämställt, men jag kommer aldrig att glömma allt hon gjorde för mig under vår uppväxt.

Det är så himla orättvist att hon måste dö! En kvinnlig polis, som kom hit och pratade med mig, fick tårar i ögonen när jag började gråta. Det förvånade mig, för jag trodde att poliser måste vara hårdhudade för att klara av sitt jobb. Men hon visade äkta medkänsla och förståelse, vilket gjorde att jag berättade mer för henne än jag kanske borde ha gjort. Hur Karin hade det i livet har ju ingenting med hennes död att göra. Men jag var så uppfylld av det och önskade att hon hade haft det lättare i tillvaron.

Hon engagerade sig i saker som ofta gjorde det besvärligt för henne. När hon ringde till mig pratade hon till exempel ofta om sitt jobb. Pappa har alltid varit engagerad i arbetsmiljöfrågor, och vi har hört honom berätta om så många hemska fall där anställda nästan har drivits till självmord på grund av trakasserier och utfrysning. Det var kanske det som gjorde att Karin blev extra uppmärksam på hur folk kan ha det på jobbet. Jag är själv ganska medveten om det, men jag är inte lika framåt som Karin var. Hon var så stark och modig och tog ofta ställning för kollegor som kände sig utsatta och orättvist behandlade.

Men den kraften förlorade hon nästan när hon kom i klimakteriet. Hon var så förtvivlad över hur det förändrade hennes liv. Hon brukade mejla till mig från jobbet, och en gång när hon inte mådde bra, beskrev hon för mig hur hon kände sig ibland. Jag tyckte att det var så sorgligt att hon inte kunde få hjälp. Men så är det väl för många kvinnor, antar jag. Så här skrev hon:

Jag känner mig konstig och är inte alls mig lik. Jag har svårt att somna på kvällarna och vaknar ofta mitt i natten med andnöd och hjärtklappning.

Ibland faller jag ner i en avgrund av rädsla, oro och panik. Hjärnan rusar hela tiden. Mina tankar är som en snabbspolad film som inte går att stänga av.

Jag är full av ilska och beter mig otrevligt mot folk. Jag känner mig mordisk och vill slå ihjäl alla jag ser.

Det är så svårt att hänga med i svängarna när hormonerna åker upp och ner. Jag kan inte förutsäga hur jag kommer att vara från den ena dagen till den andra. Jag kan inte lita på mig själv. Jag är maktlös och har ingen kontroll över mina känslor och mitt beteende.

Jag står inte ut med mig själv och mitt liv längre. Jag vet inte vad jag ska ta mig till. Det känns som om jag har tappat greppet och aldrig ska få tillbaka det igen. Det känns som om jag håller på att bli tokig.

Jag grubblar ständigt på varför jag känner mig som jag gör. Jag har fastnat i en ond cirkel av ältande och ingen orkar lyssna på mig längre. Jag går ut på nätet om och om igen och letar efter vad det kan vara för fel på mig. Alla kommer med olika råd. Vad man ska läsa, vad man ska lyssna på, vad man ska äta, vad man ska göra. Jag har burkar med vitaminer och kosttillskott, men ingenting jag tar gör mig lugnare. Jag har träffat en kinesisk zonterapeut, en akupunktör, en kiropraktiker och en kvinnoläkare, och ibland har jag mått lite bättre, men det har aldrig varat länge. Jag är så besviken över att jag inte får svar på mina frågor eller hjälp med min hälsa.

Henrik orkade inte med mitt oberäkneliga beteende,

mina humörsvängningar och mina utbrott av gråt, ilska och dåligt samvete. Jag visste att jag gjorde honom illa, men det fanns ingenting jag kunde göra utom att flytta. Nu slipper han mig och jag slipper i alla fall det dåliga samvetet. Men vad ska jag göra för att hjälpa mig själv? Ska det vara så här i flera år till kommer jag inte att orka.

Att veta att hon slipper det nu är en liten tröst för mig. Men jag vet att hon ville leva. Klimakteriebesvären skulle ju ha gått över till slut. Allt skulle ha blivit bra igen. Men nu är det för sent. Nu finns hon inte mer och jag förstår inte hur jag ska kunna acceptera det.

15

Jag har träffat Karins ex-sambo som hon bodde tillsammans med i åtta år innan hon flyttade ifrån honom för ungefär ett halvår sen. Han är i femtioårsåldern och ser väldigt bra ut. Men han var ovanligt återhållsam med sina känslor för Karin, vilket gjorde mig lite på min vakt. Åtta av tio, du vet…

Övriga omständigheter är att han bor i samma stadsdel som Karin gjorde och att han saknar alibi för tiden för mordet. Och det var hon som lämnade honom och inte tvärtom. Han sa att det var ett ömsesidigt beslut, men det vet vi inte med säkerhet. Hennes bästa vän kan kanske bekräfta det. Vi har inte hört henne närmare än, på grund av hennes känslotillstånd. Hon klappade ihop totalt efter beskedet om Karins död. Men jag ska träffa henne senare.

Henrik Hansen bodde i en trea som var väldigt trivsamt inredd, tyckte jag. Karin hade ju också bott där tidigare, men hur stor del hon hade haft i inredningen gick ju inte att avgöra. Han hade blanka trägolv, ljusa väggar, sparsamt med möbler och tavlor, soffa och flera höga bokhyllor fulla med böcker i vardagsrummet men inga inramade foton eller smaklösa prydnadssaker så långt ögat nådde. Några få krukväxter på fönsterbrädorna och större gröna växter i krukor på golvet… Han hade det ungefär som jag, så det var väl därför jag gillade det.

Hansen verkade frustrerad snarare än ledsen när jag träffade honom. Jag visste inte riktigt hur jag skulle tolka det. Men det är ju ganska vanligt att man reagerar med ilska när en närstående dör. Det vet jag av egen erfarenhet. När pappa dog var jag arg i två månader innan sorgen hann ifatt mig. Och dig är jag fortfarande arg på, Mårtensson! Du ska vara här nu och arbeta tillsammans med mig! Du ska vara här med din kreativitet, dina fantasifulla spekulationer och ditt sätt att diskutera som så ofta förde utredningen framåt. Du ska vara här nu och inte borta och död!

Henrik Hansen

Karin var inte särskilt social av sig, och det är inte jag heller, så vi hade ingen stor gemensam umgängeskrets. Vi trivdes bäst ensamma hemma eller ute i naturen. Karin joggade regelbundet, och ibland följde jag med henne ut i spåret.

Vårt största gemensamma intresse var miljön. Vi försökte leva så miljömedvetet som möjligt för att inte bidra till den negativa utvecklingen. Jag är meteorolog och väl insatt i klimatförändringarna som hotar oss. Även om det positiva man gör kan kännas som en droppe i havet måste man ändå försöka, för stoppar vi inte miljöförstöringen har vi snart ingen jord kvar att leva på. Ansvaret vilar på oss alla. Många vägrar inse det och är inte beredda att avstå från exempelvis flygresor och onödigt bilåkande. Den inskränktheten kunde Karin reta sig på, som hon retade sig på all mänsklig dumhet. Hon kunde tillrättavisa folk i alla möjliga situationer, så att man ofta var rädd att hon skulle råka illa ut. Folk kan bli jävligt arga och vilja ge igen när deras uppförande kritiseras. En man som tillrättavisade några tonårskillar som skräpade ner i en butik blev till exempel svårt knivhuggen efteråt.

Som vanlig, hederlig medborgare är man både maktlös och rättslös i samhället idag, så jag oroade mig för Karin. När hon var på sitt aggressiva humör kunde hon uppträda väldigt obetänksamt och dumdristigt och struntade fullkomligt i konsekvenserna. Det första jag tänkte när jag fick veta att hon hade blivit misshandlad till döds var att det var så det hade gått till. Att hon hade blivit arg på nån jävla joggare som inte uppförde sig som han skulle och kommit med en kritisk kommentar som retade upp honom och utlöste våldet.

Men så var det inte. Det var fan så mycket värre. Det var den där jävla Tunnelmannen som gav sig på henne. En serievåldtäktsman, sexualsadist och mördare som polisen verkar ha jävligt svårt att hitta.

Jag fick inte veta att Karin var död förrän flera dagar senare. Jag var bortrest över helgen och när jag hörde att en kvinna hade hittats död i spåret fick jag en snabbt förbiilande tanke att det kunde vara hon, men jag trodde det egentligen inte. Vi bodde inte ihop längre, så jag visste inte i detalj vad hon hade för sig. Vi hade inte haft kontakt på över en vecka när det hände. Jag förstår att det kan verka konstigt att jag inte ringde till henne, men vi hade kommit överens om att det i första hand var hon som skulle ta kontakt med mig och inte tvärtom, och det höll jag mig till. Vi hade inte bott ihop på över ett halvår och träffades inte så ofta längre.

Jag ville egentligen inte att hon skulle flytta, men det finns en gräns för vad man kan finna sig i. Med tiden tog hennes labilitet bort all frihet och glädje för mig. Hennes humör styrde allting. Det fanns lugnare och bättre perioder, men det negativa återkom alltid, och till slut uppvägde det positiva inte det negativa längre. Hur kan hon göra så här mot mig om hon bryr sig om mig? tänkte jag. Hon verkade inte ångra sig ens, eller förstå vad hon gjorde och hur det påverkade mig. Hon kunde inte rå för det och inte hejda det. Hon blev "tokig", "galen", ett "monster" och hade ingen kontroll över det.

Men var det sant? Det var ju bara hemma, med mig, hon lät känslorna komma till uttryck. Med mig var det riskfritt, med mig fick hennes beteende inga konsekvenser, av mig blev hon förlåten om och om igen fast hon inte ens ångrade sig. Jag hade så svårt att tro att det var omöjligt för henne att behärska sig. På jobbet klarade hon ju uppenbarligen av det, så varför inte med mig?

Allt jag gjorde var fel. Hon hackade på mig hela tiden. Tjatade om detaljer och klagade på bagateller. För att inte tala om alla totalt obehärskade vredesutbrott när hon skrek och kastade saker omkring sig. Till slut insåg jag att jag inte kunde finna mig i det längre. Det blev för uppenbart att hon gav fan i mig och inte tyckte att jag var värd att respektera. Om jag fortsatte att tolerera det, var det ju fritt fram för vad som helst i all evighet, tänkte jag.

Till slut var jag mer ledsen för att jag inte satte stopp, att jag inte respekterade mig själv, än för det hon gjorde mot mig. Jag svek mig själv genom att vara så undfallande, insåg jag, och en stor sorg kom över mig för att jag hade låtit det pågå så länge. Jag tänkte att även om det var sant som hon sa, att hon inte kunde kontrollera det, att det var synd om henne, att hon behövde stöd och hjälp, så behövde jag inte finna mig i det på så sätt att jag gick med på att ställa mig själv åt sidan för hennes skull. Jag skulle åtminstone reagera ärligt på det, tänkte jag. Inte med ilska utan med den uppgivenhet och sorg som jag faktiskt vid det laget kände.

Och jag mindes hur min mor hanterade samma sak. Att hon aldrig lät det gå ut över pappa eller oss barn. Hon tog ansvar för det genom att hålla sig undan. Hon var borta från oss ett tag, och sen kom hon tillbaka och ingen skada var skedd. Vi kände att hon respekterade oss när hon inte drog in oss i sina svårigheter. Jag mindes det och tänkte: Varför i helvete kan inte Karin göra så? Är det mitt fel? Är det jag som tillåter henne att använda mig som en jävla sophink?

Jag hade bestämt mig för att tala om för henne att jag inte kunde fortsätta, men hon hann före. Hon skulle flytta, sa hon, och det skulle hon göra för min skull, för att jag skulle slippa henne, slippa bli utsatt för det hon gjorde mot mig som hon inte hade kontroll över. Ingen av oss ville egentligen skiljas, så vi kom överens om att bo på skilda håll men fortsätta att träffas "som vanligt".

Och det blev fan så mycket bättre. Jag fick tillbaka mig själv och min självrespekt och hon fick… ja, vad hon vann på det vet jag inte riktigt. Att slippa få dåligt samvete för sitt beteende kanske, fast jag inte hade märkt att hon brydde sig särskilt mycket om vad hon gjorde mot mig. Men det gjorde hon, sa hon. Efteråt, när hon tänkte på det, fick hon dåligt samvete, men vad var det för mening med att be om förlåtelse när hon visste att hon inte skulle kunna låta bli att göra om det?

Jag förstod nog aldrig hur svårt det var för henne. Jag kände mig bara så jävla utsatt och övergiven. Jag reagerade omoget och barnsligt, kan jag tycka nu. Jag borde ha varit snällare, tålmodigare och mer förstående. Men jag orkade inte. Det var ju henne själv, hennes vanliga normala jag, jag kände gemenskap med, och när det normala när som helst kunde sopas bort av en obehärskad jävla galning orkade jag inte mer. Jag visste ju inte från den ena stunden till den andra vem jag skulle möta.

Hon är död nu, men det är som om jag ändå inte kan förlåta henne riktigt. Jag vill väl inte bli påmind om min egen svaghet och otillräcklighet, antar jag. Borde jag inte känna sorg? Men det gör jag inte. Det är som om jag inte har kommit fram till den än, om den ens finns där. Men det måste den ju göra, för annars vet jag fan inte vad det är för fel på mig.

16

Jag googlade förstås på min granne så fort han hade gått den där första gången. Han heter Tom Werner och är fyrtiosex år. Så fort jag såg honom tyckte jag att jag kände igen honom, och när jag fick fram honom på nätet förstod jag varför. Han är skådespelare, och han har arbetat med både film, teater och teve. Jag hade säkert sett honom i nån film på teve utan att tänka närmare på det. Han jobbar mest med teater och är inte särskilt känd som filmskådespelare. Dessutom har han varit anställd vid en teater på västkusten där han har bott tidigare.

Ja, och efter det stötte vi ihop i trappan ibland och växlade några ord. En gång när vi råkade hamna i cykelförrådet samtidigt, och det visade sig att vi skulle åt samma håll, gjorde vi sällskap och fick tillfälle att prata lite mer. Han reagerade inte negativt på att jag är polis, som en del män brukar göra, utan tyckte att det var intressant. Och jag är nyfiken på det han gör, så vi hade mycket att prata om under den där cykelturen. Sen bjöd han in mig på en kopp kaffe en kväll, och jag bjöd tillbaka, och så har det fortsatt. Vi har träffats mer och mer.

Vad säger du om det, Mårtensson? Han är skild och fri som fågeln, så några formella hinder för ett intimt förhållande finns det inte, och det är ditåt det börjar luta nu, känner jag. Han är absolut min typ, och vi verkar ha ungefär samma värderingar och intressen. Han är allvarsam och snäll och påminner om dig, så hur ska jag kunna mot-

72

stå honom, om han vill detsamma som jag?

I motsats till vad man skulle kunna tro är skådespelare ofta introverta, säger han. Själv är han det i alla fall, men han kan lätt spela extrovert när han tycker att situationen kräver det. Det skulle jag ha svårt att göra, men för honom är det bara en roll som inte påverkar hans innersta. Privat spelar han aldrig den rollen och ingen annan roll heller. Hemma visar han den inåtvända, tystlåtna och reflekterande person som han verkligen är, och den personen gillar jag, Mårtensson, och tror att jag håller på att bli kär i. Hans röst och hans leende gör mig alldeles svag, och så har ingen man fått mig att känna förut.

Hans lägenhet ser ut exakt som min, utom att den är spegelvänd. Det är nästan som ett tecken, tycker jag. Och böcker och gröna växter har han, precis som jag. Men för övrigt är den helt annorlunda inredd, med varma, mustiga färger på möbler, tavlor och textilier. Det är inte alls min stil, men jag trivs med det ändå. Och precis som jag omger han sig inte med en massa onödiga prylar, utan var sak har sin funktion bestämda plats. Det gillar jag. Så vad tror du, Mårtensson? Är han den rätte för mig?

Samtalen med Karins anhöriga, vänner och bekanta fortsätter. Karins väninna, som är i fyrtiofemårsåldern och arbetar som servitris, var den som saknade henne först och ringde till oss. Hon var fortfarande väldigt upprörd och chockad när jag träffade henne. Hon såg härjad och sliten ut, men om det berodde på Karins död eller hade andra orsaker, kunde jag inte avgöra.

Petra Sköld

När jag hörde på nyheterna att en kvinna hade blivit mördad i närheten av där Karin bodde blev jag orolig och försökte ringa till henne både på mobilen och hemtelefonen. Men hon svarade inte. Jag fick inte tag i henne på hela helgen, och veckan efter, när jag ringde till hennes jobb och fick veta att hon inte hade kommit dit och inte hade sjukanmält sig heller, tog jag kontakt med polisen. Då fattade jag att det kunde vara hon, och senare fick jag det bekräftat.

Sen dess har tankarna bara malt i skallen på mig. När den jäveln hoppade på henne är jag säker på att hon försökte försvara sig eller till och med gick till motangrepp. Det ska man helst inte göra, för då kan man åka på ännu mera stryk. Men jag tror att hon försökte, för hon var sån. Hon var inte rädd av sig.

Själv är jag livrädd, och det är jag inte ensam om just nu. När ska vi kvinnor våga oss ut om kvällarna utan att riskera att bli överfallna och våldtagna? Så länge den där jävla Tunnelmannen går lös kan vi inte känna oss säkra. En hel stad lever i skräck för serievåldtäktsmannen, står det i tidningarna. Det är för jävligt att det ska behöva vara så. Vafan gör polisen egentligen? Tillvaron blir så himla begränsad av all försiktighet. Jag har druckit lite just nu och är kanske mer rakt på sak än jag brukar vara, men vafan gör dom för att hitta det jävla aset?

Jag har inte för vana att dricka, men jag tycker att det här med Karin är så jävla hemskt och vet inte hur jag ska hantera det. Jag är chockad, ledsen, arg och förtvivlad om vartannat. Varför skulle det hända just henne? Jag vet att det antagligen bara var en slump, men jag kan ändå inte låta bli att grubbla på det. Han måste ju för fan gripas!

Och när han har åkt fast ska han straffas. Han har förbrukat sin rätt att vara en del av det här samhället. Han har till och med förbrukat sin rätt att leva. Dödsstraff ska han ha! För om en sån där jävla sexualdåre döms till rättspsykiatrisk vård är det rena rama högvinsten för honom. Efter ett år är han ute igen och fortsätter som om ingenting har hänt.

Får han inte dödsstraff ska han i alla fall ha kemisk kastrering. Det spelar ingen roll om han har haft en taskig barndom och varit olycklig, för det han har gjort, och kommer att göra igen om inte polisen hittar honom, finns det inga som helst ursäkter för!

Jag kan inte känna minsta lilla sympati för honom. På grund av honom har oskyldiga kvinnor blivit allvarligt skadade och fått sina liv förstörda, och nu har till och med en blivit dödad. Hur många fler liv kommer han att ödelägga eller göra slut på innan han åker fast?

Och vem fan är han? I tidningarna kallas han ett gäckande spöke, ett mysterium som förbryllar poliser och experter. I själva verket är han bara ett jävla as som borde kastreras eller avrättas! Det sägs att merparten av alla överfallsvåldtäkter begås av invandrare, men faktum är att det kan vara vem fan som helst. Din närmaste granne, din syrras pojkvän, en kille på jobbet. Dom finns överallt!

Man har jävligt svårt att tänka sig att nån man känner skulle kunna vara kapabel att förgripa sig på en kvinna, men så är det. Rent statistiskt är det så vanligt med våldtäkt att alla måste ha män i sin omgivning som har begått sexuella övergrepp. Jag känner många kvinnor som har blivit våldtagna, så varför skulle jag inte känna en man som har våldtagit? Skillnaden är ju bara att han inte går omkring och snackar om det. Men skulle jag få veta att nån jag känner är misstänkt för våldtäkt skulle jag antagligen inte tro att det var sant. Jag skulle slå ifrån mig och tänka: Nej, ingen som jag känner kan göra nåt sånt! Så jävla dum är man, fast man vet att det är fullt möjligt.

Det skulle kunna vara nån som Karin kände eller hade träffat förut. Killen som hängde efter henne sen hon hade separerat från Henrik till exempel. Det var en av killarna som hjälpte henne med flytten. Han kom tillbaka flera gånger och frågade om han fick komma in och snacka. Det fick han naturligtvis inte, men han gav sig inte förrän hon hotade med att polisanmäla honom. Om det inte är Tunnelmannen som har dödat henne, skulle det mycket väl kunna vara den killen som har gjort det.

17

Karins väninna frågade mig om jag har personliga erfarenheter av våldtäkt. *Nej, jag har aldrig blivit våldtagen,* sa jag. *Men i jobbet har jag kommit i kontakt med många kvinnor som har råkat ut för det.* Jag kunde ju inte sitta där och berätta för henne om det som hände mig, och som jag har hållit tyst om i alla år.

Jag var tjugotvå år och hade precis påbörjat min polisutbildning. I teorin visste jag allt om hur man oskadliggör en våldtäktsman, men jag hade aldrig gjort det i praktiken och överfallet kom så oväntat att det tog lite tid för mig att inse vad som krävdes av mig.

Det var på hösten, i slutet av september, och jag var på väg hem efter att ha varit hos en kompis och kollat på en DVD-film. Klockan var runt elva på kvällen och det var alldeles mörkt ute, men jag hade inte en tanke på några faror och sneddade utan att tveka över en tom skolgård där all belysning var släckt. När jag var över och hade kommit in mellan två byggnader högg en man plötsligt tag i mig bakifrån. Hans ena arm slängdes runt min hals och ryckte till så att jag förlorade balansen och föll bakåt. Jag försökte köra in en armbåge i midjan på honom, men det fanns inte nog med utrymme, för jag låstes fast i hans armbågsveck och pressades mot hans kropp. Jag skrek och försökte sparka honom på smalbenen, vilket ledde till att han svängde mig runt och kastade mig mot en husvägg samtidigt som han klippte till mig i ansiktet.

Nästa slag träffade mig i magen. Det var ett hårt slag, och benen vek sig under mig så att jag gled ner på marken. Han drog ut mig från väggen och ställde sig vid mina fötter och började dra ner blixtlåset i sina jeans. Jag hakade snabbt fast min högra fot runt hans högra vrist samtidigt som jag sparkade med min vänstra fot mot hans låsta knä. Det skulle garanterat ha fått honom att falla bakåt med skadad knäled om han inte i sista sekunden hade tagit ett steg åt sidan.

Han satte sig grensle över mig och tog strupgrepp på mig och klämde åt. Han var otroligt stark, och jag kände att jag började få svårt att andas. Men jag hade händerna fria, och jag visste vad jag borde göra. Kan man köra in ett finger i ett hårdkokt ägg kan man trycka in det i en våldtäktsmans öga också, tänkte jag. Man ger honom kanske men för livet, men man blir inte våldtagen.

Jag hade väntat i det längsta, men när jag insåg att inget annat skulle fungera, lyfte jag snabbt upp min högra hand och tryckte in tummen i ögat på honom det hårdaste jag kunde. Han var inte alls beredd på det och skrek till och for upp och bort från mig med händerna för ansiktet. I samma ögonblick var jag på fötter och hoppade fram och grep tag i hans tröja och körde upp ett knä i skrevet på honom. Han gav till ett vrål, och jag stötte honom ifrån mig och såg honom falla till marken. Han kröp ihop med händerna mellan benen och låg där och jämrade sig. Jag visste inte hur pass oskadliggjord han var, och det fanns ingen som kunde hjälpa mig om han skulle komma på fötter igen, så jag sprang därifrån.

När jag kom hem hade mamma redan gått och lagt sig

och jag väckte henne inte för att berätta. Jag berättade det inte senare heller, och jag polisanmälde det inte. Om jag anmälde, och han blev gripen, skulle han få veta att det var jag som hade skadat honom och kanske komma och hämnas när han hade avtjänat sitt straff, tänkte jag. Men jag skämdes och frågade mig själv: Vilken sorts polis kommer jag att bli som underlåter att anmäla ett brott? En polis har ju rapporteringsskyldighet. När en polis får kännedom om ett brott som hör under allmänt åtal ska han eller hon lämna rapport om det till sin förman så fort som möjligt. Det visste jag, men jag gjorde ingenting. Det tog lång tid för mig att komma över att jag hade varit så feg.

Precis efteråt kände jag mig skyldig för min egen skull också och tänkte att jag borde ha lyckats ta mig ur hans grepp redan från början. Med den kunskap jag hade, borde jag definitivt ha klarat av det. Jag lät det gå alldeles för långt innan jag reagerade på allvar, och det grämde jag mig länge över efteråt. Jag var inte alls nöjd med min insats och bestämde mig för att aldrig mer tveka i ett skarpt läge. Det har jag inte gjort heller.

Mannen som försökte våldta mig den gången åkte fast och blev dömd för andra våldsbrott senare. Han är död nu, men jag tror att du minns honom, för han var en väldigt aktiv buse som hann ställa till med mycket elände innan han trillade av pinn. Cyklopen kallades han. Jag förstod ju varför, men det berättade jag inte för en levande själ, och själv fick han aldrig veta vem det var som hade gjort honom enögd.

18

Karins pappa visade sig vara en ungdomlig man i sjuttiofemårsåldern. Han tog emot mig i sitt lilla radhus och bjöd på kaffe. Det var där Karin hade växt upp tillsammans med sin syster Irene.

När Karin var sjutton år och Irene tio, dog deras mamma och Harry blev ensam med ansvaret för barnen. Det hade han med nöd och näppe klarat av, sa han. Men det hade gått bra i livet för båda två och nu hade han dessutom två finfina barnbarn att glädja sig åt.

Jag lät honom prata på lite som han ville, för jag märkte att han var spänd fast han försökte dölja det, och jag förstod att han ville skjuta upp ögonblicket när han skulle vara ensam igen med sina plågsamma tankar. När han kom in på olika sorters arbetsförhållanden fick jag en känsla av att det var ett sätt för honom att närma sig Karin utan att komma alltför nära. Arbetsmiljöfrågor var ett intresse som han och Karin delade och ofta diskuterade, berättade han. Han kämpade för att bevara lugnet genom att hålla sig till det trygga och invanda. Det gjorde mig nästan gråtfärdig att se hur han ansträngde sig för att upprätthålla den normala fasaden och inte låta sorgen och smärtan ta över. Fan, Mårtensson, en förälder ska inte behöva överleva sitt barn!

Till slut var jag ändå tvungen att ställa mina frågor om vad han visste om Karins privatliv. Det visade sig att hon i stort sett hade slutat höra av sig till honom under det senaste halvåret. Han visste inte vad det berodde på, men han gissade att det kunde ha att göra med hennes separation från Henrik, och att hon hade ett behov av att vara ensam och "slicka sina sår", som han uttryckte det. Jag märkte hur ledsen han var för att hon hade dragit sig undan, och jag förstod hur han hade ansträngt sig för att förstå och respektera hennes beslut för att inte ge henne dåligt samvete och lägga sten på börda. När hon dog hade hon på sätt och vis redan försvunnit från honom, och nu är den tiden förlorad, och alla hans ansträngningar har varit förgäves.

Harry Wiklund

Under hela mitt yrkesverksamma liv har jag arbetat med arbetsmiljöfrågor. Lång erfarenhet har gett mig en klar bild av hur den optimala arbetsplatsen ser ut:

Det finns tydliga och klara verksamhets- och arbetsmiljömål som är förankrade hos personalen, och det finns en tydlig fördelning av arbetsuppgifter och befogenheter som personalen känner till.

Varje anställd har möjlighet att påverka sina egna arbetsuppgifter och medverka i förändrings- och utvecklingsarbetet som rör företagets verksamhet.

Varje anställd har anpassade arbetsuppgifter som ger möjlighet till egen utveckling.

Varje anställd ingår i en arbetsgemenskap där han eller hon känner trygghet, delaktighet och social samhörighet.

Företagsledningen och gruppcheferna har kunskaper om människor och deras behov, vilket innebär att man kan lyssna, föra svåra samtal, hantera konflikter och ge återkoppling till personalen.

En utopi, eller?

Förhållandena på Karins arbetsplats var allt annat än optimala, förstod jag. Hon hade en chef som gjorde mer skada än nytta, och flera av hennes arbetskamrater mådde dåligt. När hon på grund av detta uttryckte missnöje med både chefen och ledningen, hamnade hon naturligtvis själv i skottgluggen. Det var bekymmersamt, förstod jag, men det var inte mycket jag kunde göra för att hjälpa henne.

Karin var kompetent och självständig. Hon hade svårt att finna sig i orättvisor, oklara regler och dålig arbetsmiljö. För ledarskapet kan jag tänka mig att hon upplevdes som både störande och hotfull. Att hon ställde sig på en utsatt kollegas sida sågs naturligtvis inte med blida ögon.

Om en arbetsledning har bestämt sig för att med hela sin samlade makt få ut en person ur organisationen, ryggar man oftast inte för att använda vilka regelvidriga metoder som helst. Det värsta som kan hända ifall den oönskade mot förmodan skulle få professionell hjälp, och ifall man skulle förlora kampen, är att man blir skyldig att betala skadestånd.

En ofta framförd hypotes hos allmänheten är att det är offrets personlighet som gör att mobbning och utfrysning uppstår. Den som mobbas är antingen en konstig kuf som rent av "ber om" att få det hett om öronen, eller en svag och osjälvständig stackare som inte är rustad för livets hårda duster. I själva verket kan vilken personlighetstyp som helst duga finfint att reta upp sig på, om det är det man är ute efter. Men ofta är det nog den högeffektiva, kompetenta och minst sociala medarbetaren som drabbas. En seriös, hängiven person som sätter arbetet i första rummet blir sårbar just för att hon är engagerad och bryr sig.

Mången anställd, tror jag, som har ambitionen att göra bra ifrån sig på jobbet kan plötsligt befinna sig i en situation där hennes engagemang förkastas och betraktas som oönskad inblandning. I det läget får den anställda välja mellan att antingen bevara sin integritet eller underkasta sig diktatoriska fasoner av ett auktoritärt och inkompetent chefsskikt. Resultatet blir att hon inte längre har råd att vara generös vare sig mot arbetsgivaren eller sina arbetskamrater.

Mobbning av det slaget kan definieras som en dubbel emotionell våldtäkt. Först behandlar man en människa illa och driver in henne i ett naturligt försvarsbeteende. När hon sen desperat kämpar för att hävda sin rätt hårdnar attityden och man beskyller henne för att ha dåliga personliga egenskaper. I värsta fall betecknar man hennes desperation som "psykisk sjukdom".

Om den utstötta inte ger sig utan fortsätter kampen för sin rätt trots att makthavarna har sagt sitt, kan hon bli betraktad som en rättshaverist. En rättshaverist är en person som "haver rätt" men också riskerar att "haverera" i sin strävan att "hava rätt". Hon kämpar bortom gränserna för vad allmänheten anser lämpligt och blir ofta stämplad som en konstig prick som ingen tar på allvar.

Psykologen Heinz Leyman, som under en stor del av sitt liv forskade om mobbning på arbetet, ansåg att en mobbning som leder till att en person begår självmord ska likställas med begreppet "vållande till annans död". Trots att Leyman skrev flera böcker i ämnet, och blev stor i forskarvärlden, var det ingen i arbetslivet som brydde sig om hans forskningsrön.

Sverige var först i världen med att göra kränkande särbehandling på jobbet till ett arbetsmiljöbrott med arbetsgivaren som ansvarig. Tjugofem år senare är vi snart ensamma i Europa om att knappt ha fört ett enda fall vidare till åtalsprövning.

I Frankrike är mobbning på arbetet kriminaliserat och både mobbaren själv och ansvariga chefer kan dömas till böter eller fängelse. Samtidigt gäller enligt arbetsrätten att arbetsgivare som inte hindrar mobbning kan dömas att betala skadestånd och att uppsägning som orsakats av mobbning är ogiltig. Så där ligger vi långt efter.

Men facket då, finns det ingen hjälp att få av facket?

Nej, där lämnar man sina medlemmar i sticket därför att organisationen i första hand bevakar sina egna intressen. Man vill ha ett gott förhållande till arbetsgivarna i avtalsfrågor och liknande med tanke på framtida löneförhandlingar. Dessutom saknar fackliga ombud ofta förståelse för att psykiskt svårt misshandlade människor som fråntas sina juridiska rättigheter kan visa aggressivitet och desperat förtvivlan.

För den som inte får stöd av facket är advokathjälp ett sista halmstrå. Den utsatta får kanske en summa pengar som kan tolkas som en sorts upprättelse. Men på det sättet blir ju ingen ställd till svars. I Sverige kan man köpa sig fri från ansvar, och särskilt då om man disponerar andras pengar. Nittio procent av advokaternas klienter i den här typen av fall finns hos stat, landsting och kommuner. Om ett privat företag vill köpa tystnad måste man ta från det egna kapitalet, men en skola eller vårdcentral kan ta från skattepengar. När psykiskt våld blir obestraffat upptäcker många hur användbart det är och drar sig inte för att bruka det i eget, tvivelaktigt syfte.

19

Ja, taskiga arbetsförhållanden har man ju erfarenhet av. Det har nog så gott som alla. För att inte tala om knäppa kolleger.

Jag minns hur det gick till när det skar sig mellan Holth och mig första gången. Han måste att gått och retat upp sig på mig utan att jag hade förstått det, för det som hände kom som en total överraskning för mig. En dag hejdade han mig i korridoren och sa:

Det har varit klagomål på dig.

Från vilka?

Från många.

Vilka då?

Det behöver du inte veta.

Vad har dom klagat på då?

Det kan du säkert räkna ut själv.

Nej, berätta.

Folk är rädda för dig.

Rädda?

Ja, bland annat.

Vad är det mer då?

Det vet du nog bäst själv.

Nej, det vet jag inte. Hur många har klagat då?

Det tänker jag inte gå in på. Men väldigt många.

Hur många?

Åtta.

Jag förstod inte vad jag hade gjort för fel. För att få veta gick jag runt bland kollegerna och frågade. *Vad har jag gjort? Vad har du emot mig? Säg, jag kan ta det.* Och svaret jag fick från alla var: *Men jag har aldrig klagat på dig!*

Åtta var lögn. Det var ingen mer än Holth själv som var missnöjd med mig. Det kom fram till slut, i ett annat sammanhang, vad det troligtvis var som hade retat upp honom.

Vid ett tillfälle hade han ändrat i en text som jag hade skrivit och klottrat sarkastiska kommentarer i marginalen. Han lämnade tillbaka pappret när vi möttes i korridoren, och när jag hade ögnat igenom det sträckte jag fram det mot honom och sa: *Det här kan du behålla, för det är förstört nu och går inte att använda.* Han glodde surt på mig utan att ta emot det, och då släppte jag det bara så att det singlade ner på golvet.

Det var det som var mitt brott. På grund av att jag gjorde så, blev jag anklagad för att ha kastat ett papper på honom. *Kastat,* va! Hur jävla lätt är det att kasta ett *papper?* Han var ju patetisk! Bara för att jag hade kallat hans så kallade rättelser oanvändbara ljög han om att kolleger hade klagat på mig. Hade jag inte gått omkring och frågat, kunde jag mycket väl ha trott på det och sanningen hade aldrig kommit fram.

Men då insåg jag vilken omogen liten skit han är och bestämde mig för att aldrig mer inlåta mig med honom. Jag har distanserat mig och väntar mig inget normalt beteende från hans sida längre. Jag undviker att provocera honom och går aldrig i verbal närkamp med honom. Att argumentera med en idiot är bortkastad tid. Jag vill inte ge honom minsta makt över mig och känner mig distanserad även när det är mig han angriper. Jag tiger istället för att försvara mig. Jag backar utan att ge mig. Det är en strategisk reträtt, som inte innebär att han har vunnit. Jag gör det beteendemässigt, på ytan, men inom mig låter jag mig inte rubbas.

Är jag tvungen att lyssna på honom när han går över gränsen för hyfsat beteende, gör jag det med tanken att varje ord han säger är ett bevis på hur ynklig han är. I tysthet nästan uppmuntrar jag honom att avslöja sin otill-räcklighet. Ja, ös ur dig bara! tänker jag. Ju mer du säger, desto fler bevis får jag! Med det förhållningssättet känner man sig inte som ett offer, kan jag säga, utan snarare som den som har kontrollen.

Jag visar mig lugn och oberörd på ytan och uppträder alltid neutralt och korrekt mot honom. Det sista jag vill är att visa honom mina verkliga känslor. Jag vill absolut inte ge honom anledning att tro att han har lyckats kom-ma åt mig. För det gör han inte längre, eftersom jag har avfärdat honom en gång för alla som den omogna och betydelselösa lilla skit han är.

20

Karins väninna har ringt och berättat om en kille som trakasserade Karin, och den killen har vi fått vi tag i och ska höra. Men händelserna är inte särskilt allvarliga och ligger ganska långt tillbaka i tiden, så det är tveksamt om han är intressant för oss. Men man kan aldrig veta.

Förhör med Rezkar Ahmed
FL: Förhörsledare
RA: Rezkar Ahmed

FL: Du är anställd vid en flyttfirma.

RA: Ja, det är jag.

FL: Och tidigt i våras var du med och hjälpte en kvinna vid namn Karin Wiklund att flytta.

RA: Säger ni det så.

FL: Ja, det finns ju dokumenterat. Hur är det, Rezkar, skulle du säga att du har gott minne?

RA: Normalt.

FL: Så om jag frågar dig vad du minns från det tillfället – vad svarar du då?

RA: Ingenting

FL: Du minns inte?

RA: Nej, det var väl inget särskilt med det.

FL: Men du minns Karin Wiklund?

RA: Nej, det kan jag inte påstå.

FL: Enligt uppgift åkte hon med i flyttbilen.

RA: Jaha.

FL: Men det har du inget minne av?

RA: Nej, man träffar så många.

FL: När ni kom fram till lägenheten då, vad har du för minnen av det?

RA: Vet inte. Vi bar väl in grejerna.

FL: Var hon närvarande och visade er hur saker och ting skulle stå?

RA: Det är möjligt.

FL: Men det minns du inte heller?

RA: Nej, inte direkt. Det blir ju en rutin det där, och man lägger inte varje jobb på minnet. Varför frågar ni om allt det här?

FL: Tycker du att det är obehagligt?

RA: Nej, men jag har ju ingenting med det att göra.

FL: Vilket?

RA: Ja, att hon är död.

FL: Men hon måste ha gjort intryck på dig i alla fall?

RA: Nej, vadå?

FL: Eftersom du kom tillbaka till henne senare.

RA: Jag kom inte tillbaka. Varför skulle jag ha gjort det?

FL: För att du ville träffa henne på tu man hand.

RA: Varför skulle jag vilja det?

FL: Ja, berätta vad du var ute efter, Rezkar.

RA: Jag fattar inte vad du snackar om.

FL: Du kom tillbaka och ville träffa henne. Komma in och prata med henne. Det berättade hon för en vän. Och det hände inte bara en gång utan flera.

RA: (tystnad)

90

FL: Du verkar nervös.

RA: Nej, det är jag inte.

FL: Sånt gör oss nyfikna, vet du.

RA: (tystnad)

FL: Men du mindes henne när du fick höra att hon var död? Att hon hade blivit mördad? Du kände igen henne när du fick se henne i tidningen?

RA: Jag fick inte se henne i tidningen.

FL: Men du har sett bilder av henne?

RA: Ja, på nätet.

FL: Vad tänkte du då?

RA: Att det var hon jag var med och flyttade åt.

FL: Alla som har haft kontakt med henne har uppmanats att höra av sig till oss. Men dig har vi inte hört av?

RA: Nej, det var ju så länge sen jag var i kontakt med henne, och jag har ju inget med det där att göra.

FL: Varför försökte du ta kontakt med henne igen?

RA: Det gjorde jag inte.

FL: Tyckte du att hon var tilldragande? Tände du på henne? Ville du ligga med henne?

RA: Äh, lägg av.

FL: Vad var du ute efter då, Rezkar, när du sökte upp henne om och om igen fast hon avvisade dig varje gång?

RA: (tystnad)

FL: Var du där och gjorde ett nytt försök kvällen hon blev överfallen?

RA: Nej, jag var inte där! Ni är ju för fan inte kloka!

FL: Berätta vad du hade för dig då.

RA: Den kvällen?

FL: Ja, den kvällen.

91

RA: Hur fan ska jag komma ihåg det?

FL: Med ditt normala minne borde det väl inte vara så svårt.

RA: Jag bara vet att jag inte var där den kvällen.

FL: Men andra kvällar hade du varit där?

RA: Ja, men sista gången var i somras!

FL: Du var där i somras. Hur många gånger tidigare hade du varit där då?

RA: Två, tre gånger.

FL: Och vad hände vid dom tillfällena?

RA: Att hon inte ville släppa in mig.

FL: Varför ville du komma in till henne?

RA: Jag ville bara snacka.

FL: Jaha.

RA: Ja, vadå? Hon var ju snygg, för fan! Snacka och lära känna henne.

FL: Men det blev det inget av med?

RA: Nej, och då släppte jag det.

FL: Efter två, tre gånger?

RA: Ja, så var det, och sen gick jag aldrig dit igen!

FL: Hur gammal är du, Rezkar?

RA: Tjugoåtta.

FL: Du tyckte inte att hon var lite för gammal för dig?

RA: Nej, vadå? Åldern spelar väl ingen roll om det är nån man gillar.

FL: Du gillade henne?

RA: Ja, det har jag ju sagt.

FL: Men hon gillade inte dig?

RA: (tystnad)

FL: Vad sa hon till dig sista gången du var där?

RA: Att jag inte skulle komma dit mer.

FL: Och då gav du upp?

RA: Ja.

FL: Efter att ha varit där tre, fyra gånger.

RA: Tre gånger!

FL: Och den tredje gången insåg du att det var lönlöst och gav upp.

RA: Ja, vafan då?

FL: Det var inte för att hon hotade med att polisanmäla dig för trakasserier som du slutade tränga dig på då?

RA: (tystnad)

FL: Men inte fan gav du upp! Du fortsatte att bevaka henne utan att ge dig till känna, och en kväll…

RA: Jag gick aldrig dit igen, säger jag ju!

FL: …och en kväll när hon kom ut ur porten följde du efter henne och…

RA: Lägg av, för fan! Jag har inte varit där sen i somras! Så jävla angelägen var jag inte!

FL: (tystnad)

RA: Fattar ni? När hon hotade med polis la jag av!

FL: Ja, vi får väl ge oss här, Rezkar, men jag råder dig att rannsaka ditt minne efter omständigheter som kan styrka det du påstår. Vi hör av oss och återkommer till dig när det har klarnat.

21

Jag har besökt Karins arbetsplats, som är ett företag i finansbranschen. Hon arbetade som servicehandläggare på IT-avdelningen.

Emma Nordström är en av hennes kolleger. Hon har inte jobbat där så länge, och det kändes logiskt att börja med henne, tyckte jag. Med sina relativt nya intryck av personalen och arbetsmiljön kunde hon kanske hjälpa mig att få ögonen på saker av betydelse för utredningen. Jag förklarade att mitt besök var en del av kartläggningen av Karins liv och frågade om hon hade hört sina arbetskamrater prata om Karin, och i så fall på vilket sätt. Nej, det enda hon hade hört var när det blev prat om Tunnelmannen ibland, *och då blir gubbarna tysta. Men det var väl inte han som dödade henne?* frågade hon. *Det vet vi inte än,* sa jag. Och vilka gubbar menade hon? *Vilka som helst som råkar vara där när vi pratar om Tunnelmannen.* Jaha. För övrigt hade hon inte hunnit lära känna Karin närmare på den korta tid hon hade arbetat där och visste ingenting om hennes privata förhållanden.

Emma Nordström

I början trivdes jag jättebra på mitt nya jobb. Det fanns så mycket att lära sig, och det gjorde jag med rekordfart. Chefen tycktes uppskatta min vetgirighet och jag var omtyckt av mina arbetskamrater, trodde jag. Fast en del höll sig lite för sig själva, märkte jag. Jag förstod inte riktigt vad det berodde på, men det blir lite trångt om vi ska sitta alla samtidigt i fikarummet, så det är kanske därför.

Det är tydligen ganska stort missnöje med chefen, men när jag träffade henne i samband med anställningsintervjun tyckte jag att hon verkade trevlig. Det var kanske nyhetens behag som gjorde mig blind, eller att jag var så koncentrerad på att göra ett bra intryck att jag inte märkte hur allting egentligen var. Jag kände ibland att det var lite konstig stämning i gruppen, men jag brydde mig inte så mycket, för i början var jag bara glad över att ha fått ett jobb. Det var ingen som var direkt otrevlig, men alla var så tillknäppta och tysta att man kände sig jättekonstig. Det var ingen som frågade hur ens helg hade varit eller hur man mådde efter att ha varit borta. Jag begär inte att folk ska kasta sig över mig och vilja ha mitt livs historia, men lite öppen och social kan man väl vara? Man får ju aldrig feedback på vare sig sin personlighet eller hur man jobbar annars.

Inte för att jag känner att jag har så mycket gemensamt med dom. Karin var väl okej, och Jenny har jag inget emot, men Bengt har jag svårt för på grund av hans plumpa humor. Han älskar att sitta och prata om äckliga saker vid fikabordet och tycks njuta av att folk tappar aptiten. Vad är grejen med en man som, trots att han har haft halva livet på sig att utvecklas mentalt och mogna, fortfarande har samma bajshumor som när han var tre år? Han sköter ju sitt jobb och så, men annars är det ingen som tar honom på allvar, och det fattar han inte ens.

Eller inte vet jag. Tråkig är han i alla fall, med sina evinnerliga minttabletter som han sitter och smaskar på och

sin överlägsna attityd. Han tror att han har svar på all-
ting. Som att man får skylla sig själv om man vantrivs på
jobbet, till exempel, och att det alltid går att göra nånting
åt det. För att vara brunögd är han jävligt blåögd, alltså,
eller bara allmänt dum i huvudet.

Och det har kanske jag också varit, för jag har alltid
trott att om man är samarbetsvillig och social och gör ett
bra jobb får man vara med i gänget. Men här är det gamla
trotjänare jag har att göra med, och då spelar det ingen
roll vad jag gör, för jag blir ändå inte invald. Man tror att
man är med i laget, men så upptäcker man att man aldrig
får bollen, och då känner man sig jävligt lurad.

Man utesluter mig från info och gör upp planer utan
min vetskap. På ett större möte pratade man om saker
som jag borde ha känt till men inte hade blivit informerad
om, och där satt jag som ett frågetecken och kände mig
dum. Det är så subtilt allthihop, och jag har i det längsta
försökt bortförklara det som händer med att det bara är
ofrivilliga missar och missförstånd. Men jag har börjat
fatta nu att ingen vill ha mig där och försöker mobba ut
mig. Jag vantrivs och har svårt att bemästra situationen.
Jag använder en massa energi för att framstå som glad
och oberörd och anstränger mig för att ta folk på det rätta
sättet och visa mig självsäker. Men det känns som att det
bara är teater.

Jag har försökt prata med min chef, som blev störtirri-
terad och sa att jag bara inbillar mig. Hon frågade om jag
har funderat på vad jag gör för att framkalla dessa nega-
tiva reaktioner hos min omgivning. Hon menade alltså
att det är min personlighet som gör att jag blir motarbe-

tad. Jag fick mest skäll för att jag är jag, typ. Och så pratade hon till mig som om jag var utvecklingsstörd och sa: *Vi ska kanske hitta lite lättare arbetsuppgifter åt dig.* Men det handlar ju inte om arbetsuppgifter utan om att jag är utfryst! Och som slutkläm fick jag veta att jag var en felrekrytering som aldrig borde ha anställts. Jävlig kul att höra, alltså!

När man arbetar väldigt hårt och har problem på jobbet är det svårt att inte ha nån att vara tillsammans med hemma. Jag är nästan alltid ensam på kvällarna, och jag är rädd att det är så här det kommer att fortsätta resten av livet. När jag växte upp trodde jag aldrig att jag skulle bli ensam som vuxen. Jag trodde att jag skulle få det som alla andra, med vänner, man och barn. Jag är trettiotre år nu och har fortfarande ingen familj. I vanliga fall är jag en ambitiös, omtyckt, glad och energisk person. Jag tränar, målar, syr, inreder, fixar och donar. Men nu är jag bara en spillra av mig själv. Jag har totalt tappat fotfästet och orkar inte ta mig för med några saker alls.

Varför måste livet vara så jävla jobbigt? Hade jag vetat att jag skulle må så här dåligt av att byta jobb hade jag aldrig gjort det. Men då riskerade jag att bli arbetslös istället, vilket också är knäckande. Med facit i hand skulle jag ha tänkt igenom beslutet bättre. Det gick alldeles för fort alltihop. Jag trodde att jag hade känt efter ordentligt, men det hade jag inte, och det får jag ta konsekvenserna av nu.

22

Nu när jag har berättat för dig om Cyklopen känner jag att jag måste berätta det för Tom också, men det har inte blivit av än. Som du vet är jag inte den som i första taget ventilerar mina bekymmer inför andra. Jag vill tänka igenom det först, och jag ber inte gärna om hjälp. Dels tycker jag att det är fel att belasta andra med mina funderingar, dels vet jag att ingen löser problemet bättre än jag själv när det är mig det handlar om. Nu är väl det här med Cyklopen inget problem precis, men jag vill ändå invänta rätt tillfälle att berätta det för Tom.

Vi äter middag ihop nu, så ofta vi kan. I motsats till mig gillar han att laga mat, så det är alltid han som fixar käket. Jag har inget emot att diska, tvätta och städa, men handla och laga mat tycker jag är tråkigt. Den dagliga matlagningen är bara en nödvändig plikt för mig. Inte så att jag slarvar med maten, för jag vill få i mig allt man behöver, men själva tillredandet är ingen kreativ syssla för mig, som det är för Tom. Jag är ju vegetarian, och det är inte han, men det är inget problem för honom när det gäller att bestämma vad vi ska äta.

Utredningen rullar på. Om man saknar en uppenbart misstänkt i det initiala skedet får man försöka ta reda på så mycket som möjligt om offrets liv och hoppas att varningsklockor börjar ringa när man råkar snudda vid väsentligheter. Det var väl det jag var ute efter när jag besökte Karins arbetsplats. Inte för att jag trodde att det var där svaren fanns, men det måste ju göras, och man kan aldrig veta.

Sara Åslund är anställd som ekonomiassistent på företaget. Hon har arbetat på samma ställe i över femton år och har alltså stor yrkeserfarenhet. Men hon tyckte att hennes kunskaper inte uppskattades och kände sig nonchalant och illa behandlad av i första hand sin närmaste chef men också av ledningen i stort. Hon hade fått stöd och förståelse av Karin när det gällde den gemensamma chefen, men båda hade känt sig lika maktlösa och inte vetat hur saker och ting skulle kunna förändras och förbättras på arbetsplatsen. Sara verkade trött och uppgiven och jag förstod att Karins död var på gränsen till vad hon orkade med, så jag avslutade samtalet så fort jag kunde och bad att få återkomma vid ett senare tillfälle om det skulle bli nödvändigt.

Sara Åslund

Jag har aldrig känt mig så här förut. Jag kan inte koncentrera mig och vill bara vara ifred. Jag har tappat allt intresse för jobbet och känner mig som en zombie. Allt går bara in i mig. Jag kan inte hålla det ute, och så vaknar jag på nätterna och tankarna börjar mala. Jag har svårt att koppla bort att jag inte har ansvar för situationen. Jag känner att jag borde försöka rätta till allt som inte fungerar och är fel istället för att ge mig för att det inte går och bara rikta in mig på att göra det bra för mig själv.

Plötsligt fick vi veta att rutinerna skulle ändras. Vi som har jobbat på ekonomiavdelningen i tio, femton år och verkligen kan jobbet blev fråntagna alla våra arbetsuppgifter utom två. Orsaken fick vi inte veta, bara att vi skulle göra det som ett test som skulle utvärderas efter sommaren. Men det blev ingen utvärdering, och nu har vi hållit på med det i över sex månader. Förut hade vi lite variation i arbetet, men nu gör vi stort sett bara samma sak hela dagarna och det blir så enformigt. Sylvia, som är en av chefens favoriter, blev utsedd till samordnare. Hon skriver instruktioner till oss som vi ska följa så att vi inte ska behöva lägga ner tid på att tänka efter själva. Men det blir massor med fel och jag frågade Gerd, vår chef, hur vi ska göra när det inte stämmer. Till svar fick jag att vi ska följa instruktionerna och inte bry oss om felen. Det var som om hon inte litade på oss. *När det är Sylvia som sköter det så är jag fullständigt lugn,* sa hon.

Men jag kan inte göra så. Jag gör det som är rätt i alla fall, för jag kan inte förmå mig själv att gå med på felaktigheter. När jag försökte prata med Sylvia om det svarade hon bara snorkigt att vi ska göra som det är bestämt. Men hon gör ju inte rätt! Först har hon tjatat på oss om hur det ska vara, men sen ger hon oss fel instruktioner så att vi tvingas göra fel. Jag vågar inte påpeka det för henne en gång till.

Vi tror att det är Gerd som har hittat på förändringen. Hon hade sagt till nån att vi gjorde så mycket fel. Men vi har jobbat med det här i tio, femton år och kan det nog bra mycket bättre än Sylvia, som bara har varit här några år. Det är som om vi inte räknas längre, trots vårt kunnande och vår långa erfarenhet. Hur kan man göra så mot folk? Förstår dom inte att det skadar? Och vad har dom att vinna på det?

Vi förstår inte varför Gerd är så negativt inställd till oss. Hon sprider falska rykten om våra kunskaper och vår arbetsförmåga som hon egentligen inte har en aning om eftersom hon sällan eller aldrig har några möten med oss. Hon anklagar oss utan att ta reda på om det stämmer och baktalar oss inför personalen på IT-avdelningen som är hennes favoriter och goda vänner. När hon kommer på mornarna hälsar hon inte, fast hon passerar våra rum i korridoren på väg till sitt eget rum. Hon kommunicerar över huvud taget inte med oss. Hon vill att vi ska mejla istället för att störa henne med prat, fast vi sitter i samma korridor på en väldigt liten yta. Ofta svarar hon inte på mejlen heller. Och vi får ingen information. Hon säger inte till när hon går hem. Vi får aldrig veta var hon är när hon inte är närvarande eftersom vi inte har tillgång till hennes kalender. Det är det bara en av hennes favoriter på IT-avdelningen som har.

När vi berättade för enhetschefen hur vi blir behandlade av Gerd fick vi till svar: *Det är väl inte så konstigt att hon gör så med tanke på hur sura och gnälliga ni är. Till och med jag har känt av den dåliga stämningen när jag har kommit ner till er.* Enhetschefen hade varit och fikat hos oss en enda gång halvåret innan, så hur han kunde bilda sig en uppfattning om stämningen hos oss under en kort kafferast förstår vi inte. Men Gerd har väl klagat på oss inför ledningen också, så han hade säkert sin uppfattning klar redan innan han kom.

Ledningen fortsätter att hålla Gerd om ryggen och vi har ingenstans att vända oss för att få hjälp. Jag frågade personalchefen om vi fick gå till företagshälsovården och prata med nån om våra problem med Gerd, men hon svarade bara: *Det har ni inte tid med nu när ni har så mycket att göra, jobba på och se framåt! Och så vill jag inte höra ett ord till om Gerd!*

Vi har inget värde alls i ledningens ögon. Det finns det massor med exempel på. I rummet jag satt förut tyckte jag länge att det luktade konstigt, men ingen annan kände nånting. Jag brukade alltid ha dörren öppen, men så stängde jag den en dag när jag gick hem och nästa dag var lukten ännu starkare och då kände alla den. Vi ringde om det och det kom en man och kollade det. Efter att ha gått runt i rummet en stund och sniffat sa han: *Nej, det är ingenting, det luktar ruttna bananer och handsprit.* Sen visade det sig att det var mögel och att golvet måste brytas upp och hela grunden saneras. Stora plastskynken sattes upp, och männen som jobbade därinne hade ansiktsmasker och skyddskläder. I det rummet hade jag suttit i flera år, så det är klart jag blev orolig.

Jag fick flytta till ett annat rum och dela det med Kerstin. Men det luktar där också, säger hon. Jag är så täppt efter en förkylning just nu, så jag känner ingen lukt, men det kommer jag snart att göra. Trångt är det också, så att vi knappt får plats att arbeta ordentligt. Det är arbetsgivarens skyldighet att se till så att vi har förutsättningar för att kunna göra ett bra jobb, men det struntar dom i. Ingen lyssnar på oss och ingen bryr sig om hur vi har det.

Vi får ingen hjälp ens när vi har rätt till det. Idag till exempel när det kom en jättetung låda som skulle in till oss, vägrade vaktmästarna att befatta sig med den, fast det ingår i deras jobb att göra såna saker. Jag försökte bä-

ra den själv medan vaktmästarna stod och pratade fot-
boll, men jag orkade inte med den. Som tur var kom en
äldre vaktmästare förbi och såg vad jag höll på med, och
han hjälpte mig. Istället för att be sina yngre kollegor att
fixa det, gick han och hämtade en pirra och drog själv in
lådan till oss. Ska det behöva vara så?

Jag brukade prata med Karin om hur vi har det hos oss.
Men det var inte bättre på IT-avdelningen, sa hon, för
Gerd är ju chef över den också, och det är på grund av
henne som allt är så dåligt. Men Karin verkade så stark,
och blev inte alls lika påverkad av det som jag.

23

Mitt i natten vaknade jag och tänkte: Varför tog han hennes nycklar och mobil? Hade han verkligen tid och sinnesnärvaro nog att leta igenom hennes fickor innan han flydde? Och då slog det mig: *Hade* hon över huvud taget några fickor? Hon var ju träningsklädd och hade ingen jacka på sig, mindes jag. Var förvarade hon då sakerna hon hade med sig? Eller hade hon ingenting med sig? Jag låg och tänkte på det en lång stund, men det fanns ju inget jag kunde göra just då för att få klarhet i det, och jag lyckades faktiskt somna om.

När jag kom till jobbet letade jag fram listan med kläderna som Karin hade på sig när hon anlände till sjukhuset. Det var svarta joggingbyxor, vit kortärmad T-tröja, röd långärmad collegetröja, svart sportbehå, svarta trosor, vita strumpor och silverfärgade sportskor. Joggingbyxor brukar inte ha fickor och inte tröjor heller, så var hade hon förvarat mobilen och nycklarna? Jag ringde till Hansen och frågade om han visste hur hon brukade göra.

Jo, hon brukade använda ett midjebälte när hon var ute och sprang, sa han. Om hon inte hade bytt ut det så var det svart och grönt med två fickor, och själva bältet var stretchigt och hade ett ställbart spänne.

Ja, det förklarade ju saken. Mördaren tog alltså med sig bältet där telefonen och nycklarna låg. Men varför? Vad hade han för nytta av det? Med hjälp av mobilen kunde hon förstås snabbt ha identifierats, och det ville han kanske skjuta upp i det längsta. Eller fanns det samtal från honom själv lagrade i den?

Helena Axberg

Karin var duktig på jobbet, men man visste ingenting om hennes privatliv, för det pratade hon aldrig om. Hon var inte gift, och jag tror inte att hon hade nån sambo heller. Jag respekterade henne, men jag höll inte med henne om att man alltid måste leta efter fel och brister överallt. Det blir så tråkig stämning om man bara fokuserar på det negativa, tycker jag. Men hon var lite åt det hållet. Hon var sträng och ville att allt skulle göras exakt efter regelboken. Alla skulle uppföra sig som hon tyckte var lämpligast. Jag märkte att hon blev sur och ogillande om man pratade för mycket om privata saker eller över huvud taget pratade och skrattade för mycket. Är man på jobbet ska man jobba och inget annat, verkade hon mena. Men jag tycker att det sociala är precis lika viktigt. Jag tycker att man ska ha det trevligt och trivsamt på sin arbetsplats, för allt är inte bara jobb här i livet.

Jag trivs med mitt arbete. Lite för mycket kanske, för jag har en tendens att rycka in överallt där det behövs och ta på mig för många arbetsuppgifter. Jag blir ofta stressad, och det försöker jag motverka genom att med jämna mellanrum påminna mig själv om att jag ska gå hem i tid och lämna halvfärdiga saker på skrivbordet och säga nej till alla extrauppgifter när mitt schema redan är fulltecknat.

Många har bilden av att jobbet som ekonomiassistent bara handlar om fakturering och bokföring eller att arbetet är enformigt. Men ganska ofta får jag till uppgift att lösa problem som uppstår genom att skaffa information om olika saker. Jag får gräva fram vad som har blivit fel och kanske förklara för andra vad som hänt och hur det ska kunna rättas till. Jag är den som har koll, och jag gillar att vara spindeln i nätet, så det är rätt svårt för mig att dra ner på ambitionsnivån. Efter snart sju år kan jag det här jobbet, och det vet alla. Ibland ber Gerd mig att ta hand om uppgifter som egentligen inte är mina, bara för att hon vet att jag gör det bättre än den ordinarie.

Det är både för- och nackdelar med att vara kunnig. Den största nackdelen är att jag periodvis känner mig rätt oumbärlig. Om jag vill vara ledig eller om barnen är sjuka kan det kännas svårt att stanna hemma. Det verkar som om mina arbetskamrater tycker att det blir så krångligt utan mig. Jag har till och med släpat mig iväg till jobbet med feber ett par gånger för att inte orsaka besvär för mina kollegor.

Och man måste våga bry sig. Om man ser att en arbetskamrat mår dåligt måste man våga ta tag i det. Som när det gäller alkohol, till exempel. Man har kanske börjat misstänka att en kollega dricker för mycket. Han ser trött ut och har fått svårt att passa tider. Ibland försvinner han från jobbet, och han är ofta sjuk på måndagar. När man frågar honom hur han mår säger han att det är prima liv, och först tänker man kanske: Jaja, det är ju hans liv, jag ska inte lägga mig i. Men sen inser man att en kollega kan man inte bara lämna i sticket.

Arbetskamrater har ingen formell skyldighet att agera om en kollega mår dåligt. För omgivningen handlar det

106

mer om vanlig, enkel medmänsklighet. Man vill hjälpa och måste våga lägga sig i. Men man ska inte gå alltför rakt på sak, för då stöter man bara på motstånd och förnekelse. Ingen som dricker för mycket och får ett påpekande tackar och tycker att man är hygglig som tar upp saken. Nej, man får lägga upp det lite diplomatiskt. Är man osäker kan man rapportera direkt till chefen, som är den som har ansvar för att personliga problem inte påverkar verksamheten. Det står i arbetsmiljölagen. Vi hade en kille här förut som hade alkoholproblem, och när vi berättade om våra misstankar för Gerd tog hon genast tag i det och såg till så att han fick hjälp.

Gerd är en bra chef. Hon lyssnar alltid på våra åsikter och försöker inte tvinga oss till saker som vi inte vill. Om det till exempel har kommit förslag på förändringar som inte alla vill ha och några av oss protesterar, bestämmer hon att det får vara som det är och ändrar ingenting. Hon vill att vi ska trivas och ha det bra. Och när hon själv mår bra är hon alltid skämtsam och glad. Man förstår ju att hon blir lite dämpad och inte orkar vara på toppenhumör när hon har ont, men annars gör hon verkligen allt hon kan för att det ska fungera för oss på ekonomiavdelningen. Hon har blivit motarbetad av några som inte gillar henne, men annars är det inga problem, utom att en del tycker att det är lite jobbigt att hon är borta så mycket.

När hon är hemma och sjuk och hon kanske skriver om det på Facebook brukar jag skriva nånting tillbaka för att peppa och muntra upp henne, och hon gör detsamma till mig. Inte för att jag är sjuk och borta från jobbet särskilt ofta, men jag har andra problem som jag kan behöva stöd

i. Jag är ensamstående med två barn, och ibland känner jag mig så arg för att jag måste ha hela ansvaret själv. Jag önskar att jag inte kände mig så orättvist och illa behandlad, för det finns många kvinnor i samma situation som har det ännu värre.

Men jag tycker att det är svårt. Jag bollar mellan barn, arbete, hushållsgöromål, ekonomiska bekymmer, vänner och ett sexliv som lyser med sin frånvaro. Jag är ofta trött och irriterad, och det går ut över pojkarna. Antingen är jag för sträng, för släpphänt eller för överbeskyddande. Ibland får jag lust att bara slänga iväg dom till pappan och sticka iväg nånstans på obestämd tid. Men vi har ingen kontakt med honom längre och får vara glada att vi slipper honom.

24

Tom är skild och har en tonårsdotter som kommer och hälsar på honom ibland. Jag har inte träffat henne än, men jag hoppas att det snart ska bli av. Däremot har jag blivit presenterad för hans ex-fru Charlotte, som visade sig vara en livlig och färgstark person. Jag, som aldrig sminkar mig, aldrig målar naglarna, aldrig färgar håret, aldrig använder smycken eller högklackade skor och för det mesta går omkring i second-handkläder i dova färger, framstod säkert som en grå liten mus i hennes ögon. Men för mig känns det inte naturligt att måla och smycka mig. Det har det aldrig gjort. När jag nån gång har försökt har jag bara känt mig obekväm och tillgjord. Jag har sparat massor med tid och pengar på att inte använda skönhetsprodukter.

Charlotte verkade lite uppskruvad, men jag märkte att Tom och hon kom bra överens. No hard feelings efter skilsmässan alltså, vilket ju är bra med tanke på dottern, som förresten heter Ida och är fjorton år. Hon är lika gammal som jag var när pappa dog. Jag berättade aldrig för dig hur det gick till, men du visste att det hände när jag var i tonåren. Det är snart trettio år sen, men jag minns det fortfarande tydligt.

Samma dag som pappa försvann hade jag gått till skolan som vanligt. Det var en fredag i början av oktober. Pappa var författare och satt för det mesta hemma och skrev, och den dagen hade han lovat hjälpa mig med en skoluppgift på eftermiddagen.

Men när jag kom hem var huset tomt. Pappa var inte där. Jag tänkte att han hade gått ut i ett ärende och snart skulle dyka upp, men det gjorde han inte. När mamma kom var han fortfarande borta, och då började vi undra, för det var inte alls likt honom att bryta ett löfte. Mamma lagade mat, och när vi hade ätit gick vi ner till småbåtshamnen för att se om vår segelbåt fanns på plats. Vi tänkte att pappa kanske hade gett sig ut på en segeltur, som han brukade göra ibland när han körde fast i arbetet och behövde hämta inspiration.

Och kajplatsen i hamnen var tom. Han hade alltså gett sig ut på sjön och blivit fördröjd. Det var ganska dåligt väder, så vi antog att han hade gått in i en vik för att söka skydd över natten. Vi var fortfarande inte oroliga och kände oss säkra på att han skulle komma tillbaka nästa dag.

På kvällen blåste det upp till storm, och då frågade jag mamma om hon inte var orolig för pappa i alla fall, men hon sa att han var en van seglare som alltid brukade vara försiktig och aldrig tog några onödiga risker. Och det visste ju jag också, så jag lät mig lugnas och tänkte att han säkert låg och sov i ruffen och skulle komma hem när vädret hade blivit bättre. Att han hade råkat ut för en olycka trodde varken mamma eller jag.

Men dagen därpå när han fortfarande inte hade dykt upp eller hört av sig började vi bli oroliga. Det var fortfarande dåligt väder, men inte så dåligt att han inte skulle kunna segla hem. Mamma försökte hela tiden hitta förklaringar till att han inte hörde av sig för att hålla modet

uppe. Men på kvällen bestämde hon sig för att larma po-
lis och sjöräddning, och ett stort spaningspådrag sattes
in. Dagen därpå hittades segelbåten tom och övergiven.
Den var vattenfylld och låg och drev. Av pappa syntes
inte ett spår.

Vår första tanke var att han hade fallit överbord, men
vi trodde inte riktigt på det, med tanke på vilken van och
försiktig seglare han var. Mamma tänkte att han måste ha
drabbats av en hjärtattack eller blivit sjuk på annat sätt,
för annars skulle han aldrig ha lämnat båten.

Spaningarna efter honom fortsatte i över en månad
utan resultat. Det dröjde ända till våren innan hans döda
kropp påträffades. Mamma tyckte att det var skönt att få
klarhet och veta att allt hopp var ute, för ovissheten hade
varit olidlig och nästan gjort henne galen, sa hon. Nu
kunde hon äntligen börja sörja och komma vidare. Men
för mig framkallade beskedet om pappas död bara en
vanmäktig ilska, som det tog lång tid för mig att bli av
med.

Av alla jag pratade med vid mitt besök på Karins ar-
betsplats var Jenny Holmgren den enda som visade in-
tresse för utredningen och för det som hänt Karin. Jenny
är servicehandläggare och var den som arbetade närmast
Karin. Alla har väl i och för sig fått veta det mesta genom
media, men Jenny ställde frågor om saker som fortfa-
rande inte är offentliggjorda och som jag alltså hade lite
svårt att svara på. Hon var också den enda som verkade
sakna Karin och visade äkta förfäran över det som hänt
henne.

Jenny Holmberg

Det kom en kvinnlig polis till jobbet och pratade med oss om Karin. Mig frågade hon bland annat om jag hade lagt märke till några speciella reaktioner hos mina arbetskamrater när vi fick veta vad som hade hänt. Jag sa att alla som var där blev förskräckta och upprörda, men hur till exempel Bengt reagerade vet jag inte, eftersom han var borta hela den veckan. För det mesta brukar han komma till jobbet hur sjuk han än är, men den veckan var han tvungen att stanna hemma eftersom han hade fått ryggskott och inte kunde ta sig ur sängen. Jag sa inget om det till polisen, för det hade ju inte med saken att göra, och vem bryr sig om hur *han* reagerade? Gerd var också borta, och jag sa inget om det heller, för det är ju mer regel än undantag att hon inte är på plats.

Ja, och så blev jag tillfrågad om hur Karin var som person. När jag beskrev henne sa jag bland annat att hon var självständig och tuff och ofta sa vad hon tyckte på ett självklart sätt så att ingen tog illa upp eller blev arg. För mig blir det alltid fel när jag försöker påpeka saker. Jag uttrycker det på fel sätt, tydligen, så att alla blir negativa och sura.

Om vi hade en bättre chef som tog sitt ansvar och skötte sitt jobb skulle det inte behövas några påpekanden. Men hon är så svag och eftergiven och har ingen auktoritet alls. Hon försöker bestämma ibland, men stöter hon på motstånd från vissa personer släpper hon frågan och låter allt fortsätta som förut. Och hon hör sig aldrig för med oss andra om vilka synpunkter och önskemål vi har. Vi får aldrig lämna gemensamma förslag. Fast det skulle väl inte fungera, för alla vill för det mesta olika saker.

Jag hade länge önskat mig ett eget och bättre rum än det jag hade, men Gerd hade inte kunnat ordna det. Jag ville ha ett tyst rum med fungerande teknik, bra ljus, bra ventilation och tillräckligt stort bord. Det är viktig för mig att det praktiska fungerar bra, och det hade det aldrig gjort i rummet jag hade då. Jag hade tjatat på Gerd i flera år om att få ett annat, och till slut tog hon tag i det och visade mig tre rum i korridoren som jag fick välja mellan. Det var en fredag, och jag kunde lämna besked efter helgen, sa hon.

På måndagen när jag träffade henne hann jag inte ens berätta vilket rum jag hade valt förrän hon sa att jag inte kunde få eget rum och att Gunilla och jag skulle dela det minsta. Dom två större skulle vaktmästarna ha. Jag kände mig lurad och blev så besviken att jag mådde illa. *Men i fredags sa du ju att jag skulle få ett eget rum och kunde välja vilket jag ville ha*, sa jag. *Ja, men det går inte. Du får dela med Gunilla.*

Inte ett ord till förklaring eller ursäkt. Om hon hade förklarat varför det var ändrat och bett om ursäkt och visat förståelse för min besvikelse hade jag nog kunnat ta det, men hon bara sa att vaktmästarna, som ofta bara sitter och surfar på nätet i sina rum, skulle ha dom två andra.

Jag bara gick. Jag mådde illa och åkte hem. Det fick jag skäll för efteråt, att jag bara "stack iväg så där". Men jag blev ju så ledsen och kände mig så lurad! Gerd visste att jag helst ville ha ett eget rum där det var lugnt och tyst,

113

och att jag är allergisk mot cigarettrök. Trots det blev jag placerad i rummet intill postrummet, vägg i vägg med datorutrustning och servrar som surrar hela tiden. Utanför står en kopieringsmaskin, en papperstugg och återvinningstunnor, och korridoren är belamrad med lastpallar, gama kartonger och annat bråte. Själva rummet är litet och har dålig belysning. Det rummet skulle jag dela med Gunilla, som röker. Det blev alltså raka motsatsen till mina behov och önskemål, vilket Gerd måste ha varit fullt medveten om men tydligen sket fullständigt i.

Det var Gerd som anställde mig en gång i tiden. Det var många sökande till tjänsten, så varför valde hon just mig? Det förstår jag inte nu, när hon knappt hälsar på mig längre och blir irriterad och avvisande så fort jag ber henne om hjälp. Och hur ska jag tolka det där med rummet? Var det ett straff? Men vilket brott hade jag begått, och när hade rättegången varit?

Om man uttrycker kritik eller talar om vad man behöver når det snart ledningen och man blir kallad till ett möte med enhetschefen. Det hände mig för ett halvår sen. Anklagelserna då var att jag hade överklagat min lön två gånger och att jag hade "bråkat" med Gerd om att få eget rum. Jag hade också mejlat till personalavdelningen och frågat vad Gerd hade i lön, och det får man absolut inte göra! Det angår inte mig vad andra har i lön. Jag fick be om ursäkt och förklara att jag inte visste att det var förbjudet – vilket det inte alls är, enligt lagen. Jag fick veta att jag var missnöjd och negativ och skapade dålig stämning så att folk i min omgivning mådde dåligt. Det var inte mitt ansvar att påtala brister, felaktigheter eller miss-

114

förhållanden. Jag skulle inte ifrågasätta beslut eller vad en överordnad sa. Om jag hade synpunkter på arbetsrutiner och liknande, skulle jag lägga fram det på möten på ett bra och trevligt sätt.

Men om det inte ges några tillfällen till det då? Om man inte blir tillfrågad? På möten ska man ju helst flamsa och prata om privata saker och inte fokusera på arbetsfrågor.

Straffet för mitt dåliga uppförande blev att jag inte skulle räkna med nån löneförhöjning om jag inte avsevärt förbättrade mitt beteende. Om ingen påtaglig förbättring hade skett efter en kort prövoperiod skulle jag inte få stanna kvar. Om jag var missnöjd och inte kunde acceptera rådande förhållanden skulle jag säga upp mig.

Jaha, och vem skulle informera enhetschefen om hur jag uppförde mig under prövotiden då? Det framgick inte. Men tydligen förändrades jag tillräckligt för att slippa få sparken i alla fall. I själva verket har jag inte förändrats ett dugg. Jag har bara fattat att jag inte kan visa vad jag tycker, tänker, känner och vill om jag vill behålla mitt jobb.

25

Bengt Sundin är servicehandläggare på Karins arbetsplats och har alltså samma befattning som Jenny och Emma har och som Karin hade. Han bjöd in mig på sitt rum och drog fram en besöksstol åt mig. Själv satte han sig bakom skrivbordet, som om det var han och inte jag som skulle leda samtalet. När jag frågade vad han hade tänkt när han fick veta vad Karin hade råkat ut för sa han: *Ja, vad tänkte jag? Att hon hade en jävla otur som råkade befinna sig där just då.* Han verkade ganska oberörd över hennes död och tycktes njuta av situationen och min – det vill säga polisens – uppmärksamhet. Det kändes lite märkligt, tyckte jag. Han var liksom i sitt esse och drog en harang i stil med: *Vilken jävla otur alltså, att bli ihjälslagen i motionsspåret, men det finns ju en del sjuka typer som springer omkring i buskarna och bara väntar på att ett lämpligt offer ska dyka upp. Ja, det vet ju du som är polis bättre än jag. För jävligt är det i alla fall.* Men det fanns ingen äkta upprördhet bakom orden, tyckte jag.

Jag gillade honom inte. Hela han utstrålade självbelåtenhet, och den belåtenheten förstärkte jag genom min blotta närvaro som polis, märkte jag. Det gjorde mig irriterad och fick mig att avsluta samtalet fortare än jag kanske borde ha gjort. Jag stod inte ut med honom. Han påminde väl för mycket om Holth, antar jag.

För inte så länge sen seglade sagda herre in på mitt tjänsterum i sällskap med en kollega, pekade på mitt extrabord och sa:

Kan du sätta dig där istället, vi behöver plats att sortera på, och det där bordet är för litet.

Nej, det går tyvärr inte. Jag sitter och jobbar med en sak i min dator här och kan inte gå ifrån.

Äh, du är så jävla otrevlig! Du har fan samarbetsproblem! Tänk så mycket trevligare det skulle vara om du visade lite samarbetsvilja!

Djupt förorättad vände han på klacken och seglade ut igen med kollegan i mesigt släptåg. Och jag satt kvar och tänkte, som han så ofta ger mig anledning att tänka: Stackars jävla lilla skit.

Bengt Sundin

Jag trivs oerhört bra med mitt jobb som servicehandläggare. Det har jag gjort sen den dag jag började. Arbetet är omväxlande, självständigt och relativt fritt. Visst, vi har våra schemalagda rutiner, men jag kan själv bestämma hur jag ska lägga upp arbetet. I viss mån kan jag även bestämma vid vilken tidpunkt jag ska göra vissa saker. Särskilt under perioder när min kropp inte fungerar riktigt som den ska känns det skönt att kunna planera in vilopauser utan att behöva tänka på vad det kan innebära för andra.

Annars är mitt mål att försöka få ut så mycket som möjligt av varje dag. Att trivas, samtidigt som jag gör ett bra jobb. Jag ljuger om jag säger att jag aldrig har känt mig less, men nio gånger av tio ser fram emot att gå till jobbet. På många arbetsplatser är personalen missnöjd med chefen, men man måste inse att en chef inte alltid kan vara till hundra procent perfekt. Visst, det finns människor som är helt tokiga och inte borde vara arbetsledare, men har man råkat ut för den sortens chef är det bara att sluta. Man måste tänka positivt och hitta lösningar. Att tänka positivt tar en långt, både i arbetslivet och privat. Jag kan ärligt säga att hade jag tänkt negativt hade jag inte varit där jag är idag. Att klaga utan att samtidigt försöka göra nånting åt situationen är bara ett sätt att försöka dra sig undan sitt personliga ansvar.

Hur lätt är det egentligen att bli sjukskriven och få ersättning från försäkringskassan för att man vantrivs på sitt arbete? Räcker det med att gå till en läkare och säga att man inte kan sova längre på grund av jobbet? I mina ögon verkar det vara jävligt lätt eftersom jag vet flera i min omgivning som har lyckats med det. Jag trodde att försäkringskassan var strängare nu för tiden, men så verkar det inte vara. Jag har kanske fel, men jag tycker inte att skattepengar ska användas till att individer som inte trivs på jobbet ska slippa arbeta och få ersättning från försäkringskassan istället. Var finns det personliga ansvaret som gör att man själv försöker lösa problemet genom att till exempel prata med chefen, be om andra arbetsuppgifter eller söka ett nytt arbete?

Det som irriterar mig mest är att individen själv inte behöver ta ansvar för sin situation eftersom det löser sig ändå. Ansvaret lyfts bort från vederbörandes axlar och andra, bättre behövande, får lida. Jag anser att ansvaret i alla lägen ska placeras där det hör hemma.

En gammal kompis till mig, som jobbade inom kommunen, hade en knäppgök till chef, och efter ett par år sa

118

han upp sig från det jobbet. Han hade inga som helst tankar på att söka läkare och bli sjukskriven istället. Annars är kommunerna kända för att anlita företagshälsovården och gulligulla med sin personal. Men den möjligheten utnyttjade han inte, utan han tog sitt ansvar och slutade. I hans fall berodde problemen helt klart på chefen, men för det mesta är jag övertygad om att det är andra orsaker än en dålig chef som gör att folk inte mår bra.

Jag har mått jävligt dåligt på en arbetsplats en gång, och då pratade jag med chefen och försökte göra det jag kunde för att förbättra läget. Det var inte lätt, men det blev bättre och jag lärde mig hur besvärliga situationer kan lösas. Jag fick en jävligt bra erfarenhet som jag kommer att ha stor användning av om jag skulle hamna i samma situation en gång till. Jag tog tag i problemet och löste det, vilket vissa i min omgivning bevisligen inte gör.

Även chefer har en benägenhet att vilja sopa problem under mattan. En chef som råkar läsa nånstans att "det finns många med alkoholproblem på våra arbetsplatser" börjar kanske tro att var och varannan har trubbel med spriten. Sånt som egentligen är tecken på stress, vantrivsel, sömnproblem och sjukdomar – ja, allt möjligt som kan få folk att se lite härjade och hängiga ut – läggs då i korgen för alkoholproblem, och chefen börjar gå runt och insinuera att medarbetare har spritproblem. För chefer som inte klarar av att leda sin personal passar den inställningen säkert utmärkt. Men jag skulle vilja se statistik på hur många det är som har spritproblem till den grad att jobbet inte går att sköta. Enligt min mening finns det betydligt vanligare orsaker till att folk mår dåligt. Nu flyttas

119

fokus bort från det verkliga problemet, även om man inte ska förneka att det finns missbruksproblem också.

Det verkliga problemet, enligt min mening, är att folk inte tar ansvar för sig själva. Det tycks inte finnas några krav på det heller. Det är tyvärr politiskt korrekt nu för tiden att alltid skylla på chefen, systemet eller organisationen. Och visst, det finns chefer som är rena rama psykopaterna. Det visar sig inte bara på jobbet. En pervers individ tenderar att upprepa sitt destruktiva beteende inom alla områden i livet: på sin arbetsplats, i sina vänskapsrelationer, med sin partner, tillsammans med sina barn. Det finns personer som lämnar kadaver och levande lik i sina spår men ändå verkar fullt normala och anpassade i samhället. Men har du en psykopatchef som gör livet till ett helvete för dig så är det lik förbannat ditt eget ansvar om du bestämmer dig för att kasta dig framför tåget eller inte. Ditt liv är ditt och det kan ingen annan ta ansvar för.

26

Nu har jag träffat Toms dotter. Det var inte planerat, och det tror jag var bra, för nu föll det sig lätt och naturligt alltihop, som det kanske inte skulle ha gjort annars.

Jag råkade vara hemma hos Tom när hon kom dit och ringde på. Hon visste redan att Tom träffar mig, så hon blev inte särskilt förvånad över att se mig där, och sen började vi prata alla tre. Hon är lik sin mamma till utseendet, och till sättet är hon lugn och sansad. Det kommer inte att bli svårt för oss att komma överens, tror jag.

Karins chef däremot, hade jag lite svårt för. Hon gjorde inget sympatiskt intryck på mig. Det jag reagerade negativt på var att upprördheten hon visade inte tycktes bero på att en av hennes medarbetare hade förlorat livet under vidriga omständigheter utan snarare gällde bekymret med att snabbt rekrytera en ny servicehandläggare. I och med mordet hade hon fått en extra arbetsuppgift på halsen, och det bekymrade henne mer än Karins död.

Nej, nu är jag orättvis. Jag förstår inte vad det är med mig. Jag blir så irriterad på folk ibland. Och jag tycker inte att det gav nånting att prata med Karins arbetskamrater. Alla hade så lite att säga, och ingenting har fört utredningen framåt. Hur ska vi lyckas lösa det här, Mårtensson? Hur ska vi hitta honom?

Gerd Isaksson

Att jag utbildade mig till ekonom är bland det bästa jag

gjort här i livet. Ekonomyrket är brett och mångfasetterat, mycket ansvarsfullt, utmanade och roligt och kräver stor noggrannhet. Jag älskar att fördjupa mig i redovisning, revision och budgetarbete och skulle önska att jag i ännu högre grad kunde ägna mig åt just dessa arbetsuppgifter. För närvarande är jag chef över en ekonomiavdelning och en IT-avdelning, vilket innebär att jag också har personalansvar. Jag är mycket engagerad i mitt arbete, vilket tyvärr har lett till att jag har nått så höga stressnivåer att jag blivit sjuk. Stress kan ha många orsaker, men i mitt fall är det främst kroniska hälsoproblem, men även svårigheter på arbetet, som har framkallat den.

Under en längre tid nu har jag haft vissa personalproblem att brottas med. I första hand handlar det om ett antal personer som på olika sätt påverkar omgivningen i så hög grad att det har blivit ett arbetsmiljöproblem. Man vägrar hjälpa till när en medarbetare är sjuk eller har semester. Man ställer orimliga krav och vill ha extra förmåner, som att till exempel få slippa vissa rutinartade arbetsuppgifter. Man accepterar inte fattade beslut och anser att det är okej att öppet ifrågasätta mina direktiv och deklarera att man inte alls tänker samarbeta, eller så tiger man och fortsätter att göra som man alltid har gjort. Vi har utarbetade rutiner som naturligtvis ska följas, men detta struntar man ofta i. Det verkar som om man inte förstår sina skyldigheter som anställd och tror att man har rätt att själv bestämma hur verksamheten ska bedrivas. Genom att ständigt spela oförstående och påstå att man inte fått information kan man med gott samvete fortsätta att göra som man själv vill. Som chef har jag få redskap att ta till för att stävja oacceptabelt beteende hos personalen, och det gör det näst intill omöjligt för mig att driva igenom min vilja, vilket sliter hårt på mig.

Som mellanchef hamnar man lätt i kläm mellan kraven från ledningen och förväntningarna från medarbetarna. Kraven uppifrån innebär att vi med befintliga resurser förväntas göra ännu mer för att uppfylla våra övergripande mål, medan kraven nerifrån går ut på att jag ska vara insatt i varje liten detalj i det dagliga arbetet. Men jag kan omöjligt tillfredsställa alla, och när jag försöker förklara detta för min chef eller mina medarbetare, får jag inget gehör.

Efter att i flera års tid ha varit sjukskriven på deltid, har jag nyligen gått upp till heltid igen. Det var jag själv som tog beslutet, mot min läkares inrådan, för jag orkade inte med pressen av att inte hinna med alla arbetsuppgifter. Ju mer sjukfrånvaro jag hade, desto mer fick jag att göra när jag väl var tillbaka på arbetet igen. Det blev en stress i sig, som bara förvärrade min situation. Det går inte att i längden bara göra det man är tvungen till, utan det måste också finnas tid och utrymme för det man tycker är lustfyllt i arbetet. Jag får inte glömma bort anledningen till varför jag en gång utbildade mig till ekonom.

Det är för tidigt att säga om det kommer att fungera, men jag har arbetat tillsammans med min terapeut på att bli mer medveten om mina behov och på att bli bättre på att sätta gränser gentemot andra. Jag har också sänkt mina krav på mig själv, och det hoppas jag ska hjälpa en del. Men jag får vakta på mig själv så att jag inte faller tillbaka i den gamla trallen. Jag blir lätt otålig och vill se snabba resultat, och jag har svårt att säga nej om jag till exempel blir ombedd av min chef att lösa en speciell arbetsuppgift som han anser att just jag är bäst lämpad att utföra. Ibland, eller ganska ofta, borde jag nog säga nej istället, för min hälsas skull.

Jag har ett yrke som jag älskar, och jag vill inget hellre än att arbeta med det jag brinner för. Men samtidigt får jag inte glömma att jag är kroniskt sjuk med en besvärlig smärtproblematik som kräver medicinering med otrevliga biverkningar. När arbetsveckan är slut, oavsett hur många dagar jag har jobbat, så kommer smärtan som ett brev på posten, och det mönstret kan inte vara annat än stressrelaterat. Smärtan begränsar mig, både privat och på jobbet, och jag är så less på att ha det så här. I perioder har jag svårt att sova på grund av värken. Sömnbristen påverkar naturligtvis min prestationsförmåga och leder också till att jag ofta inte orkar vara social när jag är ledig. Istället måste jag vila och sova stora delar av helgen. Men jag försöker hålla humöret uppe, för det blir ju inte bättre av att man blir arg och gnäller. Envis som jag är brukar jag varje gång tänka att i morgon är det en ny dag och då mår jag säkert bättre.

27

På en personalfest får man ofta bevittna saker som man hade mått bättre av att slippa. Allrahelst om man som jag varken röker, dricker, dansar eller gillar att umgås i stora sällskap. Jag blir en betraktare som hör och ser allting utan att delta själv. Det var för maten jag gick dit, men när kvällen var slut förstod jag att jag borde ha stannat hemma.

Här kommer i alla fall en rapport från årets så kallade grisfest som inte skilde sig så mycket från den förrförra som jag deltog i för att du bad mig komma med och hålla dig sällskap.

I år började jag med att konstatera det jag redan visste, att en del yngre förmågor i kåren eftersträvar samma framtoning som buset. Renrakade skallar, svällande armmuskler, tatuerade halsar... Vissa beter sig som buset också. Kör bil som dårar både i jobbet och på fritiden, parkerar utan att betala för sig, super och blir dryga och otrevliga på fester. Många har en känsla av att stå över lagen och anser att det är deras självklara rättighet.

Jävla idioter, säger jag.

Och på julfesten söps det, kan jag säga, även om det inte gällde alla. I början var det mest glada återseenden och uppsluppet snack med gamla kolleger som man inte hade träffat på ett tag. Dom flesta av oss har ju börjat sin yrkesbana vid ordningspolisen. Alla har vi minnen av långa, innehållslösa nattpass i en radiobil tillsammans med en kollega. Själv minns jag särskilt en kvinnlig polisassistent som fick mig att fundera en del över var gränserna för våra befogenheter går. Det är längesen nu, men det som hände gjorde så starkt intryck på mig att jag fortfarande minns det tydligt.

Åsa och jag patrullerade som vanligt i centrum. Det var jag som körde och Åsa satt bredvid. Utanför en krog var det väldigt stökigt. Åsa var först ut ur bilen och fick syn på en kille som var misstänkt för ett knivrån samma kväll. Hon fick tag i honom, och vi bestämde att vi skulle skyddsvisitera honom eftersom vi inte visste om han fortfarande var beväpnad. Vi bad honom inte tömma fickorna själv eftersom det kan innebära fara.

Killen var kraftigt berusad och motsatte sig kroppsvisitationen. Han gjorde motstånd och började kalla oss snutfitta och snuthora. Åsa tappade tålamodet och sa åt honom att hålla käften. *Jag är så jävla trött på alla puckade svartskallar!* sa hon. Vi gjorde en nedläggning och försåg honom med fot- och handfängsel. Sen placerade vi honom i baksätet och Åsa hoppade in bredvid honom.

Jag körde bilen, och under hela färden till polishuset var killen stökig och aggressiv. Han var aldrig fysiskt hotfull och kunde inte göra så mycket eftersom han var bojad, men han var verbalt otrevlig hela tiden. Han skrek könsord och fortsatte att kalla Åsa snutfitta och snuthora. Det var henne han riktade in sig på i första hand. Han hotade henne och sa att han skulle ta reda på var hon bodde och komma och döda både henne och hennes familj.

Jag hade koll bakåt i backspegeln, men jag såg inte allt

hela tiden. Plötsligt hörde jag hur killens huvud dunsade in i sidorutan. Det hördes tydligt att hans huvud for mot rutan med en ganska hög smäll. Jag vände mig om och såg att Åsa hade tryckt upp honom mot fönstret i hörnet. Hon halvlåg över honom och skrek: *Du ska fan inte kalla oss horor!* Jag tyckte att hon överreagerade när hon tryckte in killens huvud i rutan. Det blev helt tyst i bilen och jag reagerade på det eftersom killen hade babblat oavbrutet hela tiden innan. Jag uppfattade det som att han var avsvimmad och frågade Åsa om vi skulle köra honom till akuten, men hon sa att han svarade på smärtstimuli och var okej, så vi fortsatte till polishuset.

När vi körde ner i garaget vaknade han till liv. Jag hoppade ur bilen och öppnade dörren och sa åt honom att kliva ut. Han hade lugnat ner sig men var fortfarande otrevlig. Jag befriade honom från fotfängslen, och vi tog upp honom till arresten och satte honom på en bänk i väntan på att han skulle bli placerad i en fyllecell. Han gapade och skrek åt oss hela tiden och hotade Åsa. *Jag ska plocka både dig och din familj!* sa han. Själv ignorerade jag honom och slog dövörat till. Det är oproffsigt att gå i svaromål, hade jag lärt mig. Okvädningsord får man helt enkelt sätta sig över.

Det var Åsa som rapporterade och jag som stod kvar vid killen på bänken. Ibland ställde han sig upp, men då sa jag åt honom att sätta sig igen, vilket han gjorde. Vid ett tillfälle låg han ner, och jag lät honom hållas, för jag hade fortfarande full koll. Han var inte speciellt stor och det var inga problem för mig att hantera honom. Men efter en stund reagerade Åsa på nånting han sa. Hon reste sig från datorn, rundade plexiglaset och kom fram till bänken och ryckte upp killen till sittande. Han var inte hotfull men Åsa ställde sig över honom och började skrika åt honom. *Våga inte säga hora en gång till!* skrek hon. Och då gjorde han naturligtvis det, vilket fick henne att lägga ner honom. Han kunde inte göra så mycket eftersom han hade handfängsel, och hon tryckte ner hans ansikte mot golvet och skrek att han skulle lära sig vem det var som bestämde. I det läget kände jag att det hon gjorde var överdriven våldsutövning, så jag drog upp killen på bänken igen och sa åt båda två att lugna ner sig. Jag hade arbetat som polis i flera år då, och jag hade aldrig varit med om att en kollega som sitter och rapporterar reser sig och kommer fram till bänken. Om jag hade behövt hjälp skulle jag ha sagt till, men det hade jag inte gjort. Det var ju inte av den anledningen hon kom. Hon lät sig provoceras helt enkelt, och det tyckte jag var oproffsigt.

Som ordningspolis har man ju ofta att göra med berusade personer som är verbalt otrevliga, men det ger en ingen rätt att bruka våld. Särskilt inte mot en person som är bojad. Det är inget normalt polisbeteende. Så dagen därpå pratade jag med min förman, och det bestämdes att jag skulle skriva en promemoria om händelsen. Jag sa att jag inte ville upprätta en anmälan men att jag ville att han skulle veta vad som hade hänt.

Jag var nitisk och rättrådig. Lite i överkant kan jag tycka idag, men på den tiden var det viktigt för mig att allt gick rätt till. Hade man väckt mig mitt i natten hade jag säkert kunnat rabbla några av polisförordningens paragrafer om skyldigheter i anställningen. Jag fattade ju inte att Åsa, som hade jobbat på fältet så mycket längre än jag, hade fått nog av småbuset flera gånger om. Det fick jag också, när jag väl började inse hur jävla hopplöst det var. Det tog ju aldrig slut och blev bara värre för varje år som gick. Ja, du vet ju själv, Mårtensson. Till slut tappar man både orken och tron. Man blir luttrad och cynisk och är i värsta fall otrevlig tillbaka när man får skit.

Apropå otrevlig så träffade jag Holth på julfesten. Jag försökte undvika honom så gott det gick, men jag märkte att han spanade in mig, och när jag kom ut från toaletten råkade han stå där och tvätta händerna. Han såg mig i spegeln och vände sig om. *Nejmen har man sett på fan,* sa han och flinade. *Nu får vi lite air-condition också!* Håll käften din lilla skit, tänkte jag och försökte ta mig förbi honom. Men han ställde sig i vägen och la armen om mina axlar. *Inte så bråttom, stumpan,* sluddrade han och andades spritångor rakt i ansiktet på mig. Jag slingrade mig ur hans grepp och tog ett steg åt sidan. Jag kände hur mina polisinstinkter vaknade inför risken att han skulle vägra släppa förbi mig.

Jag började med att försöka betvinga honom med blicken, men det hade ingen som helst effekt. Han bara fortsatte att flina hånfullt mot mig. *Du är full, så tänk dig noga för,* sa jag. *Ja, det är ju det som är meningen,* sa han. *Det är ju för fan julfest här, din skenheliga lilla kossa.* Jag är inte säker, men jag tror att jag skrattade till för att det lät så löjligt, och det måste ha retat honom, för innan jag visste ordet av hade han knuffat till mig så att jag snubblade bakåt mot väggen och fick hela hans kropp pressad mot min. Luften gick ur mig, och i nästa ögonblick försökte

129

han trycka in sin tunga i min mun.

Jag reagerade instinktivt, utan att tveka. Jag stötte honom ifrån mig och högg tag i hans skjorta samtidigt som jag drog upp ett knä för att köra upp det i skrevet på honom. Men han tappade balansen och for iväg för långt. Han snubblade bakåt, utom räckhåll för mig, och tur var kanske det, för både honom och mig, för annars hade det väl blivit ett jävla rabalder.

Du kanske tycker att jag borde anmäla honom, men det tänker jag inte göra. Först kan han få svettas ett tag innan han vet hur jag kommer att agera, och sen har jag en viss moralisk hållhake på honom, även om han aldrig skulle erkänna sig skyldig i sak.

Och skulle han bli dömd om jag anmälde? En polismästare söderut som tafsade på några kvinnor på en julfest blev det visserligen, men som ensam målsägande och utan vittnen har man nog inte så stora möjligheter att nå ända fram. Polismästaren blev dömd till dagsböter och till att betala skadestånd, och han blev av med jobbet, så visst vore det värt ett försök...

Men jag har bestämt mig för att låta det vara. Jag klarar av honom. För dig kan jag erkänna att jag till och med behöver honom ibland för att ha koll på min förmåga och hålla den i trim. Jag behöver bli testad för att veta säkert var jag står. Tänk om han visste att han gör mig en tjänst varje gång han försöker komma åt mig! Det skulle nog inte göra honom särskilt glad.

DEL TVÅ

28

Veckorna går och vi står bara och stampar. Vittnen hörs och frivilligt DNA fortsätter att tas, men inget utrett spår har hittills lett framåt. Vårt register med tips, utpekade män och anmälda ofredanden bara växer.

Vi har kontrollerat personer som bor i närområdet. Finns det några som är polisanmälda eller straffade tidigare? Vittnena som vi har pratat med har kontrollerats: Är deras uppgifter sanningsenliga? Är deras alibin trovärdiga? Flyttkillen vi förhörde lyckades skaka fram ett alibi för mordkvällen, så honom har vi avfört från utredningen. Jag trodde inte särskilt mycket på att det var han heller.

Vid sidan av kontrollen av vittnesuppgifter och fler vittnesförhör letar vi vidare i våra interna system efter kända gärningsmän med liknande tillvägagångssätt och efter polisanmälningar från kvinnor som blivit attackerade eller ofredade. Vi har tagit fram alla våldtäktsfall med känd gärningsman tre är bakåt i tiden. Alla har efter kontroll kunnat avföras.

Det börjar kännas som att vi sitter fast. Det kommer visserligen fortfarande in många uppslag via tipstelefonerna, men inget bearbetningsbart tips har hittills gett resultat. Och tanken att mördaren är en man som Karin var bekant med, och vars identitet vi fortfarande inte känner till, fortsätter att gnaga i mig.

29

Jag har pratat med Helena Claesson, som jobbade här i slutet av nittiotalet när en annan serievåldtäktsman var i farten. Det var före min tid, men jag har hört talas om fallet och minns det ganska bra.

Ingen vet mer om våldtäkt än Helena. Hon tror att det är Tunnelmannen som har dödat Karin och att det kan löna sig att prata med hans tidigare offer. Det kan finnas förbisedda detaljer som vi kan ha nytta av i utredningen. Och Helena är kunnig, så henne lyssnar jag på.

Kolvätet kallar Holth henne, efter hennes initialer HC som är den kemiska beteckningen för kolväte. Mig kallar han AC eller air-condition, vilket låter ganska oskyldigt, men det är det naturligtvis inte. Jag vet inte vad han menar med det, men jag vägrar svara när han tilltalar mig så. Och dig kallade han Mårten gås, den jävla skithögen. Ibland sa han General Motors eller Gärningsmannen efter dina initialer – han har tydligen torskat på initialer – och med det insinuerade han att du var mannen som "gjorde det", det vill säga låg med mig.

Men det gjorde du inte, Mårtensson. Vi bara jobbade ihop, och med tiden blev vi så samspelta att närheten började väcka andra känslor hos mig. Förnuftsmässigt ville jag det inte alls, men min kropp levde sitt eget liv och reagerade vid blotta tanken på dig. Jag fantiserade om att du kom hem till mig, till min lägenhet där du aldrig hade varit in och aldrig skulle komma in heller, för då visste jag att det skulle bli svårt för mig. Det var illa nog när vi var ensamma i ett rum på jobbet eller när vi fystränade ihop. Men jag såg dig vid mitt köksbord, i min soffa, i min säng… Jag kände mig löjlig som hängav mig åt upphetsande fantasier som aldrig skulle bli verklighet, men jag njöt av det och ville inte vara utan det. Och inför dig visade jag inte med en min vad som försiggick inom mig. Du anade ingenting. Det var inte svårt för mig att dölja det heller, eftersom det var så uppenbart att det var bara mitt.

Helena Claesson
Jag har arbetat som polis och förhörsledare i över trettio år, och under den tiden har jag träffat hundratals våldtagna kvinnor.

Våldtäkt är ett våldsbrott där gärningsmannen inte i första hand är ute efter att tillfredsställa sina sexuella behov utan att leva ut vrede, hat och besvikelse. Han vill inte bara "ta" kvinnan, utan bemäktiga sig henne, ha kontroll över henne, förödmjuka och förnedra henne. Det är ett personlig och intimt totalangrepp – fysiskt, psykiskt och socialt.

Alla män som har behov av att behärska och plåga kvinnor har flera gemensamma drag, oavsett vilken form av våld som används. Män som misshandlar våldtar nästan alltid också.

Vid sexualbrott är det extra viktigt att man bemöter offret med hänsyn och respekt. En likgiltig och oförstående attityd från förhörsledarens sida kan medföra att kvinnan utelämnar vissa delar av händelsen som kan vara viktiga för utredningen. Man kan fråga efter hur intima detaljer som helst bara man gör det på ett öppet och respektfullt sätt. Mina frågor syftar inte till att ifrågasätta kvinnans agerande under våldtäkten utan till att få fram så många detaljer om förövaren som möjligt.

I förhörssituationen kan det ibland uppstå en konflikt mellan offrets känslomässiga behov direkt efter våldtäkten och förhörsledarens – det vill säga polisens – behov av att så snart som möjligt få uppgifter om brottet. Det är därför viktigt att den som förhör en våldtagen kvinna är tränad i att bemöta människor i kris så att kommunikationen fungerar och kvinnan inte låser sig. Man lyssnar koncentrerat på hennes berättelse och pratar inte själv annat än för att lugna, ställa frågor om detaljer eller försäkra sig om att man har förstått saken rätt. Väljer man att dela med sig av egna erfarenheter är det för att hjälpa henne att känna sig förstådd och inte för att man vill vara i fokus själv. Men helst bör man undvika att blanda in sig själv.

Vi måste noga tillvarata all info som den våldtagna kvinnan har att ge. Det är en fullständig beskrivning av förövaren vi behöver. Hur han såg ut, vad han sa, vilka krav han ställde, hur mycket våld han använde, hur han fungerade sexuellt och så vidare. Det är viktigt med tanke på framtida brott att vi skapar oss en bild av honom och dokumenterar det i varje enskilt fall. Om hon kan identifiera honom och vi har tur finns han med i våra register och vi kan plocka in honom direkt.

Det är också möjligt att han har våldtagit andra kvinnor som aldrig har anmält det. Några av dessa kvinnor kan mycket väl sitta inne med info som skulle kunna leda till hans gripande. Det händer faktiskt ganska ofta att en våldtäktsman avslöjar sitt namn eller andra personliga omständigheter som kan vara till hjälp för oss. Så det är viktigt att kvinnor anmäler. Många avhåller sig från det på grund av skam- och skuldkänslor eller av rädsla för att inte orka med en eventuell rättegång.

Man vill gärna tro att man har kontroll över sin egen säkerhet och att man själv kan styra vad man drar på sig, men så är det inte. Våldet drabbar oftast helt godtyckligt. Det spelar ingen roll vad man utstrålar eller vilken attityd man visar upp. Våldtäktsmannen är uppfylld av sin egen ilska och frustration och befinner sig i ett känslotillstånd som troligen gör honom oförmögen att uppfatta det tilltänkta offrets sinnesstämning.

Det finns inget bästa eller säkraste sätt att agera när man blir utsatt för ett våldtäktsförsök. Alla situationer är olika. Vanligtvis använder en våldtäktsman inte mer våld än vad som krävs för att få kvinnan att foga sig, och försvarar man sig då mycket aggressivt eller till och med går till direkt motangrepp kan det få honom att tillgripa grövre våld än han var inställd på från början. I jämförelse med vad som kan hända om man retar upp honom genom att försvara sig fysiskt, kan eftergivenhet vara att föredra. Det är absolut inte detsamma som samtycke eller villigt deltagande. Men hur man reagerar på en våldtäkt är ingenting man kan styra själv. Det hänger helt och hållet ihop med vem man är och vad man har varit med om tidigare i sitt liv. Att köra upp ett knä i skrevet på gärningsmannen eller trycka in fingrarna i ögonen på honom är inte självklart för alla.

Men höga skrik och kraftigt motstånd kan skrämma en gärningsman på flykten om det finns andra människor i närheten. Befinner man sig på en upplyst, trafikerad gata bör man satsa allt på att försöka slingra sig ur hans grepp, samtidigt som man försöker påkalla omgivningens uppmärksamhet. Även om ingen kommer till undsättning kan möjligheten räcka för att gärningsmannen ska avbryta sitt försök och försvinna.

Vem som helst kan vara en våldtäktsman. Det går inte att se på utsidan vad han har gjort. Han kan ha vilket yrke som helst, vilken social ställning som helst, tala vilket språk som helst, komma från vilket land som helst. Han kan vara gammal eller ung, se ut hur som helst, ha vilken stil som helst. Han kan vara lite av en ensamvarg och ha svårt att få tjejer eller en charmig och populär kompis eller en snäll och pålitlig familjefar. Ingenting i hans yttre avslöjar vilka fruktansvärda brott han har gjort sig skyldig till. Ingen i hans omgivning kan ana att han har misshandlat och våldtagit.

Det är random violence, det slumpartade våldet, som skrämmer mest. Det oprovocerade och meningslösa våldet som saknar mönster och som vem som helst kan råka ut för. Och den sortens våld ökar i samhället.

Överfallsvåldtäkterna är svåra brott att lösa. Det är ofta mörkt när det händer, det finns inga vittnen, offret blir skräckslaget och uppfattar inget tydligt signalement på förövaren; han kan vara maskerad eller hålla sig bakom kvinnan så att hon aldrig ser hans ansikte. Det kan vara en person på genomresa, en man som bara tillfälligtvis befinner sig i området och som aldrig kommer att åter-

vända till platsen. Ibland lämnar den typen av gärnings-
man spår efter sig, till exempel i form av DNA, men utan
en misstänkt att jämföra med har man ingen nytta av det
om han inte redan finns i våra register.

30

Den så kallade Tunnelmannen kan bindas till sex fullbordade våldtäkter och är misstänkt för flera våldtäktsförsök. Totalt rör det sig om elva överfall under snart fem års tid. DNA från honom är säkrad vid alla fullbordade våldtäkter.

Jag har läst igenom förhörsprotokollen i samtliga fall och försökt hitta förbisedda detaljer och gemensamma nämnare. Om jag sammanfattar det jag hittills har fått fram så ser det ut så här: Ett: Han är av medellängd och har normal kroppsbyggnad, bruna ögon och kort, mörkt hår. Två: Han är i fyrtioårsåldern. Tre: Han låter svensk och har ingen särpräglad dialekt. Fyra: Han gömmer sig i en gångtunnel eller liknande och inväntar ett lämpligt offer. Fem: Han uppträder aggressivt och är mycket våldsam. Sex: Han drar upp klädesplagg över offrens ansikten för att täcka deras ögon. Sju: Han tar strypgrepp eller pressar klädesplagg mot offrens halsar. Åtta: Alla fullbordade våldtäkter har skett efter mörkrets inbrott.

Jag har kontaktat några av kvinnorna och bett om ett sammanträffande. Inför varje möte kommer jag att läsa igenom förhöret med kvinnan det gäller. Det jag i första hand är ute efter är att hitta nya detaljer och gemensamma nämnare. Det som är lite ofullständigt i förhören, och som jag särskilt tänker fråga kvinnorna om, är vad han lite mer exakt uttryckte i ord, vilka krav han ställde och hur han luktade.

Den senaste våldtäkten skedde i augusti i år. Offret, Cecilia Malm, är tjugofem år och arbetar som florist. Hon bor ensam men har en pojkvän sen ungefär ett år tillbaka. När jag träffade henne hade hon fortfarande spår av skador i ansiktet. Jag frågade om skadorna, och hon berättade att hon hade fått blåmärken i ansiktet, på armarna och kroppen och en ytlig sårskada i ena tinningen. Hon hade också fått en spricka i underläppen och slemhinneskador i munnen. Men det värsta var ett brott på näsan och en blödning under bindhinnan i vänster öga. Precis efteråt var hon orolig för att han hade gjort henne blind på det ögat.

Hon hade skuldkänslor för att hon inte hade försvarat sig bättre. Jag sa att många offer lägger skulden på sig själva och att en kvinna som kämpar emot eller gör allt – utan att agera dumdristigt – för att förhindra en våldtäkt ofta känner mindre skuld än den som omedelbart ger sig för övermakten. Men det betyder ju inte att den kvinnan har sig själv att skylla. Och hur en kvinna än agerar, kan hon anklagas för att ha gjort fel. Om hon gör motstånd är hon medskyldig till att våldet trappas upp, och om hon inte försöker värja sig är hon med på noterna. Men inget av det är sant. *Det finns helt enkelt ingen möjlighet att undgå illvilliga tolkningar*, sa jag till Cecilia. *Men själv behöver man inte skuldbelägga sig.* Och hon sa att hon förstod det och att det kändes bra för henne att jag sa det.

Det enda hon hade att tillägga var att gärningsmannen hade luktat "svett och mint". *Mint?* sa jag. *Ja, det luktade mint om hans andedräkt, som om han precis hade ätit halstabletter.*

Det var nytt. Det hade väl ingen nämnt tidigare? Eller?

Plötsligt fick jag en känsla av att jag hade läst eller hört det förut. Men när, var och hur? Jag kunde inte fånga det och var tvungen att släppa det. Men det ligger där och gnager, fast det antagligen inte skulle vara till minsta hjälp om jag mindes det. Men frågan hur han luktade är prio ett nu.

Nina Einarsson

Jag tjänstgör som polis i yttre tjänst. Den aktuella kvällen började jag mitt tjänstgöringspass klockan 23.00, och det var ett nattpass till 07.00.

Nattpasset inleds med en utsättning, det vill säga en genomgång av information och nattens arbetsuppgifter. På utsättningen fick jag veta att jag skulle tjänstgöra i radiobil under natten tillsammans med kollegan Mikaela Johansson. Vi hade precis rullat ut genom dörrarna till polisgaraget och kommit några kvarter bort, när vi upptäckte att bilar framför oss bromsade in och väjde. Jag la märke till en kvinna som stod en bit ut i gatan och försökte få kontakt. Vi stannade och klev ur bilen och fick då se att hon var väldigt blodig. Vi insåg att det var allvarligt och frågade hur det var med henne. Hon bad oss ringa efter ambulans, men vi bedömde att det var bättre att vi körde henne till sjukhuset själva. Hennes vänstra öga var igenmurat och hon var svullen i ansiktet och vid ena tinningen. Jag gav henne en handduk att hålla mot ansiktet och försökte prata med henne. Hon var redig men inte fullt närvarande.

Under färden till sjukhuset blev hon sämre och var på väg att tuppa av hela tiden. Jag pratade oavbrutet med henne för att försöka hålla henne vaken. När vi kom fram till sjukhuset var hon i sämre skick. Hon kunde stiga ur bilen men hade svårt att uppge sitt födelsenummer. Jag minns att hon sa att hon var orolig för att hennes ögon var så svårt skadade att hon riskerade att bli blind, och att hon hade blivit av med sin väska. Hon uppgav också att hon hade blivit våldtagen.

På akutmottagningen höll jag ett första förhör med henne. Hon låg på en brits och var omtumlad och mycket uppskakad. Hennes ansikte var svullet, och levrat blod fanns kvar på kroppen. Läkare kom och gick eftersom undersökningen av henne inte var avslutad.

Att tvingas genomgå en läkarundersökning direkt efter övergreppet kan kännas kränkande för en våldtagen kvinna, men det är viktigt att den genomförs för att säkra bevis så att gärningsmannen ska kunna fällas i domstol. Hela kroppen undersöks metodiskt. Man mäter, ritar och fotograferar alla synliga skador och allt dokumenteras noga. Vanligast är blåmärken på armar och ben av att gärningsmannen har varit hårdhänt och hållit fast. Men sextio procent av alla våldtagna kvinnor har inga synliga spår efter våldtäkten.

Vid undersökningen använder man ett så kallat rape kit, som innehåller papperspåsar för kläder, en kam för könshåret för att eventuellt hitta könshår från gärningsmannen, bomullstops för att söka material från huden, underlivet och munnen, rör för blod- och urinprov och små pinnar till att skrapa under naglarna med för att få fatt på eventuella fibrer eller hudrester från gärningsmannen. Via hud- och blodrester, spott och sperma kan man få fram ett DNA. Man gör också drogtest, gravtest och ger efter-dagen-piller.

Det är väldigt speciellt att möta människor i kris. I mitt yrke hamnar jag ofta i otäcka situationer, men jag kan lämna det bakom mig när jag kliver av mitt arbetspass och åker hem. Vissa händelser kan det vara lite svårare att släppa taget om, men för det mesta brukar det gå bra.

Människor i chock kan bete sig hur som helst: en del är väldigt utåtagerande, andra tysta och slutna. För mig gäller det att i det läget visa empati och skapa förtroende och trygghet för att få fram så mycket info som möjligt. Cecilias berättelse var inte i kronologisk ordning, men jag fick ändå en hyfsad bild av vad som hänt. Tillsammans med min kollega åkte jag till platsen som Cecilia beskrivit för mig. Det var inne på en bakgård. Vi såg en blodfläck på marken och gjorde en avspärrning. Vi kallade på ytterligare personal, och en stund senare anlände teknikerna och en spårhund med förare.

Cecilia Malm

Samma kväll som jag blev våldtagen hade jag varit på bio med en kompis. När filmen var slut och vi hade skilts åt tänkte jag först försöka få tag i en taxi, men sen bestämde jag mig för att promenera hem. Det skulle bara ta tjugo minuter, och det var skönt väder. Jag gick och tänkte på filmen som vi hade sett och var inte så observant på omgivningarna. När jag kom in på en folktom gata blev jag lite mer på min vakt, men jag var snart ute på en större, trafikerad gata igen och kände mig trygg. Precis som om man nånsin kan känna sig trygg! Men det trodde jag då, när jag gick där intet ont anande och tänkte på filmen.

Plötslig klev en man ut ur en portgång bakom mig. Jag hann inte reagera förrän han hade huggit tag i min sjal och dragit ändarna bakåt i kors över min hals. Sen drog han mig närmare sig och knuffade mig framför sig in i portgången. *Vad gör du?* sa jag och försökte ta mig tillbaka ut på gatan. Jag var alldeles skräckslagen och kom mig inte för med att skrika fast jag vet att jag borde ha gjort det. *Håll käften, annars dödar jag dig!* sa han. Han höll kvar greppet i sjalen, och det kändes som att jag inte fick luft.

Sen knuffade han in mig på bakgården, som var omgiven av gamla obebodda rivningshus. När han hade fått in mig i ett mörkt hörn sparkade han undan benen på mig så att jag föll framåt och hamnade på mage. Jag försökte kravla mig undan, men han hade mig som i ett strypkoppel och drog bara hårdare i sjalen och sa åt mig att stanna. Det kändes som att jag skulle kvävas.

Han rullade över mig på rygg och satte sig grensle över mig och drog upp sjalen över mitt ansikte. Han pressade ner mina armar med knäna, så att jag inte kunde hindra honom, och jag hann inte se hans ansikte förrän sjalen kom upp. Han knöt till den på nåt sätt så att den skulle sitta kvar. Sen fick han av mig trosorna och stack in ett par fingrar i mitt underliv. Då skrek jag så mycket jag orkade, vilket ledde till att han gav mig ett hårt knytnävsslag över ena ögat. Sjalen var av jättetunt tyg, så den skyddade inte ett dugg. Jag förstod att han skulle våldta mig, och efter det där slaget tänkte jag att nu är det bäst att jag håller mig alldeles lugn. Han är jättestor och jättestark och jag har inte en chans. Hellre går jag med på sex än att han slår ut tänderna på mig eller dödar mig. Och ju mindre motstånd jag gör, desto fortare är det över.

Sen måste jag ha svimmat, för nästa minnesbild jag har är att jag vaknar upp intill en brädhög längre in på gården. Han måste ha släpat in mig dit, för det var inte där vi var från början. Sjalen var kvar över mina ögon men den hade lossnat lite, och när jag tog bort den såg jag att den var alldeles blodig. Mina trosor var nerdragna och sönderrivna, men klänningen och behån var på som innan. Väskan med alla mina saker såg jag inte till, men polisen hittade den senare, och allting i den fanns kvar.

Jag lyckades resa mig upp och ta mig ut på gatan för att få hjälp. Jag kunde knappt stå upprätt och måste luta mig mot ett elskåp som fanns i närheten. Jag kände att jag behövde komma till sjukhus och försökte stoppa en bil. Flera bilar passerade, men ingen stannade. När jag gick ut en bit i gatan för att synas bättre, väjde bilarna bara undan för mig och fortsatte förbi.

Till slut kom en polisbil och jag fick hjälp. En kvinnlig polis gav mig en handduk som jag höll mot ansiktet för att inte bloda ner sätet. Det är det enda jag kommer ihåg av bilfärden.

Framme på sjukhuset tog sjukvårdspersonal hand om mig och placerade mig på en brits. Jag hade ont och kände mig smutsig och utmattad. Jag hade våldtäktsmannens lukt kvar i näsan. Den fanns överallt på mig, tyckte jag. I håret, på huden, i fläckarna av blod. Jag kände mig tung och yr i huvudet och hade svårt att se. Vänster öga kunde jag över huvud taget inte se med, för det var helt igenmurat. Alla stirrade på mig och backade undan, tyckte jag, men det var nog bara inbillning.

Jag har en pojkvän, men vi bor inte ihop. Vi hade funderat på det, men efter våldtäkten visste jag inte vad jag ville längre. Helgen jag blev våldtagen var han borta med sina kompisar, så vi skulle inte träffas och jag fick tid på mig att tänka efter och bestämma om jag skulle berätta det för honom eller inte. Jag hade hört att tjejer kan överges, anklagas för otrohet eller till och med misshandlas av sin pojkvän efter en våldtäkt, och det gjorde mig tveksam. Jag var inte säker på hur Jesper skulle reagera om han fick reda på det.

Men han vet det nu. Han vet att det har hänt, men inte hur det gick till. Jag tycker att jag får signaler från honom att jag inte ska prata om det och inte visa vad jag känner heller, fast det är det jag bäst behöver. Men jag är så rädd för hur han skulle reagera om jag tvingade på honom detaljer. Jag litar inte riktigt på honom och försöker låtsas som ingenting.

Det är bara min kille och min bästa kompis som har fått veta det. Jag vill inte berätta det för flera, av rädsla för att bli ifrågasatt. Jag tiger av skuld och skam och av rädsla för fördömanden och för att bli övergiven. Min absolut största rädsla efter våldtäkten är att ingen ska vilja ha med mig att göra mer. Därför undviker jag att prata om det. Jag vill att allt ska vara som vanligt, som om ingenting har hänt.

Efter våldtäkten kan jag inte ha höghalsade tröjor på mig, och jag kan inte knyta till en halsduk eller sjal om halsen. Gör jag det får jag genast ångest. Men jag är glad att jag fick synliga skador, som gjorde att polisen trodde på mig. Jag behövde inte berätta vad jag gjorde för att försöka klara mig. Att jag tänkte att det skulle gå fortare och vara säkrare för mig om jag gjorde som han ville. För hur mycket jag än hade kämpat emot skulle det ändå ha slutat med att han våldtog mig. Jag visste det. Så jag tänkte att jag skulle göra så att det gick fort. Men han misshandlade mig i alla fall. Jag förstår inte varför, för jag var ju avsvimmad nästan hela tiden och kunde inte göra motstånd alls. Eller har jag bara glömt att jag gjorde det?

Nu känns det i alla fall som att det är jag som är brottslingen. Jag tänker att det var mitt eget fel att det hände. Jag borde inte ha gått hem ensam, inte haft en så urringad och kort klänning, inte ha gått just den vägen. Tjejer som utsätter sig för risker får skylla sig själva. Och jag gjorde inte motstånd. Bara att vara ett våldtäktsoffer är skamligt, och om man då dessutom inte har gjort allt man kan för att försvara sig är man värdelös.

På sjukhuset tog personalen salivprov och vaginalprov och kammade igenom mitt könshår. Jag kände mig som en brottsplats och inte som en levande människa. Min kropp stängdes av och har inte gått att få igång igen. Jag har förlorat all sexlust. Så fort min pojkvän närmar sig mig eller rör vid mig känner jag avsky och äckel. Kroppen låser sig och jag vill bara försvinna. Jag är så rädd att det aldrig ska gå över.

31

I morse när jag kom till jobbet möttes jag av en liten överraskning. Ur en ask i min skrivbordslåda hade sex tamponger plockats fram och ställts på högkant i en prydlig liten rad på mitt skrivbord. Detta precisionsarbete hade en vuxen kollega tagit sig tid att utföra för att hälsa mig välkommen till min arbetsplats. Om Holth för ett ögonblick inbillar sig att jag skulle misstänka nån annan än honom, så bedrar han sig. Men det är nog inte meningen heller. Han vill säkert att jag ska förstå att det är han. Men hur vill han att jag ska uppfatta det? Hur fan *tror* han att jag uppfattar det? Det kan jag inte räkna ut. Jag kan inte sätta mig in i hans inskränkta tankegångar och infantila känsloliv. För mig är tampongerna på bordet bara ytterligare ett bevis på hans obegripliga omognad. Det finns ingenting för mig att ta åt mig av eftersom alltihop automatiskt faller tillbaka på honom själv. Jag stoppade ner tampongerna i asken igen och la tillbaka den i skrivbordslådan. Stackars jävel, tänkte jag, och det var allt.

Efter lunch träffade jag ännu ett av Tunnelmannens offer.

Julia Zetterberg var arton år när hon våldtogs för drygt fyra år sen. Hennes fall var det första som i efterhand tillskrevs Tunnelmannen. Vid tiden för överfallet gick hon i gymnasiet. Nu arbetar hon som personlig assistent. Hon är singel och på väg att flytta hemifrån för att dela lägenhet med en väninna. Vi träffades på ett fik som hon hade

149

föreslagit. Hon hade inget ytterligare att tillägga beträffande gärningsmannen.

Julia Zetterberg

Jag var på väg hem efter att ha hängt med några kompisar i centrum. Klockan var ungefär ett på natten. Det var i början av maj men varmt för årstiden, så jag hade bara jeans och en tunn stickad tröja på mig. Strax efter parken upptäckte jag en kille som gick bakom mig. Det kändes lite obehagligt, men vi mötte folk hela tiden så jag oroade mig inte. Sen vek han plötsligt av åt ett annat håll, och då tyckte jag att det hade varit larvigt av mig att ens lägga märke till honom.

När jag kom fram till gångtunneln under järnvägsspåren hoppade plötsligt en annan kille fram bakom mig. Eller kille och kille; jag fick genast en känsla av att han var rätt gammal. Jag såg honom aldrig, men det var så det kändes. Han slog armen om halsen på mig bakifrån och höll fast mig. Först blev jag rädd och sen arg. *Vafan gör du?* skrek jag och försökte vrida mig loss. *Är du helt jävla sjuk!* Jag svor åt honom och körde in en armbåge i magen på honom för att få honom att släppa mig. När inte det hjälpte kom jag på att jag måste ropa på hjälp.

När jag skrek drog han upp min tröja och höll den spänd över min mun så att min röst knappt hördes. *Håll käften din jävla hora!* sa han. Sen knuffade han mig före sig in i en skogsdunge vid sidan av gångtunneln. När han råkade hamna lite vid sidan av mig vred jag mig bakåt så mycket jag kunde och försökte sparka honom mellan benen. Men vinkeln var inte rätt, och han höll fortfarande

150

fast mig med tröjan.

Inne i dungen slet han ner mig på marken och kastade sig över mig. Jag hamnade på rygg, och han drog upp tröjan över mina ögon och spände den mot min hals. Trycket var så hårt att jag inte fick luft och började se prickar framför ögonen. Fan, jag måste komma loss! tänkte jag och började sparka med benen och slå omkring mig med knytnävarna. Jag riktade in mig på hans huvud, som jag visste måste vara alldeles ovanför mig. Men jag nådde inte fram, och han blev förbannad och klippte till mig i ansiktet. Slaget tog över näsan, och jag kände hur blodet började rinna och kom in i min mun.

Men jag fortsatte att slåss, så att han fick kämpa för att hålla fast mig. Jag var så jävla arg och tänkte att han fan inte skulle få mig. Efteråt insåg jag att det var dumt gjort, för jag hade ju inte en chans mot honom egentligen, och mitt motstånd retade bara upp honom och fick honom att ta till ännu mer våld. Men just då var jag så arg att jag inte visste vad jag gjorde. Det enda jag hade i huvudet var att han inte skulle få vinna över mig. Men jag blev helt utmattad av att kämpa emot, och när han slog till mig igen visste jag att det var kört. När han fick av mig jeansen och trosorna och jag kände hans kuk visste jag att nu händer det, nu blir jag våldtagen, och då gav jag upp och försvann.

Det var en kille som hittade mig och ringde till polisen. Jag var alldeles borta och kommer inte ihåg vad som hände förrän jag kom till sjukhuset. Där vaknade jag liksom upp, och först var jag helt jävla panikslagen. Jag sprang omkring och skrek hysteriskt och ville bara komma därifrån. Så fort nån sa nånting eller försökte komma i närheten av mig skrek jag och slog vilt omkring mig. Jag hörde en läkare ställa en fråga om "det där" som hade hänt mig, och jag tyckte att det var så jävla svagt av honom att inte våga säga "våldtagen" rakt ut. Det gick inte att prata med mig. Jag var i chocktillstånd, och det borde den jävla idioten ha fattat.

Sen gick jag liksom in i en bubbla. Jag bara låg där på britsen, tyst och orörlig, nästan som paralyserad, och fann mig i allt dom gjorde med mig. Min kropp var inte min längre, kändes det som.

Kvällen det hände var mina föräldrar på semester utomlands, och jag var ensam i hela huset. När jag kom hem var ta en dusch det enda jag ville. Jag kände mig så jävla äcklig. Jag duschade i hett vatten och skrubbade mig med en hård borste. Jag petade in tvål i näsan för att få bort lukten av honom. Näsan var så svullen att det nästan inte gick. Och jag kunde knappt stå. Jag lutade mig mot väggarna i duschen, men till slut orkade jag inte hålla mig uppe längre och sjönk bara ihop. Jag satt där och lät vattnet rinna över mig i evigheter.

Jag hade så svårt att fatta att det hade hänt. Det är sånt man läser om på nätet, men det skulle inte hända mig, hade jag bestämt. Inte en gång till. Våldtäkt råkar bara svaga tjejer ut för, hade jag fått för mig. Inte jag, fast det hade hänt mig en gång tidigare. Men den gången var det inte alls på samma sätt, för då kände jag den som gjorde det.

Efter duschen kröp jag ner i sängen och låg där som bedövad. Tankarna som kom handlade bara om hur jag skulle göra sen. Ingen skulle få veta vad som hade hänt. Inte mina föräldrar, inte min bästa vän, inte mina kompisar. Att jag inte ville berätta berodde på att jag var så jävla äcklad av det och bara ville glömma. Vad är det för fel på mig som råkar ut för sånt här? tänkte jag. Varför drabbar det just mig?

Första gången det hände tyckte jag att sveket var det värsta. Jag hade litat på honom och trodde att han gillade och respekterade mig. Får mina föräldrar reda på det här får jag aldrig mer gå ut, tänkte jag och bestämde mig för att hålla tyst om det. Jag hade varit full och kaxig och tyckte att jag fick skylla mig själv.

Tjejer som beter sig förföriskt och klär sig utmanande och har druckit får räkna med att killar tror att det är fritt fram. Man vet ju hur killar är. En tjej får inte gå med på kyssar och hångel och sen säga nej till samlag. Om hon gör det och det leder till våldtäkt får hon skylla sig själv. Om hon ändå försöker säga nej måste hon göra det på rätt sätt så att killen verkligen fattar. Om han fortsätter efter att tjejen sagt nej är det våldtäkt. Och hon måste må skitdåligt efteråt för att det ska räknas som en riktig våldtäkt. Hon ska vara helt förstörd, för annars har hon nog inte blivit våldtagen.

Efteråt har jag känt mig så arg över att den som gjorde det den gången slapp undan för att jag inte vågade anmäla honom. Polisen som förhörde mig efter den andra våldtäkten sa att ju fler som anmäler, desto större är möjligheten att få stopp på eländet. Är dom naiva eller? Våldtäkt går ju för fan inte att få stopp på! Och jag fattar varför många tjejer inte anmäler. *Vad hade du på dig? Hur*

153

mycket hade du druckit? Hur gammal var du när du blev av med oskulden? Är du singel eller gift eller sambo eller träffar du olika killar? Som om det vore en brottsprovokation att ha kort kjol eller vara full eller ha legat med ett antal killar! Ingen skulle ju säga till en kille att han fick skylla sig själv om han blev rånad för att han var packad och snyggt klädd och gick omkring och viftade med en jävla Rolexklocka. Neej då! Medan en lättklädd tjej bara behöver visa sig för att det ska tolkas som att hon går omkring och ber om det. Det är så jävla orättvist!

Men jag ville fan inte att det skulle hända! Och det grämde mig att jag inte var stark nog att försvara mig och komma undan. Känslan av att inte kunna rå på honom och förändra situationen var nästan det värsta. Jag hatar att känna mig maktlös och vara tvungen att ge upp.

Vetskapen om att nån kan komma undan med att ha förstört en annan människas liv föder en massa hat. Efteråt hatade jag honom och hade hämndfantasier om att jag slog ihjäl honom med en yxa. Jag högg yxan i huvudet på honom och klöv det i två delar. Jag högg av honom hans jävla kuk. Jag högg och högg. Men det var senare, när bedövningen hade släppt.

Efter våldtäkten stannade jag hemma från skolan en vecka. Jag minns inte så mycket av den veckan, men jag vet att jag var ensam hela tiden och att jag låg på sängen och dåsade. Det var så overkligt alltihop. Till min bästa kompis sa jag att jag var sjuk och kanske smittade, för att få henne att hålla sig borta. Jag svarade inte på några telefonsamtal eller sms. Jag bara låg där i min säng och lät tiden gå. Ena stunden grät jag, andra stunden var jag

154

tvärförbannad, tredje stunden apatisk.

Sen gick jag till skolan som vanligt och låtsades inför både mig själv och andra att ingenting hade hänt. Jag skulle hålla masken, och enda sättet att göra det var att bli kall och känslolös inuti, samtidigt som jag var precis som vanligt utanpå. Jag höll igång och var aldrig stilla. Att vara sysselsatt hela tiden är ett effektivt sätt att dämpa ångest, men det skapar rastlöshet eftersom man aldrig vågar slå sig till ro. På dagarna förträngde jag det och var nästan som vanligt, men på kvällarna och nätterna när jag var ensam mådde jag dåligt. Minnesbilderna jagade mig och jag kom inte undan.

Efter ungefär en vecka i skolan berättade jag för min bästa kompis vad som hade hänt och kunde släppa lite på masken. Men det blev inte mycket mer än att jag var dämpad istället för falskt glad i hennes sällskap. Jag pratade om våldtäkten, men jag visade inga känslor, och ibland flöt jag liksom bara bort från henne och in i min egen värld. Det jag berättade var som om det gällde nån annan, och det jag sa kom ut helt mekaniskt och känslolöst.

När mina föräldrar kom hem fick jag ha masken på mig mer igen. Det var bara min kompis som fick se den andra sidan av mig ibland, och det var bara hon som visste vad min förändring berodde på. När jag började dra från fest till fest och låta mig utnyttjas, visste hon varför. Hon försökte få mig att sluta, men jag kunde inte. Träffade jag nån som ville ha sex gick jag med på det vem det än var. Eventuella konsekvenser struntade jag i. Jag var redan förstörd och inte värd att skyddas, tyckte jag.

155

På festerna försökte jag fånga killarnas uppmärksamhet för att bli bjuden på sprit och sen lät jag dom ha sex med mig. Jag bjöd ut mig, nästan som ett offer, för jag var ändå bara en äcklig hora och ingenting värd. Sex var det enda jag dög till, tyckte jag. Men det var jag som förförde och bestämde vad som skulle hända. Första gången jag gjorde det var det som att kliva upp på hästryggen igen efter att ha fallit av. Jag tog tillbaka kontrollen genom att vara sexuellt aktiv. Men innerst inne mådde jag dåligt.

Den första tiden efter våldtäkten kunde jag inte sova utan att ha en lampa tänd, och när jag gick ut med hunden efter mörkrets inbrott blev jag spänd och på min vakt. Det räckte med att jag hörde steg bakom mig för att jag skulle känna skräcken komma tillbaka. Och minnen kunde överfalla mig när som helst. Det behövdes bara en röst eller en lukt som påminde om honom för att alltihop skulle spelas upp igen.

Det var den så kallade Tunnelmannen som våldtog mig. Jag försöker trösta mig med att det var tur i oturen att jag var bland hans första offer, för han har våldtagit andra efter mig och blivit våldsammare för varje gång. Och nu tror polisen att han till och med har dödat en kvinna. Jag hade tur som överlevde, försöker jag intala mig, men det hjälper inte mycket.

Mina föräldrar vet fortfarande ingenting. Jag tror inte att jag nånsin kommer att berätta det för dom. Och jag är fortfarande ganska taskig mot killar. Jag ser ner på dom och driver med dom, men jag låter mig inte utnyttjas längre. Och dom fattar inte ett skit, dom jävla idioterna.

156

32

Nu när jag träffar och lyssnar på kvinnor som har blivit våldtagna, tänker jag på det som hände mig själv och känner att jag borde berätta det för Tom. Det värsta är inte det Cyklopen gjorde mot mig, utan skuldkänslorna jag fick av att inte anmäla honom och av att jag inte vågade stå för att jag hade gett honom men för livet. Genom att hålla tyst lät jag det förstoras upp i mitt medvetande, så att det har känts värre än jag tycker att det är, nu när jag försöker se objektivt på det. Herregud, jag måste ju kunna förlåta mig själv för så gamla synder! Jag ska berätta det för Tom, så spricker nog trollet.

Vi hinner inte träffas så mycket just nu, för jag har ju den här utredningen, och Tom har börjat läsa in en ny ljudbok i skarven mellan två teaterprojekt. Om det är en bok som han verkligen tycker om njuter han av att förmedla texten till lyssnarna, säger han, och det är ju det han gör som skådespelare på teatern också.

Själv lyssnar jag aldrig på ljudböcker. Jag har försökt, men jag föredrar att läsa, så att jag slipper hänga upp mig på uppläsarens obehagliga röst, felaktiga uttal, hörbara inandningar, konstiga betoningar, för korta pauser eller för snabba eller långsamma tempo. Jag är alldeles för bestämd i min uppfattning om hur det ska låta. När jag lyssnar på en människa som läser högt ur en bok har jag svårt att koncentrera mig på innehållet om det finns brister i själva framförandet.

Och teater har jag inte varit på sen jag gick i skolan, när man var tvungen att gå och se en pjäs vare sig man ville eller inte. Men film gillar jag, även om jag aldrig går på bio. Jag hyr eller ser på teve. Och jag beundrar skickliga skådespelare som kan gestalta i stort sett vilken karaktär som helst. Tom är skicklig, tror jag, men jag har aldrig sett honom på en teaterscen, där han har haft flera stora roller. Han är mer känd i teatervärlden än i film- och tevevärlden där man lättare når ut till den stora massan. Det passar honom bra, säger han, för kändis har han aldrig strävat efter att bli. Bara han får jobba med det han gillar så är han nöjd.

Jag är också nöjd med det jag gör. Du brukade säga att jag var gift med jobbet, och det var jag och är fortfarande, kan jag säga. Arbetet som mordutredare ger mig en känsla av att det jag uträttar är viktigt och betydelsefullt. Som ordningspolis tappade jag tron på att kunna göra skillnad, men som utredare känner jag fortfarande att jag är till nytta. Visserligen lyckas vi inte alltid få fast förövaren, men möjligheterna finns kvar, och vi ger aldrig slaget förlorat, som man ofta måste göra när det gäller lindrigare brott, och det håller motivationen uppe. Ja, du vet ju själv. Du gav heller aldrig upp, hur motigt det än var. Förr eller senare löser det sig, sa du.

Skulle du ha varit lika övertygad om du hade jobbat med det här fallet? Ibland misströstar jag och tvivlar på att vi kommer att ro det i hamn. Holth drar ner stämningen genom sin blotta närvaro, och det är svårt att hålla motivationen uppe. Han har hela tiden synpunkter på vad som måste göras och hur arbetsuppgifterna ska prioriteras, och han är snabb med att tillrättavisa och kritisera andras insatser. Ibland till och med avfärdar han fakta som pekar i en annan riktning än den han själv har bestämt sig för. Som han beter sig är han absolut ingen tillgång för utredningen, men själv inbillar han sig naturligtvis att han är oumbärlig. Enda gången man har lite nytta av honom är när det drar ihop sig till presskonferens, för då ställer han alltid upp eftersom han gillar att stå i rampljuset.

Jag har träffat Ellen Nylander som är fyrtio år och arbetar som bibliotekarie. Hon är gift och har två barn. Hon blev våldtagen av Tunnelmannen för fyra år sen. Inget som kan hjälpa oss i nuläget kom fram under samtalet jag hade med henne.

Ellen Nylander

Det var en kväll i oktober och jag hade varit på en liten tillställning hos en arbetskamrat som fyllde år. När jag skulle gå hem ösregnade det. Jag hade inget paraply med mig, och bara en tunn klänning och jacka på mig, så jag stannade i en gångtunnel och väntade för att se om regnet skulle avta. Men det gjorde det inte, och då funderade jag på om jag skulle ringa till min man och be honom komma och hämta mig med bilen. Men han hade säkert redan gått och lagt sig, tänkte jag, och bestämde mig för att skynda mig till närmaste busshållplats istället.

Plötsligt hörde jag springande steg bakom mig, och i nästa ögonblick kände jag en hård arm om min hals. Jag minns att jag tänkte: Vad är det här, det är nån som skojar med mig? Innan jag hann fatta vad det var blev jag indragen bakom ett buskage och fick min jacka över huvudet. Jag var så rädd att jag darrade och inte kunde tänka en klar tanke.

Bakom buskaget blev jag omkullknuffad på marken. Jag blev liggande på mage, och han började dra av mina kläder. Jag bad honom sluta, men han tystade mig genom att säga åt mig att hålla käften och ge mig ett hårt knytnävsslag på sidan av huvudet. Jag försökte kravla mig undan, men han tryckte ner mig och fortsatte att dra av mina kläder. När han hade fått av mig tightsen och trosorna försökte han komma in i mig bakifrån. När han inte lyckades vände han mig på rygg och drog upp min jacka så att jag inte kunde se honom. Jag var redan paralyserad av skräck, och ännu värre blev det när han drog upp jackan. Jag visste ju inte om han hade en kniv eller ett vapen som han kunde skada mig ännu mer med. Det kändes som om han visste precis vad han höll på med, som om han hade gjort det förut, och jag var så rädd att jag inte kunde röra mig.

Han särade på mina ben och körde in fingrarna i mig. Det gjorde så ont att jag trodde att jag skulle svimma. Sen trängde han in i mig och stötte så hårt att jag gled bakåt på marken. Jag bara låg där som ett viljelöst paket och väntade på att det skulle ta slut. Det var det absolut enda jag kunde göra, kände jag. Lämna kroppen och låta det ske. Jag tog avstånd från mina känslor och ställde mig mentalt vid sidan om. Jag avskärmade mig från det som hände och låtsades att det inte gällde mig.

Jag vet inte hur länge jag låg kvar efter att han hade försvunnit. Det regnade fortfarande och jag var våt inpå bara kroppen. Jag hittade min väska och fick upp min mobiltelefon och ringde 112. Sen gick jag ner i tunneln och väntade. Det kändes som en evighet innan polisen kom. Det var tre polisbilar och en hundpatrull. Hundarna nosade omkring, men det regnade så mycket att det inte gick att hitta några spår.

En kvinnlig polis tog hand om mig och gav mig en filt att svepa in mig i. Jag var genomvåt och frös så att jag skakade. Hon följde med till sjukhuset och satt med mig i ett litet rum och lugnade mig samtidigt som hon försökte få fram ett signalement på våldtäktsmannen. Men jag hade knappt sett honom. Jag visste att han var ganska lång och att armen om min hals hade känts hård och stark, men för övrigt var det inte mycket jag kunde säga om hans utseende.

Det var svårt att undersöka mig för att jag frös och var så spänd. Annars minns jag inte så mycket av det utom att det togs prover för DNA och HIV. Polisen kontaktade min man och åkte och hämtade honom. När han kom till sjukhuset hade han andra kläder med sig till mig, för det jag hade haft på mig under våldtäkten fick jag lämna ifrån mig till polisen för DNA-undersökning.

Förövaren hittades aldrig. Nu vet jag att det var den så kallade Tunnelmannen jag råkade ut för. Han har varit fri att fortsätta i mer än fyra år, och nu är han till och med misstänkt för mord. När jag fick veta det, tänkte jag att min bedömning av honom hade varit riktig, och att jag gjorde rätt som inte retade upp honom genom att göra motstånd. Han har ju bevisat nu att han är kapabel att döda.

Jag blev helt perplex och fick inte fram ett ljud när jag kände hans arm om min hals. Jag kände direkt att han hade bestämt sig för att våldta mig. Jag blev som paralyserad. Jag kunde inte springa ifrån honom, inte göra fysiskt motstånd och inte få honom på andra tankar. Jag var förlamad av skräck och gjorde i stort sett allt han sa åt mig att göra. Skräcken inför våldet och det hotfulla i hans uppträdande gjorde mig totalt handlingsförlamad. Jag hade inte väntat mig att jag skulle reagera på det sättet. Det var inte den bild jag hade av mig själv. Jag hade trott att jag skulle slåss med näbbar och klor om jag blev överfallen. Istället överväldigades jag av skräck och av det oundvikliga i situationen. Jag tänkte på min man och mina barn och visste att jag skulle underkasta mig vad som helst för att inte riskera att bli dödad.

Efteråt hade jag svårt att redogöra för händelseförloppet. Jag hade stora minnesluckor som bara långsamt fylldes ut. Upplevelsen av våldtäkten var så svår att minnas, ta in och bearbeta att jag bara förmådde göra det stegvis och under lång tid.

Friheten har alltid varit viktig för mig. Innan våldtäkten var jag en orädd person som litade på mina medmänniskor. Jag kunde gå ensam genom stan på nätterna utan att vara rädd. Det hade jag en gång för alla bestämt var min självklara rättighet. Nu känns det som om jag har blivit satt på plats. Min frihet och trygghet har tagits ifrån mig och kommer troligtvis aldrig tillbaka. Förut reflekterade jag inte över faror och var inte särskilt medveten om min sårbarhet när jag promenerade hem en sen och mörk kväll. Nu är jag på min vakt hela tiden och vill helst inte gå ut ensam. Nu förstår jag hur farligt våld kan vara och att det inte alls är som på film där verkningarna är helt osannolika och verklighetsfrämmande. Våldtäkten har fått mig att inse hur bräckligt livet faktiskt är och att det kan ta slut precis när som helst.

Man blir så otroligt låst när man inte vågar gå ut ensam. Jag tänker på förövaren som stal min frihet och hoppas att han ska få lida och må lika dåligt som jag har gjort. Jag har fortfarande sömnsvårigheter och mardrömmar. Jag drömmer att jag är instängd och inte kan ta mig ut. Jag vaknar och är rädd, som om jag är mitt uppe i det igen.

Alldeles efter våldtäkten var jag mest hemma om dagarna. Jag var sjukskriven och undvek att gå ut. Man orkar inte jobba när man inte får sova ordentligt och jag orkade nästan inte ta hand om barnen heller när jag var ensam. Men min man hjälpte mig så mycket han kunde. I början var han arg och sa att han utan problem skulle kunna slå ihjäl våldtäktsmannen och ta sitt straff. *Får jag tag i den jäveln dödar jag honom*, sa han, *för tänk om du hade dött…* Han var så arg och upprörd ibland att det kändes som om mina känslor inte fick plats. Jag tyckte att jag inte bara måste ta hand om mig själv utan om honom också. Det väckte skuldkänslor hos mig att han mådde dåligt på grund av det som hade hänt mig. Det kändes som om det var mitt fel att han hade fått problem. Ibland bagatelliserade jag våldtäkten och försökte övertyga både honom och mig själv om att det inte hade varit så farligt, bara för att han skulle ta lite lättare på det.

Men det var inte sant. Varje dag var en plåga. Jag kunde inte ha sex med min man, dels för att jag inte hade fått svar på HIV-testet, dels för att jag kände mig smutsig och äcklig. Jag vet inte hur många gånger jag tvättade mig i underlivet. Jag gnuggade tills det gjorde ont för att bli kvitt känslan av smuts.

Jag fick vänta i flera månader innan jag fick svar på HIV-testet, som lyckligtvis visade att jag inte var smittad. Jag hade ingen aning om hur det skulle kännas att ligga med min man igen. Innan tänkte jag mycket på hur det skulle fungera, och om jag skulle klara av det. Vi pratade inte om det, och en kväll bara blev det. Jag minns att min man sa att jag måste säga till om det blev jobbigt för mig.

Men det gick bra. Efteråt var jag lättad över att ha det gjort, för jag hade anat att det kunde bli svårt och förmodligen ännu värre ju längre vi väntade. Men jag hade bestämt att våldtäkten inte skulle få förstöra mer än den redan hade gjort, och det var inga problem för mig att ha sex igen.

33

Efter det tredje kvinnoöverfallet började vi inse att vi hade med en serievåldtäktsman att göra. Varken du eller jag jobbade ju med våldtäktsutredningarna, men vi kände till fallen, och efter den tredje våldtäkten, när media hade lagt ihop två och två och döpt förövaren till Tunnelmannen, fanns han i allmänhetens medvetande också. Rädslan bredde ut sig och kvinnor vågade inte gå ut ensamma på kvällarna längre. Det uppstod rykten och spekulationer och misstankar riktades åt alla möjliga håll. Tips från allmänheten började strömma in och trycket på polisen ökade både utifrån och inifrån.

Vi visste att det skulle hända igen. En serievåldtäktsman slutar inte av egen fri vilja. Studier från USA och Kanada visar hur tidsavståndet mellan överfallen minskar och våldet blir grövre. Det är det som har hänt nu. Han har slagit till en sjunde gång, och trappat upp våldet så mycket att det har lett till en kvinnas död. Alla vet nu att Tunnelmannen är kapabel att döda. Och hans försiktighet har minskat vartefter.

Magdalena Hjelm våldtogs för drygt tre år sen. Hon var tjugofyra år och studerade vid universitetet. Hon såg förövarens ansikte och kunde beskriva honom. Det finns en fantombild på honom, och när jag såg det tecknade ansiktet fick jag en svag känsla av att jag hade sett det förut. Men du vet hur det är med fantombilder – vissa delar ser bekanta ut och andra inte. Helheten sa mig ingenting, och ju mer jag stirrade på bilden desto mindre kände jag igen.

Våldtäktsmannens beteende vid den tredje våldtäkten skiljer sig markant från resten. Det är lite märkligt, tycker jag. Hade vi inte haft DNA:t skulle jag ha sagt att det var en annan gärningsman i hennes fall. Men så är det alltså inte. Han ställde olika fysiska krav och beordrade henne bland annat att kyssa honom, vilket fick henne att notera att hans mun smakade mint. Så där har vi minten igen, och där har vi min känsla av att det är nånting jag missar och borde koppla. Men jag får fan inte tag i det! Undermedvetet vet jag att jag har sett, hört eller läst nånting om mintkarameller, men jag får inte fram det hur mycket jag än anstränger mig. Det är jävligt frustrerande, kan jag säga, men jag vet att det inte går att tvinga fram och att enda sättet är att släppa det. Kommer det så kommer det, som min mormor brukade säga när jag var liten och satt på pottan och inte fick ur mig det jag skulle.

Åh, herregud, är det sånt min hjärna väljer att minnas framför viktiga utredningsdetaljer! Men det där med minten är kanske inte ett dugg viktigt. Allt man tappar och försöker plocka fram igen brukar ju kännas viktigt tills man kommer på vad det var och det visar sig att det var en totalt betydelselös grej.

Magdalena Hjelm
Jag har skrivit ner det, för jag orkar inte berätta det en gång till. Så här var det:

När jag hade hunnit halvvägs in i gångtunneln grep han

tag i mig bakifrån och la en hand över min mun. "Om du skriker dödar jag dig, din jävla hora", sa han.

Jag rörde mig inte. Hans högra arm låste fast mitt huvud och hans vänstra hand låg över min mun. Han hade vantar på sig. Han andades bara några centimeter från mitt ansikte och hans andedräkt luktade mint. "Jag får inte luft", försökte jag säga, men hans hand i vanten hindrade ljudet från att komma ut. Efter en stund tog han bort handen och använde den till att hålla fast mig. Han knäade mig bakifrån, och jag föll omkull på marken. "Jag ska döda dig din jävla hora", sa han. "Jag ska döda dig."

Han började dra ut mig ur tunneln och bort över snön. Han släpade mig förbi ett järnräcke och uppför en slänt. Jag försökte klänga mig fast vid räcket, men han gjorde ett ryck så att jag tappade taget. Han vände mig på rygg och satte sig på min mage. Han hade mössan långt nerdragen i pannan, men jag kunde se det mesta av hans ansikte. Han hade hårda, bruna ögon. Jag babblade en massa om att han skulle låta mig vara. Han klev av mig och steg åt sidan. "Res på dig", sa han, och jag reste mig darrande upp. "Kyss mig", sa han och drog mitt huvud mot sig. Våra läppar möttes. Jag höll min mun stängd hela tiden.

Hans händer trevade över min kropp. Jag började gråta och vädjade till honom. "Snälla gör det inte", sa jag. "Snälla låt mig gå." "Håll käften", sa han och kysste mig igen. Den här gången pressade han in sin tunga i min mun. Den var tjock och smakade mint. "Av med jackan", sa han. Jag lydde. Han hade inga vantar på sig längre och drog ner blixtlåset i mina jeans. "Dra ner jeansen", sa han, och jag gjorde som han sa. "Jag fryser", sa jag. "Lägg dig ner", sa han. Jag satte mig på huk framför honom och han sparkade omkull mig. Han stod stilla och glodde på mig. "Du är den fulaste jävla hora jag nånsin har gjort det med", sa han. "Gör det inte", sa jag. "Lägg dig på rygg", sa han. Jag la mig på rygg i den iskalla snön. Han böjde sig ner och slet av mig trosorna.

Jag såg på medan han drog ner blixtlåset i sina byxor. Jag såg honom lirka ut sin penis och ta den i handen. Han la sig ovanpå mig och trängde in i mig. Han började jucka och kallade mig jävla hora och sa att jag var torr. "Sluta skaka", sa han. "Det kan jag inte", sa jag. "Sluta för fan, annars blir det synd om dig!" Han stötte hårt, men det fungerade inte som han ville.

Han drog sig ur och sa åt mig att ställa mig på knä. Jag reste mig upp på knä. "Sug av mig", sa han och höll fram sin penis mot mig. "Ta den i munnen." Jag hade hans breda lår och slappa penis alldeles framför ögonen. Han tog tag i mitt huvud. "Ta den i munnen och sug!" Han drog fram mitt huvud, och jag tog den i munnen. När jag kände den mot min tunga var jag nära att kräkas. Jag visste inte hur jag skulle göra, och han föste undan mitt huvud och tog penisen mellan två fingrar och urinerade i mitt ansikte. Det blev varmt och vått och rann in i mina mungipor.

"Ner igen", sa han, och jag gjorde som han sa. Han var hård och trängde in i mig. Han juckade några gånger och sjönk ihop över mig. Det kändes som om hans tyngd skulle krossa mig. Jag var rädd att han inte skulle låta mig gå. Jag hade ju sett hans ansikte och kunde identifiera honom. Ska jag dö så här? tänkte jag. Är det här det sista jag är med om? När han klev av mig blundade jag, och när jag öppnade ögonen igen var han borta.

Efter våldtäkten kunde jag inte koncentrera mig på studierna och missade två tentor. På kvällarna när jag skulle sova dök tankar på våldtäkten upp. Därför stannade jag uppe så länge att jag blev helt utmattad och förhoppningsvis skulle kunna somna.

Jag tappade aptiten och gick ner sju kilo. När jag försökte gå upp genom att äta mer fick jag äckelkänslor och ont i magen. Jag hade blödningar mellan menstruationerna, vilket jag inte hade haft innan.

Före våldtäkten hade jag inga sömnproblem, men nu sover jag oroligt och vaknar lätt. Jag har ofta mardrömmar. Förut var jag inte mörkrädd, men det är jag nu. Jag vågar inte gå ut när det är mörkt om det inte är folk i rörelse. Jag tycker att det är obehagligt att vara i tvättstugan. Jag reagerar överdrivet på vanliga ljud och måste kontrollera att ingen står på lur. Om jag hör nån bakom mig kan jag inte låta bli att vända mig om. Om det är en kille eller man blir jag så rädd ibland att jag skakar i hela kroppen. Jag vågar inte cykla när det är mörkt. Jag är rädd för att gå ut ensam och vara ensam hemma.

På jobbet tycker jag att det är obehagligt när andra kommer för nära mig. Om en person rör vid mig får jag ångest. Jag har förlorat självförtroendet och blivit osäker. Jag har fått svårt att koncentrera mig och ta instruktioner. Jag har tappat initiativförmågan och lusten att ta itu med saker. Jag har magbesvär, äckelkänslor, huvudvärk, kon-

centrationssvårigheter, ångest, tvångstankar och sömn-
problem. Jag har varit i kontakt med en psykolog och
med i en samtalsgrupp, men det har inte hjälpt. Ibland,
när jag känner att jag inte orkar mer, funderar jag på
självmord.

34

Snart är det jul igen. Jag är inte mycket för att fira jul, så det gör mig ingenting att Tom ska äta julaftonsmiddag med Ida och Charlotte. Vi kommer att träffas senare på kvällen, och då ska han få sin julklapp.

Den imbecilla köphysterin är det under vår värdighet att delta i, men i en second hand-butik hittade jag ett inramat citat av författaren Arthur Miller, och den tavlan köpte jag till Tom. Den är snyggt gjord, och jag tror att han kommer att gilla den. Citatet lyder så här:

There is a certain immortality involved in theatre, not created by monuments and books, but through the knowledge the actor keeps to his dying day that on a certain afternoon, in an empty and dusty theatre, he cast a shadow of a being that was not himself but the distillation of all he had ever observed; all the unsingable heartsong the ordinary man may feel but never utter, ha gave voice to. And by that he somehow joins the ages.

Själv äter jag väl middag hos mamma som vanligt, men jag skulle lika gärna stanna hemma. Jag är trött och börjar ge upp hoppet om att hitta några nya uppslagsändar genom att prata med Tunnelmannens offer. Det är frivilligt att träffa mig, men jag tycker ändå att jag mest river upp gamla sår när jag ber kvinnorna tänka tillbaka och försöka minnas. Det är jobbigt för mig också att lyssna till deras berättelser och inse hur många han har skadat och förstört livet för. Samtidigt stärker det mig i min föresats att göra allt som står i min makt för att han inte ska slippa ostraffat undan.

Anna Westin är trettiotre år och arbetar som organisationsutvecklare. Hon är skild och har inga barn. I januari för två år sen blev hon våldtagen av Tunnelmannen. Våldtäkten på henne följer inte det förväntat accelererande mönstret med större oförsiktighet och grövre våld. Anna fick inga allvarliga fysiska skador, möjligen beroende på hennes förhållningsätt och agerande under våldtäkten. Men hon kände sig hotad till livet och var övertygad om att förövaren var kapabel att döda. Hon såg inte hans ansikte men fick en skymt av hans ögon som hon noterade var bruna.

Anna Westin

Jag hade varit på ett kulturevenemang och var på väg hem. Det var sent på natten. När jag hade gått en bit hörde jag steg bakom mig. Jag vände mig om och såg en mörkklädd man. När han märkte att han var iakttagen försökte han dölja sitt ansikte genom att dra upp kragen och titta ner i marken. Han befann sig ungefär tjugo meter bakom mig. Jag tyckte att han uppförde sig underligt och bestämde mig för att försöka bli av med honom.

I nästa sekund hade han hoppat på mig bakifrån. Jag hade inte hört honom närma sig och förstod inte hur det kunde hända så snabbt. Han höll sin vänstra arm runt min hals och sa åt mig att vara tyst. Och det fanns inte en människa inom synhåll, så varför skulle jag skrika? Jag försökte befria mig från hans arm, och i samband med det såg jag att han hade bruna ögon.

Jag kämpade för att komma loss, men han tvingade mig med sig rakt över gatan bort mot en liten park. Jag försökte få igång ett samtal med honom, men det var han inte intresserad av. *Håll käften, annars dödar jag dig*, sa han.

Under förflyttningen gjorde jag en bedömning av mina möjligheter att undkomma. Klockan var två på natten och inte en människa syntes till. Ingen skulle komma till min hjälp om jag skrek. Jag kunde inte skrämma honom och inte övermanna honom. Min enda möjlighet var att överlista honom. Allt jag har hört att våldtäktshotade kvinnor brukar försöka med for genom mitt huvud. *Jag har mens, jag är gravid, jag har en könssjukdom, jag har hjärtfel, och du som är så snygg ska väl inte behöva tvinga en kvinna att ha sex med dig.* Men jag trodde inte ett ögonblick att han skulle bry sig om vad jag hade för problem eller falla för falskt smicker. Han visste vad han var ute efter, och det skulle han ta, oavsett vad jag sa eller gjorde.

Vid en liten trädsamling inne i parken tryckte han upp mig med framsidan mot en trädstam och började ta på min kropp. Jag spelade med och föreslog att vi skulle gå hem till mig istället, eftersom det var så kallt. Tanken var att jag skulle kunna få hjälp på vägen dit. Men han lyssnade inte och fortsatte att tafsa på mig. Jag pratade på för att om möjligt få kontakt med honom, men han sa bara att jag skulle hålla käften och stå stilla. När jag inte gjorde som han ville dunkade han min panna mot trädstammen och svor åt mig. Sen tog han tag i min halsduk och drog den runt så att han fick båda ändarna åt sitt håll. Han snodde ihop den så att den stramades åt om min hals så hårt att jag nästan inte fick luft. Med den andra handen drog han ner mina leggings och trosor. När jag försökte komma loss ökade trycket mot min strupe.

Det han gjorde med halsduken fick mig att till fullo inse situationens allvar. Nu visste jag att han var farlig och skulle kunna döda mig. Nu måste jag använda en taktik som gick ut på att våldet inte trappades upp. Inget av det jag dittills hade försökt med hade fungerat. Allt hade bara retat upp honom. Så det enda jag kunde göra var att förhålla mig passiv. Målet var inte längre att undgå att bli våldtagen utan att överleva eller inte bli allvarligt skadad. När jag insåg att jag inte kunde hindra honom gick jag medvetet in för damage control. Jag ville inte bli sönderslagen eller strypt. Jag gjorde mig kall och känslolös och tvingade mig själv att stå stilla mot trädet medan han trängde in i mig och började göra samlagsrörelser. Jag har inget minne av hur det kändes eller vad jag tänkte.

När han var klar beordrade han mig att klä på mig och gå ut på gatan. Jag gjorde som han sa och såg inte åt vilket håll han försvann. Jag hade mobilen, plånboken och dörrnycklarna i innerfickan på jackan, och ingenting hade ramlat ur. Efter att ha samlat ihop mig lite fick jag fram telefonen och ringde efter en taxi.

En våldtäkt går aldrig att göra ogjord. Efteråt tänkte jag att jag måste försöka acceptera det som hänt och inte kämpa emot. Jag ville inte känna mig som ett hjälplöst offer och tänka att våldtäkten hade förstört mitt liv. Jag ville klara av att tänka på det och prata om det och ta mig igenom alla känslor som det väckte. Det skulle bli som att gå igenom en sorgeprocess, tänkte jag. Jag skulle sörja det jag hade förlorat och aldrig kunde få tillbaka, men det skulle inte knäcka mig. Man tror kanske att man slipper rädslan och obehaget om man försöker glömma vad man har varit med om, men att stänga in känslorna kan vara förödande. Om man inte har kontakt med sina känslor kan man inte bearbeta traumat fullt ut. En intellektuell bearbetning räcker inte. Man behöver förstå både tankemässigt, känslomässigt och kroppsligt.

I början hade jag ett nästan tvångsmässigt behov av att prata om våldtäkten med vänner och bekanta. Jag ville veta hur män som våldtar tänker och känner, vilken sorts män det är som våldtar och vilka behov som ligger bakom deras beteende. Våldtäkt kan inte vara en sexuell handling, kom jag fram till. Det måste vara kvinnohat och hämnd från män med ett behov av att kränka och förnedra kvinnor.

Till en början var alla förstående och lyssnade tålmodigt på mig, men ju längre tid som gick desto mer tröttnade man på mitt ältande, och det börjad komma antydningar om självförvållande. *Så utmanade som du är mot män får du räkna med att sånt kan hända*, fick jag höra. Precis som om jag skulle visa upp den sidan, som jag kanske tar fram i festsammanhang ibland, när jag är ensam ute mitt i natten!

I själva verket var jag ett oförvitligt offer. Jag hade ett välavlönat arbete och levde ett vanligt, respektabelt medelklassliv. Jag råkade ut för en överfallsvåldtäkt av en okänd man när jag var ute i ett legitimt ärende. Jag hade

175

skador som visade att jag hade utsatts för våld. Jag hade sönderrivna kläder med sperma på. Jag tog mig direkt till polisen för att göra en anmälan och till sjukhuset för att få mina skador undersökta och dokumenterade. Jag var chockad och grät. Jag hade inte duschat bort några spår. Jag lämnade en trovärdig och detaljerad redogörelse som var tillräckligt osammanhängande för att inte verka påhittad. Jag ändrade ingenting i min utsaga när jag fick upprepa den. Jag hade inte druckit innan, inte varit utmanande klädd, inte slagit mig i slang med okända män.

Jag var alltså offret som inte i första taget kunde misstänkas för självförvållande. Misstankar av det slaget kom senare, när jag inte uppförde mig som det förväntas av ett våldtäktsoffer. Många i min omgivning ansåg att jag inte tog våldtäkten på tillräckligt stort allvar. När jag började gå ut och roa mig igen inte så långt efteråt, tyckte folk att jag uppträdde olämpligt. Ett våldtäktsoffer ska visa att händelsen har satt sina spår och att hon genomgår en kris. Återhämtningen får inte gå för snabbt och ska helst förändra hennes livsstil mot större skötsamhet och försiktighet. Hon får inte verka opåverkad och bete sig precis som vanligt.

Men enligt min mening är en våldtäkt som vilket annat våldsbrott som helst. Jag förstår inte riktigt varför det måste betraktas som den yttersta förnedringen. Det är som om man inte får tycka att det är värre att bli slagen och misshandlad, vilket ju faktiskt kan leda till döden. Och efteråt är det som om man inte får klara av verkningarna av övergreppet på egen hand. Omgivningen, både allmänheten och proffsen, förväntar sig att man ska vara

176

så svårt skadad att det inte är möjligt att ta befälet över sitt liv igen utan hjälp från utomstående.

Men det var viktigt för mig att inte lämna ifrån mig makten och kontrollen till andra. Jag bestämde nästan omedelbart att minnena av våldtäkten, inklusive rädslan, inte skulle få ta över mitt liv. Jag ville gå vidare så fort som möjligt och vägrade ge händelsen större betydelse än den faktiskt hade. Jag uppförde mig inte som ett våldtäktsoffer. Jag var som vanligt. Eller inte helt. Under en ganska lång period efteråt blev jag sexuellt lättsinnig, och det upplevde jag som en reningsprocess som jag själv styrde och hade kontroll över.

35

Kommer du ihåg ynkryggen som vi grep i samband med Annie Forslunds försvinnande? Ja, det vet jag att du gör. Det var ett av våra första fall tillsammans. Vi grep honom, men vi lyckades inte få honom att erkänna det vi misstänkte honom för. Det grämde jag mig länge över.

Och nu har han hört av sig till mig. Han har skickat ett datorskrivet brev med posten till min hemadress. Vad kan han vilja med det, tror du? Känner han sig bortglömd och uttråkad och försöker få lite uppmärksamhet? Är det en förtäckt förvarning om att han snart kommer att slå till igen? Eller ska jag ta det som ett personligt hot? Ja, jag vet inte. Så här skriver han i alla fall:

GOD JUL snuten, remember me? Ja, det gör du säkert, för mig lyckades du inte knäcka. Och jag kommer ihåg dig och ditt jävla psykologsnack som du aldrig kom nån vart med. Kändes taskigt, va, att du inte fick mig dit du ville?

Några år senare ringde jag till en präst och erkände hela skiten. Jag ljög prästjäveln full. Sa att jag hade dödat en unge för sju år sen. Det stämde inte. Jag ljög om tiden, och jag ljög om hur det hade gått till. Sen ljög jag om att jag hade dödat en unge till och styckat henne i duschen. Det stämde att en unge hade försvunnit, men det var inte jag som tog henne. Men det lurade jag i prästjäveln. Styckningen hade jag läst om på nätet. I verkligheten

178

handlade det inte om en unge, men jag gjorde om det så att det skulle passa in i mina fantasier. Och prästjäveln gick på alltihop.

Unge nummer två har aldrig hittats, så var det kanske jag som tog henne i alla fall? Jag var lite under isen då, det ska inte förnekas, men var det så jävla illa att jag var tvungen att skaffa mig otillåten förlösning? Ja, det kan du fundera på, psykologsnuten! Nu vet du i alla fall att jag lever och har hälsan. En vacker dag kanske vi ses igen.

Julhandeln slog alla rekord i år igen. Hur känner sig folk nu efter att ha kastat ut en massa pengar på dyra och onödiga julklappar? Om det var jag skulle jag må uruselt och inte kunna se mig själv i spegeln.

Tom fick en tavla av mig och jag fick en bok av honom. Det var Dan Josefssons "Mannen som slutade ljuga", som han visste att jag inte hade läst och ville fortsätta med efter Hannes Råstams "Fallet Thomas Quick, att skapa en seriemördare". En julklapp i var hade vi kommit överens om att ge, och det höll vi oss till. Vi deltog inte i julruschen alls. Att gynna den kommersiella handeln genom att köpa mer än man behöver och vill ha är definitivt att låta sig luras, och så dumt kan jag inte bete mig när jag dessutom vet vilket enormt resursslöseri det är.

36

Pernilla Söderblom är femtiotre år och arbetar som kokerska. Hon är änka och har tre vuxna barn. I april förra året blev hon våldtagen och svårt misshandlad. Hon såg förövarens ansikte och tror att hon skulle känna igen honom om hon fick se honom igen.

Innan jag hade läst förhörsprotokollen från våldtäktsfallen var jag inte alls säker på att det var Tunnelmannen som dödade Karin. Det fanns för många olikheter och osäkra faktorer, tyckte jag. Men Pernillas berättelse övertygade mig om att Tunnelmannen och mördaren är identiska. En del av det han utsatte Karin för utsatte han Pernilla för också. Det finns med i förhörsprotokollet, och när jag träffade Pernilla bekräftade hon det. Kopplingen finns där, och jag tvivlar inte längre på att Tunnelmannen är Karins mördare. Vi har två kvinnor som kan peka ut honom, och vi har hans DNA från sex våldtäkter. Inte en chans att han klarar sig när vi väl har gripit honom. Men hur ska vi kunna binda honom till mordet på Karin? Vi har inga säkra vittnen och ingen teknisk bevisning. Om vi hittar honom, och han har sopat igen alla övriga spår, har vi inte ett skit att komma med i det fallet.

Pernilla Söderblom

När överfallet skedde var jag på väg hem efter ett besök hos en bekant. Jag hade tagit bussen från centrum och stigit av på torget hemma. Därefter gick jag till fots och genade över en parkeringsplats. När jag var över på andra sidan dök plötsligt en man upp bakom mig och tog tag i mig. Han släpade iväg mig bort mot en busskur intill en mörk park. När jag försökte skrika slog han handen för munnen på mig. Först trodde jag att han var ute efter att råna mig, men sen begrep jag att han tänkte våldta mig. Han sa det också, när jag frågade vad han höll på med. *Jag ska knulla dig din jävla hora*, sa han. Jag kämpade för att komma loss, men han var så mycket starkare än jag och släppte mig inte.

När vi kom in i parken slog han mig med knytnäven i ansiktet så att jag föll omkull på marken. Jag kom ner på rygg, och han satte sig på mig och höll fast mina armar. Jag sparkade och skrek så mycket jag orkade, vilket ledde till att han slog till mig i ansiktet igen. Näsan sprack och blodet började rinna. *Om du inte håller käften dödar jag dig*, sa han och dunkade mitt huvud i marken. Han ställde sig på knä över mina ben och drog mina trosor åt sidan och stoppade in fingrarna i mig. Sen satte han sig på mig igen och öppnade gylfen. Han tog tag i mitt huvud och försökte trycka in sitt organ i min mun. Jag vägrade öppna munnen, och han lyckades inte få in det. Jag tror att det gjorde honom arg, för sen tog han tag om min hals och klämde åt så att jag inte fick luft. Jag försökte bända loss hans händer och kämpade för att kasta honom av mig, men det gick inte, och jag kände att det började svartna. Efter en stund lossade han greppet och stoppade in sina fingrar i mig igen. När jag bad honom sluta sa han: *Vill du att jag knullar dig istället? Nej, bara sluta*, sa jag.

Det är svårt att komma ihåg exakt i vilken ordning allting hände, men vid ett tillfälle vet jag att han klämde åt om min hals och sa att han skulle döda mig. *Jag ska döda dig, din jävla hora!* sa han. I det ögonblicket var jag övertygad om att min sista stund var kommen. Sen drog han plötslig ner min mössa över ansiktet på mig. *Du är så jävla ful att jag inte tål se dig!* sa han. Han började gnida med handen mellan mina ben, och plötsligt körde han in hela knytnäven i mig. Efter det visste jag inte mer.

När jag vaknade till var han fortfarande kvar. Jag kröp ihop och försökte skyla mig, och jag hörde hur han hånskrattade. *Fy fan vilken ful jävla fitta du har!* sa han. Hela tiden fick jag höra hur ful jag var, och vad man gör med en kvinna som är så ful och äcklig som jag. Han drog isär mina ben och hånade mitt blödande underliv som var så äckligt att det gjorde honom spyfärdig. Sen körde han in handen i mig igen.

När jag vaknade till andra gången var han borta. Jag orkade inte resa mig på en lång stund. Jag bara låg där och kände hur blodet rann. Jag var rädd att jag skulle förblöda och började ropa på hjälp, men ingen hörde mig. Till slut lyckades jag ta mig tillbaka till busskuren, och där hittades jag av några förbipasserande som kallade på polis och ambulans.

Jag kommer aldrig att bli människa igen. Efter våldtäkten hade jag blåmärken, strypmärken, rivsår, ansiktsskador, blödningar och underlivsskador. Men det är den psykiska misshandeln som har etsat sig fast hårdast i mig. Jag kan fortfarande höra hans föraktfulla kommentarer och se hans hatfulla blick. Han kan inte ha varit riktigt frisk, men det ursäktar ingenting. Det han sa och gjorde var vidrigt och går inte att förlåta.

Innan man hinner fatta har en helgalen typ hoppat på en och släpat in en i mörkret. När en sån sak händer blir man minst sagt paff. Och när han tar stryptag på en blir man livrädd. Så rädd tror jag aldrig jag kommer att bli igen. Hur less man än är på livet ibland så känner man, när man är dödshotad, att man verkligen vill leva. Det är en fruktansvärt obehaglig känsla att inte få luft. Man får dödsångest.

Efter övergreppet vågade jag inte återvända till min lägenhet. Efter sjukhusvistelsen bodde jag hos en väninna i två veckor. Jag var helt avstängd, och mesta tiden låg jag bara framför teven alldeles apatisk. På nätterna sov jag dåligt och vaknade ofta, illamående och kallsvettig. På dagarna kände jag mig stor, ful och äcklig.

När jag kom hem igen var jag mörkrädd och kände obehag när jag måste gå ut om kvällarna. Jag undvek det i möjligaste mån och satt mest inne, både dagtid och kvällstid. Jag kände mig isolerad och avskärmad från yttervärlden. När jag försökte prata om våldtäkten med vänner och bekanta kände jag mig påträngande och besvärlig. Det var som om ingen ville höra talas om det, så till slut försökte jag inte mer.

Efter överfallet har jag genomgått en personlighetsförändring. Jag har blivit allmänt osäker, misstänksam och mindre tillitsfull mot livet. Jag tål inte se våld på teve och grips av panik för minsta lilla. Om jag ser nån som liknar våldtäktsmannen isar det till i magen. Innan det hände var jag en glad och lättsam person. Jag har blivit allvarligare och uppskattar inte skämt på samma sätt som förr.

Ibland blir jag bara sittande i tankar på vad som kunde ha hänt om det hade velat sig riktigt illa. Jag överlevde, men det hade kanske varit lika bra om jag hade strukit med. För som livet är nu, och säkert kommer att vara för alltid, är det knappt värt att leva, tycker jag.

37

Fisting är den gemensamma nämnaren och kopplingen mellan Tunnelmannen och Karins mördare. Pernilla blev våldtagen i april förra året och Karin i oktober i år och båda fick hans knytnäve i sig. Däremellan våldtog och misshandlade han Cecilia.

Det är inget bevis att Pernilla och Karin utsattes för samma typ av våld. Och hur ska man tolka att det gick så kort tid mellan överfallen på Cecilia och Karin? Det var bland annat det som fick mig att tvivla på att det rörde sig om samma gärningsman. För även om mönstret för en serievåldtäktsman brukar vara att tidsintervallerna blir kortare vartefter, så bröt den här förändringen mot mönstret genom att vara så stor och komma så oväntat. Det kan ju finnas en förklaring, men det kan också vara en ren slump, för inte ens serievåldtäktsmän är robotar som följer en given linje till punkt och pricka.

Jag tvivlar i alla fall inte längre på att Tunnelmannen och Karins mördare är samma person. Men varför blev Karin dödad? Jag tycker inte att det stämmer riktigt, fast jag vet att det är följdriktigt med tanke på att våldet brukar trappas upp varefter. Vad är jag ute efter? Vad är det som gnager i mig och inte låter sig tystas? Varför känns det som att jag har sett eller hört nånting som kan vara av avgörande betydelse för utredningen? Vad är det jag har missat? Och varför känner jag ett behov av att prata med Karins arbetskamrater igen? Med tanke på hur lite alla

185

hade att komma med förra gången finns det ingen rimlig anledning till det. Men jag har bestämt mig för att följa min magkänsla. Efter nyår går jag dit igen och känner mig för. Det kanske klarnar när jag väl är där, och om inte, så är ingen skada skedd.

38

Nyårsafton tillbringade jag med Tom i hans fritidshus, som ligger långt in i skogen. Vi var lediga båda två och åkte dit för att slippa allt obehag med fyrverkerier, fylla och bråk. Vi tog bussen till ändhållplatsen och gick resten av vägen, som är två kilometer lång. Vi hade ganska mycket packning med oss, men inne i skogen var det inte så djup snö, så det gick bra.

Nyårsraketer borde totalförbjudas, anser jag. Jag fattar inte hur folk kan kasta ut pengar på sån skit. Betala dyrt för oljud, skador, brandfara, luftföroreningar och skräckslagna djur bara för att få se lite färgglitter på himlen? Helt jävla imbecillt, enligt min mening. Tom håller med mig, säger han, nu när han är vuxen och förstår vad det innebär.

Det var skönt att vara där i stugan, på avstånd från allt stök. Tom lagade mat, och när vi hade ätit satte vi oss framför brasan och njöt av stillheten. Vid tolvslaget gick vi ut och bara stod där i tystnaden och mörkret och såg upp mot stjärnorna på himlen. Medan det gamla året tog slut och det nya började stod vi där, och jag tänkte på dig då, Mårtensson, och undrade som jag brukar, vad du kan se där uppifrån din himmel. Såg du mig stå där i snön och tänka på dig? Kunde du känna att jag var vemodig vid tanken på dig men samtidigt lugn och tillfreds med att vara där jag var? Jag hoppas det, för jag vill att du ska finnas kvar hos mig så länge det går.

När jag återvände till Karins arbetsplats kände jag mig lite dum, eftersom jag inte visste riktigt vad jag var ute efter. Jag hade aviserat min ankomst men inte bett att få träffa några särskilda personer. Jag tänkte ta det som det föll sig och vara öppen för det som dök upp. Det var ju bara en vild chansning, grundad på min känsla av att hennes arbetsplats kunde vara viktig.

Den första jag råkade på var Staffan Lind, en man som jag inte hade träffat tidigare. Han är ekonomiassistent på Karins arbetsplats. Han var vänlig och tillmötesgående när vi pratade, men bara till en viss gräns fick jag en känsla av. Vissa saker höll han inne med, vad det nu kunde vara. Det behövde ju inte ha med Karin att göra. Men jag kände att han var försiktig och på sin vakt, som om han var rädd att säga för mycket.

Han verkade ha kommit bra överens med Karin. Han hade bara positiva saker att säga om henne när det gällde hennes personlighet och arbetsförmåga. Men han visste ingenting om hennes privatliv och beklagade att han inte kunde vara till hjälp.

Staffan Lind

Jag har lite svårt att prata om det här, fast jag egentligen har ett enormt behov av att få det ur mig. I vanliga fall förtränger jag det, för jag blir så upprörd av att tänka på det.

Saken är den att det har blivit jävligt lågt i tak på jobbet. Uttrycker man missnöje riskerar man att åka ut på öronen fortare än kvickt. På mitt förra jobb var det inte alls så. Vi hade tydliga arbetsregler som vi hade hjälpts åt att ta fram i en demokratisk process. Vi visste vad som gällde i arbetet, och det gav trygghet. Vi kunde lita på att chefen tog tag i situationer som vi inte själva klarade av att lösa, och det på ett sätt som gjorde att ingen kände sig som en förlorare. Han tog reda på fakta och visade förståelse för alla i gruppen utifrån sin roll som chef. Han var tydlig med att mobbning inte var tillåtet och sa geifrån om det började luta åt det hållet. Allt fungerade med andra ord precis som det skulle.

Att jag ändå bytte jobb berodde på att jag ville få kortare resväg och mer tid för familjen. Och det var inga problem så länge den gamla chefen var kvar. Jag trivdes och kände, att här stannar jag tills jag går i pension.

Men nu går det snart inte längre. Det senaste halvåret har vår närmaste chef Gerd Isaksson inte varit här mer än högst femtio procent av tiden, och på grund av det och mycket annat har ett allmänt missnöje börjat sprida sig. Jag trivdes som sagt var förut, men det här missnöjet, som ligger som en våt filt över hela arbetsplatsen, börjar tära på mig och all arbetsglädje är borta. Jag har fått sömnproblem och koncentrationssvårigheter och känner mig spänd för jämnan. När jag är ledig mår jag bättre.

Avsaknaden av en kompetent och närvarande chef gör att vissa i gruppen försöker styra och ställa själva istället, och det gör ju inte saken bättre. Det skapar bara ännu sämre stämning. Och Gerd är så flat och undergiven att hon tillmötesgår dessa personer fast det absolut inte gagnar verksamheten.

Det finns inget utrymme och ingen tid till att diskutera arbetssätt och rutiner, och det är inte särskilt populärt heller att framföra sina åsikter, på grund av att vissa personer är så emot alla förändringar. Periodvis är arbetet dessutom så stressigt att man inte hinner prata om det eller ens tänka på det. Till råga på allt är den fysiska arbetsmiljön så dålig att den för vissa säkert medför hälsorisker. Men ingen bryr sig om våra påpekanden och förslag till förbättringar.

Karin kom med många bra förslag som skulle ha kunnat underlätta arbetet för oss. Hon tog upp det på våra möten, och Gerd antecknade och sa att hon skulle lägga fram det för hela gruppen. Men där tog det oftast slut, för om nån protesterade mot förslaget lät hon det bara rinna ut i sanden, och oftast följde hon inte upp det alls.

Hon säger att hon ska göra saker som aldrig blir av. Ta fram info och lämna besked senare om hon inte kan svara direkt på en fråga, till exempel. Men vid nästa möte verkar frågan ha fallit i total glömska och nämns inte med ett ord. Till slut har man lärt sig att det inte är lönt att påminna henne heller, för det händer ändå ingenting. Men hon ska sluta nu, har vi fått veta.

När personalens klagomål mot en dålig chef är berättigade ligger man i underläge redan från början. Visserligen kan den kritiserade chefen må dåligt, men hon förblir i överläge. Orsaken är att chefer nästan alltid hålls om ryggen av sina överordnade. Tvärtemot vad man kan tro har en chef goda möjligheter att med hjälp ovanifrån göra sig av med icke önskvärda personer.

Själv dristade jag mig en gång till att överklaga min lön, vilket jag är i min fulla lagliga rätt att göra. Plötsligt en dag blev jag kallad till ett möte med enhetschefen, Arne Forsell. Han började med att fråga hur jag triv-des på arbetet, och goda chefserfarenheter som jag hade från min tidigare arbetsplats, berättade jag för honom vad jag upplevde som brister i min arbetssituation. Jag nämnde till exempel att det saknas en detaljerad befatt-ningsbeskrivning för min tjänst, att det inte finns några specifika verksamhetsmål för ekonomiavdelningen do-kumenterade, att ingen verksamhetsplanering har före-kommit under senare år och att ledningsfunktionen är bristfällig, bland annat på grund av närmaste chefens stora frånvaro.

Forsell lyssnade och antecknade, och allt var frid och fröjd, trodde jag. När vi så kom in på frågan om min lön, som visade sig vara anledningen till att jag hade blivit kallad till mötet, upplystes jag om att det fanns begrän-sade möjligheter till några större lönelyft. Jag svarade då, som sanningen var, att jag naturligtvis accepterade ut-gången av den avslutade avtalsförhandlingen och inte hade mer att säga om saken. Som svar på mina "övriga missnöjesyttringar", som han kallade det, informerades jag om att inga förändringar var planerade när det gällde ledning och närmaste chefskap.

Avslutningsvis uppmanades jag att, på grund av mitt "stora missnöje", fundera över om jag kanske skulle söka mig vidare till en annan arbetsgivare. Det kom som en chock att han reagerade så negativt på det som jag i all välmening hade tagit upp för att skapa möjligheter att rätta till och förbättra förhållandena. Det var ju snudd på avsked. Det var i alla fall så det kändes. Så sen dess ligger jag lågt och håller käften.

39

På nyårsafton berättade jag för Tom om Cyklopen. Vi var i hans stuga i skogen, och där, i skenet från brasan, fick jag det ur mig. Men jag har inte berättat för honom om dig. Han vet att du har funnits men inte att jag fortfarande står i förbindelse med dig. Jag vet att det jag gör är ett sätt för mig att vänja mig vid din död och att du långsamt kommer att försvinna från mig, och den processen är bara min. Den kan jag inte dela med Tom. Och han ger mig fullt utrymme, både för mitt jobb och för andra relationer.

Jag har blivit så lättrörd sen jag träffade Tom. Inte på jobbet, men när jag lyssnar på musik eller ser en sorglig film. Minns du The Power of Love? Jag blev alldeles tagen när jag hörde den nu igen och tänkte att det är så jag känner för Tom. Allt kändes så stort och överväldigande att jag började gråta. Och jag tänkte på dig, Mårtensson, och grät för att du inte finns mer.

Hela livet är stort och överväldigande, men för det mesta upplever vi det inte så. Vi är så begränsade, fast vi inte skulle behöva vara det. Så tror jag inte att det är hos dig i din himmel. Där föreställer jag mig att allt är öppet, gränslöst och evigt.

Att inte behöva göra avkall på mig själv i ett intimt förhållande med en man är nytt för mig. I alla mina tidigare relationer kände jag mig ofta instängd och förminskad eller bara ensam. "Alla" betyder tre, och det är inte mycket att dra generella slutsatser av, men det gjorde jag, och i och med det bestämde jag att det nog var bäst att jag levde ensam. Hellre det än att förneka och förminska mig själv, tänkte jag.

Vi kvinnor måste frigöra oss från det patriarkala systemet, läste jag i en tidning. Att vara osedd eller bli bortvald är en stor skräck för många. Tjejer och kvinnor försöker desperat göra sig tilldragande och aptitliga för att väcka killars och mäns intresse och begär. För vem vill inte bli älskad? Kärlekslängtan är kraften som ingen kan styra, stod det.

Jag har aldrig förstått det där. Jag har ingen stor och obetvinglig längtan efter kärlek. Det har jag aldrig haft. Och att vara ett eftertraktat sexualobjekt ger väl ingen kärlek? Dessutom är det ju inte bara männen som rangordnar och väljer. Det gör ju vi kvinnor också. Så vad är problemet? Jag förstår faktiskt inte det.

På Karins arbetsplats träffade jag Sara igen. Hon berättade att hon har varit sjukskriven, och det förvånade mig inte, för jag mindes hur risig hon såg ut första gången jag träffade henne. Jag frågade ingenting om hennes sjukdom, men jag fick en känsla av att det rörde sig om utbrändhet eller liknande. När det gällde mordet på Karin hade hon ingenting att tillägga.

Sara Åslund
Polisen kom tillbaka och ville prata med oss igen. Det var samma kvinnliga kriminalinspektör som förra gången, och jag förstod inte riktigt vad hon var ute efter, för vi vet ju ingenting om det som hände Karin. Jag berättade för

henne att jag har varit sjukskriven, men jag gick inte in på orsaken, för det hade ju inte med saken att göra.

Orsaken var att jag inte orkade längre. Det blev bara värre och värre på jobbet. Jag grät varje dag när jag kom hem. Jag svängde mellan tårar, ilska, självhat och hämnd-fantasier. Jag hade inget jag kvar, tyckte jag. Jag kände mig död inuti. Jag försökte låta bli att känna mig sårad och vara arg istället, för ilska var det enda som kunde hålla mig på fötter, men till slut orkade jag inte mer. Jag kände mig deprimerad och totalt värdelös.

Jag visste inte vad jag skulle ta mig till. Jag började blanda ihop saker och ting och var rädd att jag skulle göra allvarliga fel på jobbet. Och ju mer jag oroade mig, desto mindre arbetade jag och desto mer skuldkänslor fick jag. Jag började bli förkyld stup i ett, jag fick ryggvärk och ont överallt och kunde inte sova ordentligt. Jag var så trött och kände mig otrygg och ångestfull rakt igenom. Till slut gick jag till vårdcentralen och berättade hur jag mådde, och när det visade sig att jag hade jättehögt blod-tryck blev jag sjukskriven i fem veckor.

När jag var hemma ville jag bara ligga i sängen och domna bort. Hela kroppen kändes tung. Ibland orkade jag inte ens lyfta en arm. Om jag blir tillräckligt ledsen kan jag komma in i samma tillstånd en gång till, och det får bara inte hända. Aldrig! Varje sekund var olidlig. Man slipper inte undan ett ögonblick när man är vaken. Ingen-ting var roligt och värt att leva för. Jag hittade inget posi-tivt att tänka på, och då är det ingen mening med att leva. Det är därför jag kämpar nu, för att inte hamna där igen.

När jag kom tillbaka till jobbet låtsades Gerd inte om

194

mig. Hon hälsade mig inte välkommen tillbaka och frågade inte hur jag mådde. Det var som om jag aldrig hade varit borta. Nu hejar hon inte ens när vi möts i korridoren. I början blev jag ledsen, men nu behandlar jag henne lika nonchalant tillbaka. Jag hejar inte, men jag skulle svara om hon hejade först.

Hon ska sluta, har vi fått veta. Det ska anställas fler ekonomiassistenter och en ny chef, så snart blir det kanske bättre i alla fall. Kerstin tror att Sylvia, som är en av oss, ska bli den nya chefen. Hon tror att annonsen bara är för syns skull och att ledningen redan har bestämt sig för Sylvia. Annonsen är inte bara intern, men det är väldigt kort ansökningstid, bara tio dagar, och tillträdet ska ske snarast. Sylvia skulle kanske inte söka chefstjänsten på eget bevåg, men om hon blev tillfrågad skulle hon nog tacka ja, tror Kerstin. Men att ha henne som chef skulle inte gå. Jag skulle inte klara det. Det är illa nog som det är nu. Hon kan börja skälla när som helst om vad som helst. Hur kan en människa som är över femtio år bete sig så obehärskat? Och vilken sorts chef skulle hon bli? Jag hoppas att Kerstin har fel och att det blir en annan.

Och Gerd har fått ett nytt jobb. Tänk vad enhetschefen måste ha suttit och ljugit när han lämnade referenser! Han kan ju till exempel inte ha berättat hur mycket Gerd har varit borta, för då skulle hon ju inte ha fått jobbet. Och Gerd måste själv ha ljugit, eller i alla fall hållit inne med en massa saker om sig själv, vid anställningsintervjun.

Jag borde också söka nytt jobb. Men jag har ingen energi längre och vet inte om jag orkar. Och skulle jag verkligen få ett jobb? Jag vet ju inte om jag kan nånting längre.

Jag vet inte vad jag skulle säga heller om dom frågade varför jag ville byta. Om jag berättar hur det har varit skulle jag kanske inte bli trodd, eller också skulle dom tycka att jag pratade illa om andra, och en sån vill ju ingen ha. Säger jag inget, och dom får höra nåt konstig senare, när dom tar referenser, blir det också fel. Jag varken orkar eller vågar ändra på min arbetssituation just nu.

Kerstin mår fortfarande dåligt av lukten i vårt rum. Jag känner också en lukt, men det är inte samma som i mitt gamla rum, där det visade sig vara mögel. Jag mejlade till den som ansvarar för lokalerna och bad om en luftmätning, och efter en vecka kom enhetschefen och Bertil för att diskutera det med oss. Vi sa att lukten kanske kommer från kartongerna som står i ett hörn och frågade om vi kunde få hjälp med att flytta ut dom för att se om det skulle bli bättre, men det hade vi inte tid med, sa enhetschefen. Det sa han när Bertil hade gått. För så länge Bertil var med uppförde han sig korrekt och sa att om Kerstin mådde dåligt skulle hon naturligtvis inte sitta där. Men sen hade han stött ihop med henne på lunchen och gått fram till henne och sagt att hon hade en så otrevlig och negativ attityd. Det var alltså hennes påpekande om en eventuell hälsofara som var hennes otrevliga och negativa attityd. Och när hon försökte förklara sa han: *Tyst! Avbryt mig inte, nu är det jag som talar!*

Jag förstår ingenting. Varför gör han så? Går omkring och läxar upp folk som ingenting har gjort? Vad tror han att han ska vinna med det? Han tycker att vi är värdelösa, men det har han ju fått från Gerd som har nedvärderat

196

oss hela tiden. Jenny säger att hur det än är med den saken så begår enhetschefen ett grovt tjänstefel som godtar allt hon säger utan att lyssna på vår version också, och det stämmer kanske. Men det mesta är ändå Gerds fel.

Kerstin tycker att det är jobbigt att vi har så mycket att göra och att Sylvia är här och bråkar stup i ett. Det är meningen att personal från IT-avdelningen ska hjälpa oss när det behövs, men det är bara Jenny som har lärt sig fakturera lite. Ibland får vi hjälp, men oftast inte.

Kerstin tycker att det är skönt att Gerd ska sluta, för hon har varit så taskig mot oss. Vi har bestämt att vi varken ska vara med på en insamling, om det blir nån, eller fika om det blir en avtackning. Jag berättade det för Jenny och då sa hon: *Ja, det är ju starkt av er, men själv vågar jag inte göra så, för då åker jag väl genast upp på samtal till enhetschefen igen.*

Och det förstår jag. Jag har sagt till henne att jag tycker att hon ska söka chefstjänsten, för hon kan ju både ekonomi och IT och skulle bli en jättebra chef, men det vill hon inte, säger hon. För blev hon chef skulle hon vara tvungen att samarbeta med enhetschefen och det skulle hon inte klara. Kerstin tror att dom har bestämt sig för Sylvia, för hon har varit så vänlig och positiv mot oss helt plötsligt och sagt saker som att "det finns så mycket bra man kan göra, och snart ska vi sätta oss ner allihop och prata om hur vi vill ha det". Varför skulle hon säga så om dom inte har valt henne? Kerstin säger att dom säkert kommer att låta henne bli chef över oss därför att dom inte vet var dom annars ska göra av henne.

40

Jag gick omkring och småpratade med folk. Frågade hur helgerna hade varit och om det var mycket att göra och om dom hade kommit på nåt särskilt sen förra gången vi träffades. Det hade ingen gjort. Jag märkte att Jenny såg lite frågande ut och säkert undrade vad jag höll på med. Och jag visste ju inte själv. Jag var ute och letade utan att veta vad det var jag sökte. Och varför hade jag fått för mig att det var på just Karins arbetsplats jag skulle hitta det? Det visste jag inte heller. Men fanns det där, så kände jag att jag måste hitta det snabbt, innan det blev alltför uppenbart att jag inte hade klara och genomtänkta skäl att vara där och var ute och fiskade helt på måfå. Jag bytte några ord med Jenny, som frågade hur det går med utredningen och om vi tror att det var Tunnelmannen som dödade Karin, och jag svarade så gott jag kunde utan att avslöja hur frustrerad jag kände mig. Herregud, vad är det jag håller på med? tänkte jag. För just då visste jag inte hur nära jag var att hitta det jag var ute efter.

Jenny Holmberg
Jag har gett upp nu. Jag tror inte att det nånsin kommer att bli bättre. Jag har bestämt mig för att börja avveckla, på så sätt att jag inte gör mer än jag blir tillsagd att göra och inte tar några egna initiativ. Det är ändå ingen idé. En ny chef och fler ekonomiassistenter kommer inte att hjälpa. Och risken finns att Gerd kommer tillbaka när

198

dom upptäcker på hennes nya jobb hur mycket frånvaro hon har. Under provtjänstgöringen måste hon ju visa resultat, och hur ska hon lyckas med det? Hur ska hon orka hålla sig på benen ett halvår och dessutom visa att hon är kompetent? Men det lyckades hon ju med innan hon fick fast tjänst här, så hon kanske klarar det? Eller också inser hon själv att det inte går och kommer tillbaka. Men jag undrar om enhetschefen vill ha henne mer? Det var inte ett ord av beklagande när det meddelades att hon ska sluta.

Jag har läst annonsen om chefstjänsten, och det ser så fint ut på pappret, men nästan ingenting av det som står där kommer att gälla i verkligheten. Enhetschefen kommer att förhindra det. Så länge han är högre chef kommer ingen att tillåtas lyssna på oss.

Jag skulle själv kunna söka tjänsten, men det tänker jag inte göra. Nästan vem som helst av oss skulle kunna söka den. Det krävs bara treårigt gymnasium plus erfarenhet. Blir det Sylvia som får den kommer allt att gå åt helvete. Blir det nån annan får vi se hur det utvecklar sig. Men bra lär det aldrig bli, och det ska jag anpassa mig efter. Jag ska inte ge mer än jag får. Jag ska lära mig att inte vara så plikttrogen och ta så mycket ansvar och istället bara sköta min egen lilla del. Jag kommer inte att ta några initiativ för helhetens bästa mer. Jag gör ingenting förrän den nya chefen säger åt mig vad jag ska göra. Men hur ska en som inte är insatt i verksamheten kunna säga åt mig vad jag ska göra?

Gerd lämnar total förödelse efter sig. I fem år fick hon hållas, och enhetschefen höll henne hela tiden om ryggen. När vi klagade på henne avfärdade han oss och sa: *Jag har fullt förtroende för Gerd!* Och det var inte alls längesen, när han säkert redan visste att hon var på väg ut. Man kan undra vad det var som fick bubblan att spricka.

Och nu seglar Gerd bara vidare som om ingenting har hänt och ställs inte till svars för det hon har gjort. Det är så det går till på högre nivåer.

Just nu är hon inte här, så vi har inte hört henne prata om det än. Men på mötet sa enhetschefen att ska man byta jobb är det bäst att komma iväg så fort som möjligt. Så hon blir väl inte kvar så länge till, om hon ens kommer tillbaka innan hon slutar.

Jag tycker synd om den som ska efterträda henne, för IT-avdelningen är så eftersatt, och ingen verkar tycka att det är särskilt viktigt att få den i ordning heller. Tydligen ska ingen ersätta Karin, efter vad vi har hört. Vi som är kvar har redan fått mer att göra, och värre lär det bli, så vi behöver verkligen en bra chef som kan hjälpa oss att strukturera upp arbetet och fördela det rättvist. Om det blir Sylvia, som vissa på ekonomiavdelningen tror, skulle ingen utom jag våga protestera, fast jag vet att ingen vill ha henne. Hon är så otrevlig. En gång när jag stod och pratade med Sara i hennes rum kom Sylvia in och sa: *Skulle jag kunna få prata lite med Sara i enrum här? Och ska inte du gå och jobba, nu när ni har så mycket att göra!* Det är den stilen hon har. Men IT-avdelningen angår över huvud taget inte henne! Fast just nu är det hon som kan komma och beordra mig att hjälpa till på ekonomiavdelningen om det skulle behövas.

200

Gerd föreslog att alla hos oss skulle lära sig fakturera så att vi kunde hjälpas åt när det var extra mycket att göra eller när nån var sjuk. Men det var bara jag som var intresserad av att lära mig, och sin vana trogen avstod Gerd från att bestämma att det skulle gälla alla. Och det avsattes ingen tid till det, så att Sara och Kerstin kunde visa mig ordentligt. Jag fick göra så gott jag kunde och fråga när jag inte visste. Men det kändes inte bra, eftersom Sara och Kerstin hade så mycket att göra ändå och jag inte ville komma och störa hela tiden. Det kändes inte bra heller att veta att jag gjorde fel bara för att jag inte fick lära mig ordentligt.

Men nu ska det anställas flera på ekonomiavdelningen enligt vad enhetschefen sa på mötet. Undrar vilka som ska lära upp dom? Och var ska dom sitta? Det finns ju inga lediga rum. Alla vaktmästare har egna rum, trots att dom tillbringar väldigt lite tid vid sina skrivbord, utom när dom googlar och kollar på sport och sånt. Och på dom övre våningarna, där rummen är stora och ljusa och har luftkonditionering, är många reserverade för högre tjänstemän som kommer dit kanske tre gånger i månaden. Många rum står alltså mestadels tomma, medan vi får tränga ihop oss i hälsofarliga små kyffen, flytta på oss hit och dit och aldrig, aldrig får arbetsro. Är det konstigt att man känner sig nedvärderad till noll och intet då?

Sara tror att det ska bli bättre när Gerd är borta, för hon verkar inte fatta att det är enhetschefen som ligger bakom det mesta. Jag orkar inte försöka få henne att inse det heller. Jag ska ligga lågt och inte dra uppmärksamheten till mig. För gör man det råkar man garanterat illa ut.

Från början var både Sara och jag kritiska mot Gerd i första hand, men jag var kritisk mot ledningen också och blev uppkallad till enhetschefen och hotad med uppsägning för att jag hade ställt förbjudna frågor och överklagat min lön. Sen blev ekonomiavdelningens personal fråntagna sina ordinarie arbetsuppgifter för att dom enligt Gerd plötsligt, efter tio tjugo år, gjorde massor med fel och var totalt inkompetenta. Och nu har Kerstin fått skäll av enhetschefen för att hon vill ha en luftmätning i sitt och Saras rum på grund av dålig lukt. Det är så tydligt att det är dom som utnyttjar sina rättigheter, uttrycker sina behov och påpekar brister och missförhållanden som råkar illa ut. Tiger man och håller god min klarar man sig.

41

Jag tänkte avsluta mitt besök med att prata med Karins chef en sista gång. På väg till hennes rum mötte jag Sundin. Honom hade jag tänkt undvika för att slippa bli på dåligt humör. Men när han fick syn på mig slog han upp sin dörr och gjorde en inbjudande gest med armen, som om han tog för givet att det var honom jag var på väg till.

Och jag steg in i hans rum igen, och jag satte mig på besöksstolen igen, och jag såg det jag hade sett förra gången igen. För där låg det, mitt framför ögonen på mig, det som hade legat i mitt undermedvetna och gnagt och som hade fått mig att som dragen av en magnet återvända till Karins arbetsplats.

Sundin tronade självbelåtet bakom sitt skrivbord och frågade inställsamt vad han kunde stå till tjänst med. Och jag fick samma känsla som förra gången, att han njöt av att få uppmärksamhet av mig i min egenskap av polis. Jag förklarade att min närvaro denna gång var en uppföljning av mitt tidigare besök och att jag var där för att kontrollera att inget nytt hade dykt upp som kunde vara till hjälp för oss i vårt arbete, och det godtog han. Men tyvärr hade han inget nytt att komma med och han beklagade att han inte kunde vara till hjälp i en så viktig utredning och han hoppades verkligen att vi skulle lyckas lösa fallet "inom en inte alltför avlägsen framtid". Ja, det kan du ge dig fan på att vi kommer att göra! tänkte jag och log milt mot honom. Sen kastade jag en snabb blick på klockan, ursäktade mig med att jag skulle träffa hans chef och tackade honom för hjälpen. Det sista menade jag verkligen, för hade han inte bjudit in mig på sitt rum hade jag aldrig hittat det jag var ute efter och fått gå därifrån med oförrättat ärende.

Gerd Isaksson

Det gick smidigare än väntat att komma tillbaka till jobbet efter den långa sjukfrånvaron. Visst, stressen och smärtan ökade och jag kände mig ofta väldigt trött, men samtidigt blev jag glatt överraskad av det vänliga mottagande jag fick av den grupp medarbetare som står mig närmast. Andra har jag i möjligaste mån försökt undvika.

Tyvärr hade inte min söndagsångest försvunnit. Jag började tänka att jag var på fel ställe och att det är därför min sjukdom har förvärrats. Jag var inte längre glad på arbetet och gjorde inte heller ett bra jobb. Till sist insåg jag att jag borde byta arbetsplats. Det som hade hindrat mig tidigare var att jag hela tiden hade tänkt att jag först måste bli färdig med saker och ting innan jag kunde sluta, men det är en dum tanke eftersom man aldrig kan bli klar på det sättet i den här verksamheten.

När jag tänker tillbaka på hur jag har behandlat mig själv och blivit behandlad av andra känner jag mig otroligt sorgsen. Arbetssituationen har försämrat min hälsa så att jag inte längre kan sova, koncentrera mig eller göra ett bra jobb. Stresskänsligheten gör att jag aldrig kan känna mig säker på mig själv; vissa dagar fungerar jag, andra dagar inte alls. Jag kommer nog aldrig mer bli den jag en gång var.

Utbrändhet gör att man lätt blir kvar i den miljö som gjort en sjuk, eftersom man inte orkar söka sig vidare och börja om på nytt. Själv var jag också starkt medveten om att ingen vill anställa en person med stor sjukfrånvaro, och det hindrade mig från att försöka förändra min situation. Men till slut insåg jag att jag var tvungen.

Och mot all förmodan lyckades jag. Nu vet jag att jag är attraktiv på arbetsmarknaden. Till min förvåning blev jag erbjuden flera av tjänsterna jag sökte, trots att jag berättade om min sjukdom och att jag varit sjukskriven långa perioder. Det slutade med att jag tackade ja till en tjänst där jag kommer att ingå i ett sammanhang som jag är säker på kommer att passa mig.

Jag är oerhört glad och tacksam för chansen jag fått att börja om. Det är näst intill omöjligt att förändras bland människor som redan har en klar bild av vem man är. Chefens och medarbetarnas förväntningar på att jag alltid skulle ställa upp hindrade mig från att förändra mitt beteende. En kort tid innan jag sa upp mig fick jag veta av min chef att jag förväntades uppvisa resultat omgående gällande det jag av pliktkänsla och lojalitet hade påpekat borde göras. Så går det när man försöker hjälpa till! Men jag hade ju inga som helst möjligheter att hinna ifatt med allt som låg efter.

Beskedet att jag hade fått ett nytt jobb och skulle sluta mottogs i det läget naturligtvis inte positivt av min chef. Varför måste vissa människor alltid demonstrera sin makt och dessutom göra det på ett så kränkande sätt? Omdömet om en anställds arbetsinsats, som väl vanligtvis brukar vara positivt när man slutar, lyckades nu min

205

chef i mitt fall skickligt förvandla till försåtligt inlindad kritik. Det kändes jobbigt just då men övertygade mig samtidigt om att jag valt rätt. Det spelar ingen roll vad du står där och säger! tänkte jag. Snart är jag fri från både dig och den här arbetsplatsen! Och den känslan var obeskrivligt skön.

Nu är jag redo att gå vidare. Min förhoppning är att jag på mitt nya arbete ska göra en bra insats utan att hela tiden sträva efter att klara av mer. Mitt värde som människa hänger ju faktiskt inte oupplösligt samman med hur mycket jag presterar.

Jag försöker bearbeta allt som hänt och så sakteliga öppna mig för det nya. Det kommer att ta tid, men det får det lov att göra. Jag stukade foten på en skogspromenad förra helgen och är just nu sjukskriven, vilket ger mig oväntad men välkommen tid för reflektion. Jag är faktiskt glad åt att jag trampade snett och skadade foten, för nu kan jag i lugn och ro fundera över det som varit och förbereda mig på det som väntar. Inom kort börjar jag på ny kula. Och som ett oskrivet blad på mitt nya arbete kan jag redan från dag ett vara den jag vill vara och inte den jag förväntas vara.

42

Det var inget bevis jag hittade, men det jag såg på Sundins skrivbord fick mig att direkt bestämma att han skulle topsas. Har jag rätt i mina aningar har vi nämligen hittat Tunnelmannen nu! Vad sägs om det, Mårtensson? Är det han kommer vittneskonfrontationer och DNA att binda honom vid Tunnelmannens alla våldtäkter.

Det som låg på hans skrivbord var en påse minttabletter. Den låg där redan första gången jag träffade honom, och mer eller mindre omedvetet noterade jag det, men sen glömde jag bort det. Det var inte förrän jag hörde ett par av dom våldtagna kvinnorna prata om mintlukt som det började röra på sig i min tröga hjärna. Minnet låg där och gnagde, och till slut förde mitt undermedvetna mig tillbaka till startpunkten utan att jag förstod varför.

När jag gick förbi Sundin i dörröppningen kände jag en lukt av mint från hans andedräkt, och då kom synminnet av påsen tillbaka. Även om den inte hade legat kvar på hans skrivbord – om det nu var samma en eller en ny – visste jag att jag hade hittat rätt.

Bengt Sundin är en man i fyrtioårsåldern med normal kroppsbyggnad, mörkt kortklippt hår och bruna ögon. Han är av medellängd och har inga speciella kännetecken annat än att hans andedräkt ibland luktar mint. Han liknar fantombilden som togs fram efter Magdalenas beskrivning, men inte tillräckligt mycket för att jag skulle känna igen honom när jag såg det tecknade ansiktet.

Jag hade alltså rätt när jag misstänkte att Karin var bekant med förövaren. Det kan ju helt enkelt inte vara bara en slump. Men det kan ha varit en slump att han gav sig på henne och att han inte kände igen henne förrän det var för sent. Det är möjligt att han dödade henne enbart för att undgå upptäckt och att hans raseri inte var riktat mot henne personligen.

Men hur ska vi kunna bevisa att det var han? Vi har vittnet Olsson, som såg gärningsmannen på avstånd, men det kommer inte att räcka. Hon kommer inte att kunna peka ut honom. Och vi har det faktum att han faktiskt är bosatt i samma område som Karin var, vilket inte heller bevisar att det var han. Även om det visar sig att han har anknytning till själva mordplatsen genom att han till exempel brukar använda motionsspåret, och även om det kommer fram att han inte har alibi för tidpunkten för mordet, så räcker det inte.

Fan, Mårtensson, jag vill inte att det här ska bli som med Annie, att vi inte når ända fram! Kommer du ihåg hur hårt vi ansträngde oss för att få den jävla ynkryggen att erkänna? Särskilt du, för jag blev så frustrerad och hade inget tålamod alls. Jag tyckte att han var så helvetes ynklig med sina undanflykter och lögner. Ja, kommer du ihåg hur hetsig jag kunde vara och hur svårt jag hade att dölja min aversion? Jag har blivit bättre på det med åren, men jag minns hur svårt jag hade det med honom. Nej, jag har inte bara blivit bättre på det; jag kan det till fulländning nu. Jag har varit tvungen att lära mig det för att klara av typer som Holth, och det har jag nytta av som förhörsledare också. Men jag minns vilket tålamod du

208

hade med Ynkryggen för att vinna hans förtroende och om möjligt locka ur honom mer.

Det får mig att tänka på det där brevet som han skickade till mig för ett tag sen. Han har inte hört av sig igen, och jag vet fortfarande inte hur jag ska tolka det, men jag tänker på det ibland och undrar om det ska komma en fortsättning.

Sanna Ivarsson

Beslutet om hämtning till förhör hade kommit. Vi blev informerade om att mannen, som var misstänkt för att vara den beryktade Tunnelmannen, skulle transporteras till polishuset, och att han fick plocka med sig grejer som telefon, plånbok, eventuella mediciner och annat som han kunde behöva. Nu jävlar! tänkte jag, och den känslan delade jag helt klart med min kollega i bilen.

Mannen kom och öppnade när vi ringde på. När jag sa att han skulle följa med oss blev han först lite undrande men ändå ganska medgörlig. Han brusade inte upp och protesterade inte. Han frågade vad saken gällde, och vi sa att vi inte visste men att han skulle få träffa en förhörsledare så fort vi kom in och få det förklarat för sig. Det godtog han. Han sa att han gärna ville hjälpa till om han kunde, men att han hoppades att det inte skulle ta alltför lång tid.

Under transporten uttryckte han förvåning över att ha blivit hämtad och frågade vilken utredning det gällde. Det måste han ju ha förstått, men av nån anledning spelade han ovetande. Sen blev han liksom frågvis. Om det var för att han kände sig orolig och nervös eller bara nyfiken vet jag inte.

Det brukar synas tydligt på en person om hen känner sig orolig. Det kan ta sig uttryck i till exempel ilska eller att personen ifråga är spänd och stirrig. Men jag uppfattade inte att Sundin visade några tecken på oro. Han satt rakt upp och ner i baksätet och verkade kolugn. Han var väldigt oberörd och loj och det var lite märkligt, tyckte jag. Och min tanke när han började ställa frågor var: Försöker han luska fram information från mig nu?

Men allt eftersom vi närmade oss stationen blev det allt längre mellan frågorna. När vi till slut svängde in genom porten till arrestintaget hade han tystnat helt. I garaget väntade två kolleger som tog med honom upp till en cell i huvudbyggnaden. Där skulle han få sitta tills förhörsledarna kom.

På väg därifrån kände jag mig lite tveksam till om det verkligen var Tunnelmannen vi hade haft i bilen. Inte kunde väl den där propra kostymnissen vara en brutal våldtäktsman och mördare? Men det mesta tydde på att det var rätt person vi hade hämtat.

43

När Sundin hämtades in visade han bara förvåning, enligt kollegerna. Det var Widén och jag som höll i delgivningsförhöret senare. Vi underrättade honom om att han var gripen och i första hand misstänkt för sex våldtäkter och frågade honom om hans inställning och om han erkände, förnekade eller inte ville uttala sig i skuldfrågan.

Han förnekade brott. Han hade ingenting med våldtäkterna att göra. Cecilia och Pernilla hade var för sig redan pekat ut honom som våldtäktsmannen, men det behöll vi för oss själva så länge. Han underrättades vidare om rätten att ha en försvarare med sig vid förhören. Han fördes därefter upp till cellen på häktet.

Ja, vad mer kan jag berätta så här långt?

Han motsatte sig inte topsningen. Han nekar till överfallet och mordet på Karin. Han medger att han vid enstaka tillfällen har promenerat i motionsspåret. Han bor vid den norra änden av spåret och Karin bodde vid den södra. Men vi har ingen teknisk bevisning mot honom. Den kriminaltekniska undersökningen av hans lägenhet tog sin lilla tid på grund av alla saker som hans skåp och lådor var fullproppade med. Det fanns också en massa ouppackade väskor och kartonger som skulle gås igenom. Men resultatet var magert. Undersökningen gav ingenting av värde för utredningen. Inga nycklar till Karins lägenhet, ingen Nokiatelefon, inga blodiga kläder eller skor. Gråa långärmade tröjor hade han – flera stycken som var exakt likadana – men har han haft ytterligare en av samma sort är den garanterat borta nu.

Ur polisiär synvinkel har det visat sig att han är helt ren. Han är varken daktad eller aktad. Vi har inga fingrar på honom, och han har aldrig blivit anhållen, häktad eller inskriven i kriminalvården. Det finns med andra ord inte ett skit på honom sen tidigare. Våldtäkterna är han ju bunden vid nu, men när det gäller mordet saknar vi fortfarande all teknisk bevisning.

I ren desperation började jag gå igenom slasken. Jag har läst hundratals tips som har bedömts som ointressanta och lagts åt sidan utan att ha kontrollerats. Det jag i första hand letade efter var uppgifter om upphittade föremål som kan ha med mordet att göra och som kan undersökas för att få fram en DNA-profil. Men mina förhoppningar var inte stora. Hade tipset inte följts upp, fanns ju föremålet med största sannolikhet inte längre kvar där uppgiftslämnaren hade hittat det.

Och det var extremt magert med tips om upphittade föremål. Jag hittade bara tre stycken, varav ett omedelbart kunde strykas. Det jag fastnade för lyder så här:

Anders ringer och berättar om en mystisk man som strax efter mordet på Karin Wiklund kom springande på gatan och plötsligt kastade ifrån sig något in i en häck.

Jag griper efter halmstrån, tänkte jag, men man kan aldrig veta.

Anders Levander

Det var en kväll i oktober och jag var på väg hem i min bil. Regnet hängde i luften och villagatan jag åkte på var så gott som tom. Jag körde fram till ett rödljus och stannade. Det fanns inga andra bilar i korsningen, och det var inga på väg dit heller, så jag funderade på att köra mot rött och tittade åt båda hållen.

När jag vred huvudet åt vänster såg jag en man komma springande. Han sprang i måttlig fart och närmade sig korsningen där jag stod. Han var fritidsklädd och hade sportskor på fötterna, så först trodde jag att han var en vanlig joggare. Eftersom han var det enda som rörde sig på gatan följde jag honom med blicken medan han sprang förbi på motsatta sidan. När han var som närmast såg jag att han höll tröjans framsida uppvikt i midjehöjd med båda händerna. Jag tyckte att det såg underligt ut och fortsatte att titta på honom i backspegeln en stund.

Tio meter bakom mig kastade han plötsligt in nånting i en häck som löpte längs trottoaren. Han saktade inte in när han gjorde det, utan fortsatte att springa i samma takt som innan. Vafan sysslar han med? tänkte jag och gjorde en U-sväng och körde efter honom. Han sprang framför mig på trottoaren, och han höll fortfarande tröjan uppvikt. Jag körde sakta efter på behörigt avstånd tills han svängde in i en park och försvann. Då vände jag bilen i ett gathörn och körde tillbaka till häcken.

Gatan var fortfarande tom, och jag stannade och klev ur bilen och gick fram till häcken och kikade in mellan grenarna för att se vad det var han hade kastat ifrån sig. Jag undersökte flera meter för att vara säker på att inte

213

missa det exakta stället. Men jag hittade ingenting. Vissna löv och lite pappersskräp var det enda jag såg. Hade jag missuppfattat alltihop? Hade han bara gjort en rörelse med armen när jag trodde att han slängde iväg nånting? Ja, så måste det ha varit, kom jag fram till och kände mig lite fånig som hade lagt ner så mycket tid på att undersöka saken.

Men sen, när jag fick veta att en kvinna hade blivit mördad i närheten strax innan, tänkte jag att det var bäst att ringa till polisen och berätta om den springande mannen i alla fall. För hur det än var, så hade han betett sig underligt, tyckte jag. Jag lämnade mitt tips och hade nästan glömt bort alltihop när en polis en tid senare ringde och bad mig komma och visa var i häcken jag hade sett mannen kasta in föremålet.

Jag åkte dit och två polisbilar dök upp. Jag berättade för poliserna vad jag hade sett och pekade ut den ungefärliga platsen. Sen blev jag avfärdad, och det var bara att åka hem igen. Jag trodde att dom skulle kamma noll, precis som jag hade gjort, men tydligen hittade dom nånting, för sen blev jag kallad till en vittneskonfrontation som dessvärre var helt bortkastad, eftersom jag inte hade sett mannens ansikte på tillräckligt nära håll för att med säkerhet kunna peka ut honom.

44

Vi har kollat Sundins Facebookprofil och fått kontakt med några av hans digitala vänner. Ingen tycks vara närmare bekant med honom, men han har ägnat mycket tid åt att dela och kommentera andras inlägg och att lägga ut länkar till tidningsartiklar och liknande. Det säger inte så mycket och har ingen betydelse för utredningen, vad vi kan se. Till en av kvinnorna har han regelbundet skickat personliga meddelanden i sex, sju år, trots att hon enligt uppgift inte har varit särskilt intresserad av att kommunicera med honom. Det är möjligt att just hon kan ha haft en viss betydelse i sammanhanget, men det återstår att se.

Sociala medier är ingenting för mig. Jag finns på Facebook, och jag kikar in där ibland, men egentligen har jag ingenting där att göra, för jag har inget som helst behov av att visa upp mitt privatliv i ord och bild eller ge mig in i diskussioner om aktuella händelser. Jag förstår inte hur folk orkar ägna tid åt att lägga ut bilder på sina barn, husdjur, trädgårdar, altaner, krukväxter, fikabord och nakna fötter på en brits på akuten eller på en badstrand i Thailand.

Resa är inte heller min grej. Jag har aldrig känt mig lockad av att ge mig iväg till andra länder för att ligga på en badstrand och sola eller gå omkring och beskåda sevärdheter. Och jag skulle skämmas ögonen ur mig om jag klev ombord på ett flygplan. Det är inget fel med att vilja resa och se sig om i världen, men då får man ju använda sig av andra färdmedel än flyg. Det begriper ju vem som helst som har lite vett i skallen.

Vet du att svenska folket flyger sju gånger mer än genomsnittsmedborgaren på jorden? Hur kan folk vara så jävla ansvarslösa? För att inte tala om våra flata politiker som inte vågar ta i på skarpen och verkligen göra nånting åt saken. Vår planet håller på att gå under, men ingenting är tydligen viktigare än att medelsvensson får behålla sitt flygande, sin bekvämlighet och sin överkonsumtion.

Politik intresserar mig egentligen inte, men det finns mycket i samhället som skulle kunna rättas till med lite strängare lagar och regler, anser jag. En dum fårskock behöver starka ledare! För hur jävla korkat är det inte att blint och envetet fortsätta att såga i den gren som man själv sitter på?

Om vi inte börjar respektera naturen och allt liv på jorden kommer mänskligheten att dö ut. Skadar vi planeten tillräckligt mycket kommer alla förutsättningar för vår existens att försvinna. Och det gäller även växter och djur. Om inget görs för att minska koldioxidutsläppen och växthuseffekten, hotar klimatförändringarna att utplåna i stort sett alla världens arter. Enligt en känd amerikansk klimatforskare är det redan för sent. Han ser inga tecken på räddning för mänskligheten och anser att vi måste börja förbereda oss på civilisationens undergång.

Får man svar på alla frågor, och förklaringar till alla mysterier, där uppe i din himmel, Mårtensson? Vet du nu vad alltihop går ut på och varför vi över huvud taget existerar? För alltihop är ju ett enda stort mysterium som

216

ingen av oss förstår. Universum med alla sina stjärnor och planeter är ett mysterium, jorden med sina förutsättningar för liv är ett mysterium, allt i naturen som är så perfekt samordnat är ett mysterium... Varför kan vi inte vara ödmjuka inför det vi har och vara rädda om det?

Marlene Richter

Han använde mig som man använder Facebook, där människor lägger ut rubb och stubb om sig själva utan att veta om nån är intresserad eller inte. Han tog aldrig reda på om jag var intresserad. Han tog det för givet och öste bara på efter behag. Jag svarade pliktskyldigast, men jag berättade aldrig nånting om mig själv tillbaka. Det slutade jag med så fort jag märkte att det inte fanns utrymme för det. Om det jag skrev inte hade anknytning till honom själv visade han inget gensvar. Allt handlade bara om honom, och jag läste och tog emot. I flera år trodde jag att det inte spelade nån roll att det var så ensidigt. Jag tänkte att han kanske inte hade några vänner in real life och behövde nån att berätta för, och att det skulle vara taskigt att avvisa honom.

Men till slut började jag känna mig utnyttjad. Han hade ju noll intresse av mig. Det enda som intresserade honom var att få breda ut sig om sig och sitt. Det var en sorts psykisk våldtäkt, tycker jag nu. Men jag gjorde inget motstånd. Ibland skrev han att vi var så lika, att vi tyckte och kände så lika, och jag lät det bara passera fast jag visste att det inte stämde. Han visste ju inte ett skit om mig eftersom jag aldrig visade mig. Om jag ska vara ärlig tyckte jag att det mesta han skrev var bara dravel och inget att ge sig in i.

Och plötsligt kändes allt helt sjukt, och jag visste att jag måste få stopp på det. Jag slutade svara på hans meddelanden. Till en början tycktes han inte märka det; rapporterna om hans liv och leverne fortsatte att komma som vanligt. Sen skickade han en liten fråga om hur jag mådde, om jag kanske mådde dåligt, för han hade fått en känsla av det? Då svarade jag kort att jag mådde bra, bara för att testa honom. Och det räckte. Då var det fritt fram igen för hans haranger, som jag fortsatte att inte svara på.

Men så en dag bad han mig redogöra för en sak som han lika gärna kunde ha googlat på, och när jag inte svarade skrev han:

Hoppas du inte jobbar ihjäl dig med det du är upptagen av. Svara när du får tid.

Jag var arg, men jag tänkte att jag inte skulle anklaga honom för nånting, för det var ju mitt eget fel att jag inte hade sagt ifrån från början. Jag tänkte inte förklara nånting heller, för jag visste ju att han sket fullständigt i mina känslor och inte skulle fatta det i alla fall.

Och han frågade inte ens. Han ville inte veta. Så hade jag tvivlat det minsta på hans ointresse så visste jag med säkerhet nu, hur stort det var. Så här slutade det:

Jag: Nej, jag kommer inte att svara på dina meddelanden mer. Hej då!

Han: Okej. Har jag gjort dig något så hade det väl varit mer reko att berätta det.

Jag: Nej, allt är mitt eget fel. Ha det bra!

Han: Okej. Hoppas du inte mår alltför dåligt. Jag ska själv lämna FB till sommaren. Har blivit för mycket. Ta det bara lugnt nu. Ta hand om dig.

Jag: Varför skulle jag må dåligt? Jag mår jättebra, jag förstår inte vad du menar. Hej då!

Han: Jaha, det är ju bra. Var mest för att du beter dig aningen irrationellt. Bara sänder ett meddelande att du inte vill svara på en enkel fråga, detta trots att vi känt varandra i 6–7 år via FB och haft regelbunden kontakt samt aldrig grälat. Men jag behöver inte veta något. Ta hand om dig.

Och jag kände: Jag spyr på dig, ditt nedlåtande, självupptagna, inbilska jävla äckel som tror att du har rätt att skicka kletiga uppmaningar till mig!

Och nu när jag vet vad han gjort och vem han är hatar jag honom! Jag kan inte fatta att jag lät honom hållas så länge utan att misstänka nånting. Under alla år som han har varit ute och våldtagit, har jag snällt suttit och läst hans självupptagna, patetiska Facebookmeddelanden till mig. Jag skäms så att jag mår illa när jag tänker på det.

Men jag är inte ensam om det. Han har över tusen så kallade vänner på Facebook – eller hade, för nu lär väl antalet ha minskat betydligt. Han skrev inte så mycket själv på sin tidslinje, men han gav sig ofta in i diskussioner som andra hade startat, och då uttryckte han sig ofta nedlåtande och kritiskt.

Och så skickade han långa privata meddelanden till mig, som alla handlade om hur bra han var i jämförelse med alla andra. Jag har tagit bort meddelandena vartefter, så jag kan inte visa några exempel, men det var långa, ingående beskrivningar av aktuella händelser i hans liv. Konstigt att han inte skrev om kvinnoöverfallen också! Polisen frågade vad meddelandena handlade om, och jag sa att om det inte var självbelåtet skryt, så var det missnöje med samhället och andra människor eller besserwisserkommentarer om saker som han reagerade på och tyckte att han visste bäst om.

Jag läste det han skrev på samma sätt som man läser inlägg på Facebook och tänkte inte på att han vände sig till mig personligen. Det var ju det som var den stora förolämpningen; att han tog för givet att jag var intresserad av honom trots att han inte var intresserad av mig tillbaka. Om vi nu hade en så fin och välfungerande relation som han tyckte, borde han kanske ha frågat varför jag inte ville svara mer och vad det var jag tyckte var mitt eget fel. Men det gjorde han inte. Istället skrev han att han inte behövde få veta. Så jävla mycket var alltså den fina relationen värd! Så jävla intresserad av mig var han!

Det sägs ju att man ska vara snäll och hjälpsam och bry sig om andra för att må bra själv, men det enda som händer är att man blir utnyttjad. Jag har varit snäll och försökt bry mig om en jävla psykopat och våldtäktsman och mördare. Jag fattar inte hur jag kunde vara så jävla dum! Men jag är glad att jag reagerade innan jag visste vad han hade gjort i alla fall. Jag kände redan innan, och helt av mig själv, att det var nåt sjukt med honom. Sista gången jag skrev till honom var samma vecka som kvinnan blev mördad, och då var det ingen som visste att det var han som var Tunnelmannen. Men jag borde ju ha fattat redan från början att han var sjuk! Jag borde ha känt det!

Några veckor senare råkade jag se ett inlägg som han hade kommenterat på Facebook. Han hade skrivit flera långa haranger och kallade en känd person för knäppgök. När en annan person som var involverad i diskussionen frågade varför han tyckte att kändisen var en knäppgök svarade han:

Att du begär att jag ska använda min dyrbara söndagstid som jag istället kan spendera med mina närmaste för att redogöra för dig varför BR är en knäppgök känns ganska förmätet från din sida. Kanske du istället skulle ta dig an lite research, hederlig faktainsamling, innan du frågar en massa. Det skadar inte heller med lite iakttagelseförmåga och sunt förnuft. Att gemene man beter sig så här får vi tacka Facebook för. För idag kan vi ta del av hur mänskligheten fungerar – i tid och otid kan vi ta del av våra så kallade vänners innersta tankar. Vi kan läsa mellan raderna att många av oss är en samling egon som försöker dölja (ja, knappt det längre) de narcissistiska dragen.

Jag kopierade och sparade det därför att jag tyckte att han liksom… I den där kommentaren tyckte jag att han liksom… Äh, jag kan inte förklara det. Jag skiter i det! Det han skrev får tala för sig självt.

45

När jag läste förhöret med Sundins kvinnliga Facebook-vän kom jag osökt att tänka på en kille som jag var ihop med en gång. Han var väldigt självupptagen och lyckades aldrig komma utanför sig själv och intressera sig för mig på samma sätt som jag intresserade mig för honom. Jag spelade alltid på hans planhalva, men han spelade aldrig på min. Han orkade inte med mig och behövde mig bara som ett stöd till sig själv. Jag gav honom hjälp och uppmuntran, och det fick mig att känna mig behövd, men till slut blev det så ensamt. Jag hade inget eget utrymme i vår relation, och när jag insåg att jag aldrig skulle få det heller gjorde jag slut med honom. Att gå med på att allt bara handlade om honom, var ju som att gå med på att jag saknade ett eget värde, och det kunde jag till slut inte göra längre.

Det måste finnas jämlikhet och ömsesidighet i ett förhållande, och en känsla av närhet som inte försvinner bara för att man inte träffas så ofta. Både Tom och jag jobbar mycket, men vi känner oss aldrig åsidosatta, och när vi träffas är vi alltid fullt närvarande. Det är samma sorts öppna och välvilliga samspel som du och jag hade när vi jobbade ihop.

Extroverta typer behöver sällskap och interaktion för att få energi, medan jag för det mesta behöver ensamhet. Att prata med en annan människa på ett djupare plan kan också ge mig energi, men då måste det vara med en per-

222

son som jag har bra kontakt med. Då måste det vara med nån som du, Mårtensson, eller Tom. Men för det mesta är jag självförsörjande med energi och behöver inte stimuleras och aktiveras utifrån. Att ha behov av andras närvaro hela tiden ser jag nästan som en svaghet.

Holth är urtypen för en extrovert person. Han vill umgås med andra för jämnan och gillar ytliga och lättsamma samtal. Han är utåtriktad, kontaktsökande, självhävdande och verbal. Han hörs och syns och tar plats. Även andras plats tar han, och han pratar ensidigt utifrån sitt eget perspektiv och lyssnar inte på andra. Han bakar in det viktiga han eventuellt har att säga i en ström av tomma ord, och han överröstar och avbryter. Det beteendet är inget som väcker min samarbetsvilja, kan jag säga. Att bli avbruten gör mig irriterad, och jag känner motstånd mot att upprepa det jag har sagt om det mot förmodan skulle efterfrågas. Istället för att kämpa om utrymmet tystnar jag och drar mig ur diskussionen. Ofta slutar det med att den som snackar mest får sin vilja igenom, och det är fan inte demokratiskt.

DEL TRE

46

Förhören med Sundin går inget vidare. Han sitter visserligen inte och tiger, men han är inte särskilt samarbetsvillig heller. Han förnekar bestämt att han har begått våldtäkterna och verkar närmast upprymd över att sitta anhållen. Att han intar den attityden är ju bara löjligt, eftersom den tekniska bevisningen mot honom är så stark. Vid jämförelser med Tunnelmannens sperma och Sundins DNA talar resultatet med visshet för – grad +4 – att sperman kommer från Sundin.

Men när det gäller mordet på Karin har vi fortfarande inga bevis. Husrannsakan i hans bostad gav inte det vi hade hoppats på. Inga blodiga skor eller kläder, ingen gammal Nokia, inga nycklar till Karins lägenhet. Det vi har är ett par osäkra vittnen som påstår sig ha sett honom både utanför huset där han bor och i motionsspåret strax före mordet, men han förnekar att han var ute, och vittnena är tyvärr inte särskilt tillförlitliga när det gäller vilken dag det rör sig om.

Men ibland har man tur som en tokig, Mårtensson! Det var en sten vi hittade i häcken, och på den fanns det blod från Karin, så att stenen är mordvapnet är det ingen tvekan om. Men den lilla mängd blod från en annan person som också har påträffats på den kan bli svår att analysera. Man har fått fram att blodgruppen är densamma som Sundin tillhör, men är mängden kärn-DNA i provet för liten måste en LCN-analys göras, och risken för kontamination är stor. Vi får hoppas att provet innehåller till-räckligt många celler för att en specialanalys inte ska be-hövas.

Mindre tursamt är det att killen som såg Sundin – om det nu var han – kasta in stenen i häcken inte kunde peka ut honom vid konfrontationen. Men man kan inte få allt, som mormor brukade säga.

Jag var med när Sundin delgavs misstanke om våld-täkterna och jag var med när Widén delgav honom miss-tanke om mordet på Karin, men jag har inte förhört ho-nom själv utan bara varit biträdande än så länge. Det är Widén som är förhörsledare och det passar mig fint, tills jag har hunnit bilda mig en klarare uppfattning om Sun-din. Under förhören har jag suttit med och iakttagit hans kroppsställning, rörelser, röstläge, tonfall, minspel och annat för att skapa mig en bild av honom. Han inger mig fortfarande en känsla av irritation och obehag med sin oberörda och självbelåtna attityd. Det är som om han inte inser situationens allvar och närmast njuter av alltihop.

När det gäller våldtäkterna blånekar han och vägrar gå in på några som helst detaljer, men han blir ju fälld för det ändå. När det gäller mordet på Karin är han inte lika otillgänglig. Vid delgivningen sa han inte så mycket, och Widén har ett ganska högtravande språk och gillar att breda ut sig, så det var inte mycket som kom fram vid nästa förhör heller. Jag har suttit och skummat igenom förhörsutskrifterna och inser att vi inte har fått grepp om honom alls än så länge. Delgivningsförhöret blev bara några minuter långt.

Förhör med Bengt Sundin
FL: Förhörsledare
BS: Bengt Sundin

FL: Nu ska du delges misstanke och har rätt till försvarare innan vi fortsätter. Det handlar ju om våldtäkt, så det är misstanken i nuläget. Hur ställer du dig till den misstanken?

BS: (tystnad)

FL: Erkänner du, förnekar du eller vill du inte uttala dig i skuldfrågan?

BS: Jag förnekar.

FL: Du kan ju vägra att svara på frågor när du inte har försvarare närvarande, eller så kan vi hålla förhöret utan.

BS: Jag vägrar svara på frågor.

Efter häktningen, och ett antal förhör som inte gav ett piss, var det dags för nästa steg.

FL: Ja, då ska vi ha ett förhör gällande det här ärendet som du är hörd i tidigare.

BS: Jaha.

FL: Och jag kommer att börja med att delge dig en ny misstanke.

BS: (tystnad)

FL: Ja. Och det är att jag delger dig misstanke gällande mord då, genom att du har bragt Karin Wiklund om livet.

BS: (tystnad)

FL: Hur ställer du dig till den misstanken?

BS: Oskyldig.

Han delgavs misstanke om mord, vilket han direkt förklarade sig oskyldig till. Widén kom ingen vart alls med honom senare. Han försökte vädja till honom och bad honom bland annat att tänka på sin familj, men det har han ingen, fast han på sätt och vis har gett sken av det. Han har pratat om sina "närmaste" och "närstående", trots att inga personer i hans liv kan betecknas så. Hans föräldrar är döda och han har inga syskon och inga nära vänner, vilket Widén tydligen hade missat.

FL: Karin Wiklund blev brutalt mördad. Du är misstänkt för mordet. Du säger att du är oskyldig, men jag påstår, även om du inte är skyldig att bevisa eller berätta om något, att du inte förklarat vissa för dig besvärande omständigheter som säger att du har med mordet att göra. Jag vädjar till dig, både med tanke på Karins familj och din egen familj, att du berättar sanningen och inget annat. Jag vill att du berättar vad du gjorde vid tiden för mordet och varför du… Kan du berätta det?

BS: Det är som jag har sagt tidigare.

FL: Vill du berätta något mer?

BS: Nej.

FL: Du kommer i efterhand ha svårt att hävda att du inte fått tillfälle att berätta om du nu skulle vilja hävda ett sådant förhållande.

BS: (tystnad)

FL: Då vill jag informera dig om att vi har vittnesuppgifter om att du har varit i närheten av brottsplatsen runt tiden för mordet. NFC har anträffat Karins blod på den upphittade stenen samt blod som i någon mån talar för att det är ditt. Den tekniska undersökningen är inte klar utan pågår alltjämt. Vill du berätta något mer nu på en gång eller vill du samråda med din advokat eller vill du fundera själv eller vill du få papper och penna och själv skriva ned det du vill berätta eller vill du avsluta förhöret?

BS: Avsluta förhöret.

FL: Förhöret upplöst. Vill du förändra eller tillägga något?

BS: Nej.

Widén har i stort sett fått hålla låda själv. För Sundin bara sitter där och ser smått road ut medan han lugnt och tålmodigt svarar – eller inte svarar – på frågorna han får.

Nej, han var inte upp vid Vråkberget den kvällen.

Ja, han var hemma hela kvällen.

Nej, det finns ingen som kan intyga det.

Ja, han bor ensam och träffade ingen.

Ja, på söndagsmorgonen vaknade han med ryggskott och kunde knappt ta sig ur sängen.

Nej, det finns ingen som kan intyga det.

Nej, han har inget med Karins död att göra.

Nej, han var inte uppe vid Vråkberget den kvällen.

Samma visa om och om igen, och när Widén försöker gå in på detaljer om själva brottet skakar han bara på huvudet och vägrar ge sig in i det.

FL: Jag påstår att du orsakat Karin Wiklunds död och försökt våldta henne också. Jag påstår att dina uppgifter om att du inte befann dig på brottsplatsen inte stämmer. Jag påstår att du gjorde så mycket som möjligt för att undgå upptäckt. Jag påstår att du gömde dig i terrängen och att du snabbt lämnade brottsplatsen för att inte bli sedd i närområdet, och jag påstår att du tog mordvapnet med dig och gjorde dig av med det under flykten. Och när du kom hem såg du blod på dina händer och kläder och tvättade fortast möjlig bort det. Du förnekar all inblandning, men jag påstår att du inte har berättat om några sådana omständigheter som skulle fria dig från misstankar om brottet utan snarare tvärtom.

Widéns beskrivning av det troliga scenariot rubbar honom inte. Han bara sitter där och tiger. Så han har det inte lätt, Widén.

FL: Sammanfattningsvis påstår jag att du uppehållit dig kring brottsplatsen fram till att du påbörjade angreppet mot Karin. Jag påstår vidare att det var du som släpade henne från löparspåret och in i skogen. Du kände igen henne efter att du inlett angreppet, och efter att du släpat in henne till fyndplatsen misshandlade du henne i ansiktet till oigenkännlighet. För efteråt kunde man knappt känna igen henne. Du drog därefter ner hennes kläder på underkroppen i avsikt att våldta henne. När du inte lyckades få erektion greps du av ursinne och misshandlade henne grovt i underlivet. Du är orsaken till hennes död. Vidare påstår jag att du gjorde vad du för tillfället kom på att göra för att inte bli upptäckt av några förbipasse-

232

rande, och du påkallade ingen form av hjälp då du inte ville att brottet skulle uppdagas. När du flydde från platsen tog du med dig mordvapnet och kastade det ifrån dig vid första bästa tillfälle. Hemma gjorde du dig av med dina blodiga kläder och på måndagen sjukanmälde du dig och angav som orsak att du drabbats av ryggskott. Du stannade hemma från arbetet veckan ut eftersom vissa synliga skador, som du ådragit dig i samband med mordet, måste få tid att läka. Har du några kommentarer till dessa påståenden?

BS: Jag påstår att allting är fel.

FL: Jag anser att du bör fundera igenom din lämnade redogörelse och samråda med din advokat, för de detaljer som du hittills lämnat påstår jag är högst tvivelaktiga. Vill du säga något?

BS: Nej, ingenting.

47

Jag undrar vad som måste till för att få Sundin att överge sin hårdnackade attityd. Vad tror du, Mårtensson? Vad skulle kunna få honom att vilja erkänna? Ingen utnötningsmetod i alla fall, och inga vädjanden och ingen hundraprocentig teknisk bevisning som i våldtäktsfallen.

Det sägs att kontaktskapande är viktigare än förhörsteknik när det gäller att få fram ett erkännande, men några försök att få personlig kontakt med Sundin tycker jag inte att Widén har gjort. Han har en väldigt distanserad, för att inte säga smått avvisande förhörsstil, och den kommer han bevisligen ingen vart med i det här fallet. Jag tror att det är dags att pröva andra vägar. För du vet ju hur jag är, Mårtensson, att med mindre än ett erkännande nöjer jag mig inte. Men hur ska jag vinna hans förtroende?

Jo, för det första ska jag invagga honom i falsk trygghet, och för det andra ska jag stryka honom medhårs. Jag ska till exempel inte nämna våldtäkterna, för då sluter han sig bara och tiger.

Jag vet hur en typisk våldtäktsman är funtad: Han har låg självkänsla och lider av djupa otillräcklighetskänslor som han försöker kompensera på olika sätt. Han både längtar efter och är rädd för närheten till en kvinna, och den motsättningen kan komma till uttryck i sexualiserade våldshandlingar som antingen är planerade eller impulsiva. Våldtäkten innehåller ofta mer våld än nöd-

234

vändigt, och om han har svårt att få erektion gör det honom frustrerad och ännu mer aggressiv, vilket i värsta fall kan leda till mord. Efteråt känner han sig lättad, men inte för att han är sexuellt tillfredsställd utan för att han har fått ur sig ilskan som han kanske har gått och byggt upp under lång tid. Den utlösande faktorn kan vara en plötslig stressituation eller jobbig händelse som han inte klarar av att hantera.

I Sundins fall skulle det kunna vara att en kvinnlig Facebookvän som han har anförtrott sig åt i åratal plötsligt inte ville veta av honom längre. Det stämmer i alla fall tidsmässigt. Avvisandet gjorde honom rasande, och raseriet lät han gå ut över Karin, som han av en slump stötte på i motionsspåret.

Det ska jag få honom ett erkänna, Mårtensson! Utifrån det jag vet om honom, och det intryck han har gjort på mig, ska jag tillfredsställa hans kompenserande behov av att känna sig smart, betydelsefull och överlägsen. Jag vet att han skulle njuta av att lyckas lura en myndighetsperson – som dessutom är kvinna – och därför ska jag spela dum och godtrogen, och jag vet att han gillar att bli betraktad som betydelsefull och få uppmärksamhet i en viktig angelägenhet, så därför ska jag bekräfta hans betydelse och bemöta honom med uppskattning och respekt. Han ska få uppmärksamhet, bekräftelse och uppskattning av en professionell och värdig motståndare, som visserligen är kvinna, men som därför är lättlurad och inte förstår vilken överdängare till man hon har att göra med. Tror du att det kommer att funka, Mårtensson?

Vi har pratat med hans närmaste medarbetare Jenny

235

Holmgren igen men inte fått fram så mycket nytt.

Förhör med Jenny Holmberg
FL: Förhörsledare
JH: Jenny Holmberg

FL: Ja, det har ju hänt en del sen sist vi pratade med dig.

JH: Ja.

FL: Hur känner du inför det här som har framkommit om Bengt?

JH: Att det är hemskt.

FL: Är du förvånad?

JH: Både ja och nej.

FL: Varför nej?

JH: Jag vet inte... Jag har väl alltid tyckt att han är lite konstig.

FL: På vilket sätt?

JH: Eller konstig vet jag inte, men självbelåten och nedlåtande.

FL: Du kom inte så bra överens med honom?

JH: Nej.

FL: Du delade rum med honom ett tag?

JH: Ja, när den jag delade rum med före honom gick i pension fick jag dela med honom istället, fast jag inte ville. Visserligen röker han inte, så det blev bättre på det sättet eftersom jag är allergisk mot cigarettrök och den jag delade med innan rökte, men jag blev galen på hans smackande och hummande och hade svårt att koncentrera mig på det jag skulle göra. Han satt och pratade högt för sig själv i stort sett hela tiden, och det blir faktiskt ganska störande när man måste koncentrera sig på komplicerade saker.

FL: Ja, det förstår jag.

JH: Sen fick han eget rum. Vår chef visste att jag gärna ville ha det,, men hon gav rummet som blev ledigt till honom ändå, eftersom hon visste att han gillade henne och tyckte att hon var en bra chef. Han hade tillgång till hennes kalender och var den enda som hade koll på hennes möten och så. Om man ville veta var hon var fick man gå till honom och fråga.

FL: Vad tyckte ni andra om det då?

JH: Att det var konstigt och orättvist.

FL: Men den chefen är inte kvar hos er längre?

JH: Nej, hon har slutat.

FL: Hur länge har du känt Bengt?

JH: I fyra år.

FL: Hur nära kontakt hade du med honom när ni delade rum?

JH: Inte nära alls. Vi pratade bara om jobbet, och jag hade lurar med musik på mig så ofta jag kunde för att slippa höra hans mummel.

FL: Var han lätt att samarbeta med?

JH: Nej, han gjorde mest som han själv ville. Om man påpekade att han skulle följa schemat blev han sur och slutade prata med en.

FL: Märkte du hans sinnesstämningar i andra sammanhang också?

JH: Ja, vissa dagar satt han bara tyst vid fikabordet och såg överlägsen ut. Andra gånger pratade han på om vad som helst. Men så är det väl för alla, att man är på olika

237

humör olika dagar.

FL: Mm. Var han ofta hemma från jobbet?

JH: Nej, i stort sett aldrig. Han kom fast han var förkyld och brydde sig inte om att vi andra kunde bli smittade.

FL: Men veckan efter mordet var han hemma?

JH: Ja, han hade ryggskott. Jag vet att han hade problem med ryggen, men den gången var det väl inte sant.

FL: Hur var han när han kom tillbaka?

JH: Som vanligt. Jag märkte i alla fall inget särskilt.

FL: Du såg inga skador i ansiktet på honom?

JH: Nej, men jag brukar inte titta så mycket på honom.

FL: Vilken sorts kläder brukade han ha på jobbet?

JH: Svarta jeans, skjorta och grå tröja.

FL: Och det hade han den veckan också?

JH: Ja, det tror jag, men jag har inget direkt minne av det.

FL: Vad vet du om hans privatliv?

JH: Nästan ingenting. Att han bodde ensam och var intresserad av motorcyklar är väl det enda.

FL: Brukade han prata om sitt intresse på jobbet?

JH: Ja, med en av vaktmästarna.

FL: Vad pratade han annars om?

JH: Att arbetslösa får skylla sig själva, att det är fel att leva på socialbidrag och såna saker. Att man ska klara sig själv och inte ligga samhället eller andra människor till last när man har problem.

FL: Vad hade han för inställning till kvinnor då, om du kanske hörde honom uttrycka det?

JH: Nej, kvinnor pratade han aldrig om.

FL: Hur uppförde han sig mot er då?

JH: Neutralt.

FL: Inga anspelningar på sex, inga kränkande kommentarer, inga fysiska närmanden?

JH: Nej, inte vad jag vet i alla fall.

FL: Och han visade inget extra intresse för Karin?

JH: Nej, det skulle hon ha sagt i så fall.

FL: Vad tyckte Karin om honom? Har du nån uppfattning om det?

JH: Ja, hon tyckte ungefär som jag, att han var självbelåten och omogen.

FL: Varför omogen?

JH: För att han var så lättstött och inte tålde minsta lilla tillsägelse. När vi påpekade att han inte följde rutinerna – vilket han alltså inte gjorde när det gällde vissa arbetsuppgifter – blev han förorättad och slutade prata med oss. Vi slutade säga till honom för att slippa utsättas för det, fast vi väl egentligen borde ha stått på oss. Vår chef visste om att han inte följde reglerna, för det hade vi berättat för henne, men hon gillade honom och lät honom hållas. Det var hopplöst att försöka, för hon brydde sig inte.

FL: Och med "vi" menar du dig själv och Karin?

JH: Ja.

FL: Det var inga andra som var missnöjda med honom?

JH: Inte vad jag vet. Jo, Emma kanske.

FL: Kom han berusad eller påverkad på annat sätt till jobbet nån gång?

JH: Nej, han var helnykterist, tror jag. Tabletter vet jag inte.

FL: Tror du att han kan ha använt tabletter?

JH: Nej, det tror jag inte. Bara minttabletter, men det är väl inte det du menar.

FL: Nej. Och några våldstendenser märkte du inte hos honom? Han fick inga vredesutbrott när saker och ting gick honom emot?

JH: Nej, han blev bara nedlåtande och slutade prata.

48

Bengt verkar uppskatta att jag har tagit över förhören. Det har livat upp honom, och han har blivit lite mer meddelsam. Han vill inte längre ha sin advokat närvarande och tycks föredra att träffa mig på tu man hand.

I början frågade jag mest om hans bakgrund, om hans familj och uppväxt. Han är som sagt var enda barnet, och hans föräldrar var ganska gamla när han föddes. Båda är döda nu. Hans barndom var lycklig och helt utan problem, påstår han, men jag är ganska säker på att han idylliserar den.

Sin nuvarande tillvaro är han också fullt nöjd med. Han trivs med sin bostad och sitt jobb och sin fritid. När jag frågade om hans sociala liv sa han att han är lite av en ensamvarg men att det är självvalt. Han trivs med att vara singel, även om han naturligtvis träffar kvinnor ibland "som alla andra". Det ämnet gick jag av förklarliga skäl inte närmare in på. Jag tassar på tå och försöker undvika alltför laddade områden. Och jag mildrar och lugnar. När vi pratade om mordmisstankarna mot honom, sa jag till exempel: *Steget från överfall till mord är stort. Ingen ska dömas för ett brott som han inte har begått, och vi har inga bevis för att du har begått det här brottet.* För att undvika att provocera honom sa jag varken "våldtäkt" eller "kvinnomisshandel". Och jag försöker invagga honom i trygghet genom att understryka hur lite vi har att komma med i bevisväg: *Vittnena som trodde sig se dig är lite osäkra*

241

*på vilken dag det var så vi kan inte förlita oss hundraprocentigt
på deras vittnesmål. Är det möjligt att du var uppe vid spåret
en annan kväll den veckan och att det var då du blev iakttagen?*

Och det nappade han naturligtvis på. Jag vill få honom
att slappna av och sänka garden, för slutar han vara på
sin vakt kan han bli oförsiktig och avslöja sig. Det är det
jag försöker uppnå, och jag är redan på god väg, tycker
jag. Han har till exempel uttryckt nu hur han känner sig,
och det har han inte gjort tidigare. Rena rama skitsnacket
visserligen, men det är i alla fall ett steg i rätt riktning. Så
här sa han: *Jag känner mig som en person i en thriller – en
oskyldig man som anklagas för ett fruktansvärt brott och som
själv måste fria sig från misstankar. I det här systemet är man
inte oskyldig tills man har bevisats skyldig, utan skyldig tills
man har bevisats oskyldig. Jag är ingen galen hund som drar
omkring på gatorna och jagar kvinnor. Det beklagliga med allt
detta är att den som verkligen har gjort det fortfarande går lös.*

Jag har alltså fått honom att börja meddela sig. Men jag
fortsätter att ligga lågt och pressar honom inte. Ibland är
det nödvändigt att skärpa tonen och spänna ögonen i
folk, men det gör jag inte särskilt ofta. När jag lyssnar
brukar min blick glida bort från personen jag har framför
mig, eftersom jag har lättare att koncentrera mig på det
som sägs om jag inte samtidigt har ögonkontakt eller tar
emot andra synintryck. En del tolkar det som ointresse
eller osäkerhet, men det är det inte. När det gäller Bengt
har jag en känsla av att han tycker att det är skönt att inte
ha mina ögon på sig hela tiden, och tolkar han dessutom
min undvikande blick som osäkerhet är det bara bra. Ju
ofarligare han tror att jag är, desto bättre.

49

Vissa dagar är jag spänd som en fiolsträng och tål inte ett skit. Minsta småsak kan få mig att se rött och vilja slå folk på käften. Jag är inte bättre än småbuset som drar runt på stan och ställer till bråk för att få utlopp för sina inneboende aggressioner. Jo, lite bättre är jag, för jag låter aldrig min ilska gå ut över oskyldiga. Jag ger mig bara på urblåsta, självupptagna typer som sätter sig över lagar och förordningar utan att bry sig om vilka konsekvenser det får för andra. Dom ska fan ha på käften, Mårtensson, och pucklas på till det har trängt in i deras tjocka skallar vad det är som gäller!

Tidigare i kväll när jag cyklade iväg till återvinningen med förpackningar var en man i femtioårsåldern där före mig. Han lät bilen stå på tomgång medan han tömde sina kassar, och det retade jag genast upp mig på. *Stäng av motorn på din bil*, sa jag. *Här är max en minuts tomgångskörning tillåten.*

Han vände sig inte ens om när han svarade. *Jaja, jag är snart klar*, sa han. Sen gick han tillbaka till bilen och började lirka ut en stor soffdyna ur bagageutrymmet. Jag såg honom gå iväg med den och luta den mot baksidan av en container. När han kom tillbaka för att hämta dyna nummer två sa jag: *Dom där kan du ju för fan inte dumpa här! Det här är en återvinningsstation och ingen soptipp!*

Då reagerade han äntligen. *Lägg dig inte i det som inte angår dig!* fräste han. Jag fick lust att slå ner honom och

243

slänga hans jävla dyna över honom och kväva honom på fläcken. Istället fotograferade jag honom med dynan i famnen. Jag fick med både det rykande avgasröret och numret på registreringsskylten. Sen gick jag bort till containern och tog en bild av dynan som redan stod där också. *Vafan sysslar du med, din jävla fitta!* skrek han och tog några hotfulla steg åt mitt håll. Jag stoppade snabbt på mig mobilen för att ha händerna fria om han skulle gå till fysiskt angrepp. Risken fanns, kände jag, men jag var lika uppretad själv och nästan önskade att han skulle hoppa på mig så att jag fick avreagera mig.

Men han hejdade sig. Jag stod kvar och stirrade på honom medan han gjorde sig av med den tredje dynan bakom containern, och sen sa jag: *Ja, snart ligger du ute på nätet med bilder och namn, så att alla får se vilken jävla idiot du är.* Jag hade inte en tanke på att lägga ut det, men han kan gärna få oroa sig ett tag, tycker jag.

50

Bengt är så oberörd. Hur kan han vara det, när han vet att ett långt fängelsestraff väntar honom? Det är som om han bagatelliserar våldtäkterna och är helt fokuserad på att klara sig från mordet. Segern det skulle innebära för honom att lyckas slinka ur nätet trots att han är skyldig, är det enda han bryr sig om. Och han verkar fullkomligt säker på att han ska klara det. Hur kan han vara det? Hur kan han veta att det inte finns några bevis mot honom om det är han som har gjort det?

En förundersökning ska bedrivas objektivt. Undersökningsledaren och hela teamet ska leta efter och beakta omständigheter och bevis som talar både till den misstänktes fördel och nackdel. Men det gör vi inte i det här fallet, eftersom vi är helt övertygade om att det är mördaren vi har gripit. Men tänk om vi har fel? Jag tror det inte, men vi vet inte säkert, och det enda vi gör är att jaga efter bevis som ska hjälpa oss att få vår övertygelse bekräftad. Det är faktiskt inte rätt. Men inte ens han själv kommer med några uppgifter som pekar i en annan riktning. Han bara sitter där och väntar på att allt ska ordna sig. Kan man verkligen vara så lugn och oberörd om man är skyldig?

Ja, det kan man. Jag minns en gång när jag fortfarande var patrullerande och jag och en kollega blev kallade till en lägenhet där det skulle finnas en död kvinna. När vi kom dit var porten låst, men en man i kortkalsonger kom och öppnade åt oss. Han var blodig på armarna, benen och överkroppen. *Bra att ni kom*, sa han och tog i hand och presenterade sig. Jag kommer inte ihåg vad han hette, men vi kan kalla honom Sven. När vi frågade vad som hade hänt sa han att han och hans fru hade bråkat men att han inte visste riktigt på vilket sätt hon hade blivit skadad.

Vi gick in i lägenheten och möttes av ambulanspersonalen som förklarade att kvinnan var knivhuggen och död. När vi tittade in i vardagsrummet såg vi henne ligga naken på golvet ett par meter in. Hon var väldigt blodig på armarna, benen och underkroppen och det var mycket blod på mattan och golvet. Sven var väldigt lugn hela tiden. Normalt brukar folk vara upprörda i liknande situationer, men det var som om frun inte existerade för honom. *Jag sätter på lite kaffe*, sa han och vände sig om. Men istället för att gå till köket gick han in på toaletten och började tvätta sig. Vi sa åt honom att avbryta tvättandet, men han hörsammade oss inte, och vi blev tvungna att med milt våld dra ut honom därifrån.

Medan min kollega sökte igenom lägenheten efter mordvapnet, som han för övrigt hittade i badkaret, satte jag mig med Sven vid köksbordet i avvaktan på att teknikerna skulle komma och för att hålla honom under uppsikt. Sven var lugn och korrekt och verkade helt oberörd av situationen. Han berättade att han och hans fru hade bråkat och att hon hade börjat blöda. Han sa att blodet på golvet var hennes men att han inte riktigt förstod hur det hade kommit dit. Han mindes ingenting förrän han "kom till sans" cirka tjugo minuter före telefonsam-

246

talet till polisen. Han såg då att det var blod överallt, men frun blödde inte mer, och han började torka upp blodet med några handdukar som han efteråt stoppade in i tvättmaskinen. Först därefter ringde han till polisen och berättade att hans fru var död.

När jag efter en stund inte ställde fler frågor till honom, drog han till sig en korsordstidning som låg på bordet och började lösa ett av korsorden. Lugnt och koncentrerat satt han där och fyllde i orden. Både min kollega och jag tyckte att han uppträdde väldigt märkligt. Först det där med kaffet, som det för övrigt aldrig blev av att han gjorde i ordning, och så korsordet. Han verkade inte chockad och inte påverkad av sprit eller droger. Det var bara som om det som hade hänt inte angick honom. Vetskapen om att han hade dödat sin fru måste ha funnits där, men alla känslor det kunde ha framkallat var uppenbarligen bortträngda, och han satt där och löste korsord som om ingenting hade hänt medan hon låg blodig och död i rummet intill.

Helt obegripligt men fullt möjligt att vara oberörd, alltså. Det är bara dumt av mig att tvivla på Bengts skuld. Gör jag det har han ju uppnått sitt syfte, som är att göra mig osäker genom att framstå som lugn och säker själv. Men jag förstår inte vad han tror att han ska vinna med det. Troligtvis hör det bara till hans spel. Han vet vad som väntar men vägrar ta in det känslomässigt. Istället sitter han där och spelar oskyldig tills han nästan tror på det själv. För den som inte tyngs av ångest och skuldkänslor innebär ett erkännande ingen lättnad, antar jag, och då finns det ingen anledning att erkänna heller. Och

Bengt lider inte av det han har gjort. Att vädja till hans samvete och känslor är alltså helt meningslöst.

Ibland tappar jag gnistan och tvivlar på att vi nånsin kommer att få honom att berätta. Det finns så många obesvarade frågor som bara han kan svara på. Vad var det som väckte hans besinningslösa raseri och fick honom att misshandla Karin så brutalt? På vilket sätt blev han själv skadad, så att han började blöda? Hur hamnade hans blod på stenen? Varför bar han stenen med sig så långt bort innan han gjorde sig av med den? Varför tog han med sig hennes midjebälte med mobilen och nycklarna?

Det är dags att byta taktik. Nu har han fått uppmärksamhet och intresse i flera veckor och har vant sig vid det. Han verkar betrakta förhören som en underhållande lek som han gärna deltar i och inte vill vara utan. Men nu har vi tröttnat, ska Widén låta honom få veta. Eftersom förhören inte har gett det vi hoppats på och han har vägrat samarbeta, är det bestämt att inga ytterligare förhör ska hållas med honom förrän utlåtandet från NFC har kommit. Till dess får han tillbringa tiden ensam i sin cell. Avvisad, ensam och övergiven får han sitta där och begrunda sina synder. Men det är inte jag som har avvisat honom. Jag är den som tycks ha misslyckats med förhören och själv blivit ställd åt sidan. Nu sitter vi liksom i samma båt, han och jag. Så när jag till slut, efter lagom lång tid, ordnar ett sammanträffande för att informera honom om resultatet från NFC, är det som en vän och inte som en fiende jag möter honom i förhörsrummet. Fram till dess fortsätter vi att forska i hans förflutna.

Förhör med Rolf Köhler
FL: Förhörsledare
RK: Rolf Köhler

FL: När blev du bekant med Bengt Sundin?

RK: Tja, det måste vara en tio, femton år sen nu. Vi var jobbarkompisar, alltså.

FL: Hur länge jobbade ni ihop?

RK: Sex, sju år, tills han fick sparken.

FL: Han fick sparken?

RK: Ja, på den tiden söp han, och när han inte kunde hålla sig nykter på jobbet fick han gå.

FL: Umgicks ni på fritiden också?

RK: Ja, det gjorde vi. Jag var nyinflyttad och han var den första jag fick personlig kontakt med.

FL: Hade ni gemensamma intressen?

RK: Ja, det kan man väl säga. Vi var ute och festade rätt mycket. Jagade brudar och så. Jag hade haft det jävligt tufft ett tag innan, med ett jävla svin till chef som höll på att ta knäcken på mig. Men jag lyckades ta mig därifrån innan det var för sent.

FL: Mm.

RK: Så då blev det att man söp en del.

FL: Tillsammans med Sundin då.

RK: Ja, men lika hårt som han drack jag inte.

FL: Var han alkoholist?

RK: Så gott som. Men han lyckades ta sig ur det på nåt jävla vänster efteråt. Efter sen han hade fått sparken, alltså. Nytt jobb fick han också, så fort han hade lagt av.

FL: Och ni fortsatte att träffas?

RK: Ja, men inte länge.

FL: Varför inte?

RK: Nej, han blev liksom lite för enstörig sen, tyckte jag. Ville inte hänga med ut och så. Men det var väl för att han inte skulle bli frestad, kanske.

FL: Frestad att börja dricka igen, menar du?

RK: Ja, man går ju inte på krogen om man vill vara nykter.

FL: När var sista gången du träffade honom?

RK: Tja, det är väl ungefär fem år sen nu.

FL: Och sen dess har ni inte haft kontakt?

RK: Nej, just det.

FL: Hur hade han det med kvinnor då, under tiden ni umgicks?

RK: Ja, på det området... Det var mycket därför också, som jag inte ville fortsätta. På grund av hans kvinnosyn, alltså.

FL: Den stämde inte överens med din?

RK: Nej, fy fan. När det gällde brudar var han rent ut sagt pervers.

FL: På vilket sätt då?

RK: Ja, han hade till exempel en massa filmer med våldsporr i tv-hyllan. Vi tittade aldrig på dom, men jag såg ju titlarna. Och en gång lät han mig se bilder i datorn. Filen råkade vara öppen, och när han såg att jag fick syn på den, sa han: Kolla om du vill. Så då drog jag igenom den och såg vad det var.

FL: Kan du beskriva det.

RK: Ja, det var bilder på fi... på kvinnliga könsorgan med olika grejer instoppade.

FL: Vad för sorts grejer?

RK: Bilderna flimrade bara förbi, men en vinflaska såg jag, och knytnävar inkörda i... Det var rå, sadistisk porr, helt enkelt.

FL: Hur reagerade du på det?

RK: Jag tyckte att det var helsjukt. Man blev ju spyfärdig. Hur fan kan han vilja visa mig det här? tänkte jag. Tror han att jag går igång på sån här skit? Men jag höll god min. Ville inte stöta mig med honom. Som jag hade märkt tidigare så kunde han bli jävligt stött i kanten om man tog avstånd och visade ogillande. Det tålde han inte. Då kunde han bli jävligt sur. Inte så att han började gapa och skrika, men man märkte att han tog åt sig. Han blev spydig och nedlåtande, eller hur jag ska säga. Småtaskig. Så jag sa ingenting om den där våldsporren. Han märkte så klart att jag inte var intresserad, men jag sa inget negativt om det. Jag höll masken. Men den där jävla skiten fick mig att tappa lusten att träffa honom. Jag sa upp bekantskapen. Ja, fy fan. Och nu har det visat sig att det är han som är Tunnelmannen. Det skulle jag aldrig ha trott om honom. Sitta och glo på porr är en sak, men att ge sig på brudar i verkligheten... Nej, fy fan, det skulle jag aldrig ha trott.

FL: Hur reagerade han när du sa upp bekantskapen?

RK: Som om han inte brydde sig. Men det gjorde han.

FL: Hur vet du det?

RK: Därför att han blev helt tillknäppt och inte frågade varför.

FL: Är det nåt annat du kommer att tänka på när det gäller honom som du tror kan vara av betydelse?

RK: Nej, det är väl ungefär det jag har sagt. Att han gillade våldsporr och var svår att komma in på livet. Inte så att han inte snackade, men man fick liksom aldrig grepp om honom, tyckte jag. Han var som en kameleont som skiftade färg hela tiden. Det var väl det som gjorde honom lite intressant också, tänker jag nu, att man aldrig visste riktigt var man hade honom. Men det där med porren kunde jag inte förlika mig med. Där gick gränsen för min del. Man kan ju för fan inte vara polare med ett jävla pervo.

51

Bengt såg ganska risig ut när jag träffade honom igen efter uppehållet. Vi hade tur och prickade rätt där, insåg jag efter att ha pratat med en gammal jobbarkompis till honom. Att bli avvisad och nonchalerad är hans svaga punkt. Men det var svårt att avgöra hur bristen på uppmärksamhet från vår sida hade påverkat honom. Jag hoppades att det hade satt sina spår, så att det var bäddat och klart för nästa drag.

FL: Tråkigt att det skulle bli så här, Bengt. Jag tyckte faktiskt att vi hade kommit en bit på väg.
BS: Blev du avpolletterad?
FL: Ja, det kan man kanske säga.
BS: Surt.
FL: Mm.
BS: Men nu är du här igen?
FL: Ja, men beskedet från NFC dröjer tyvärr. Man har inte kunnat hitta några användbara spår på Karins kropp eller kläder. Ett spår kan lätt kontamineras, och om det har väldigt låg DNA-koncentration kan en relativt liten mängd kontaminerande DNA överskugga spår-DNA:t och göra det oanvändbart. Och blodet som inte tillhör Karin, på det vi tror är mordvapnet, kan tyvärr ha för lite kärn-DNA i provet för att det ska vara möjligt att DNA-bestämma det.
BS: Åh fan.

FL: Men vi får hoppas att det lyckas så att vi får svart på vitt att du inte har haft med mordvapnet att göra.

BS: Ja, eftersom jag var hemma hela kvällen kan jag näppeligen ha sprungit omkring på stan med en sten i tröjan.

Jag lyckades kanske lugna honom så att han blev mindre vaksam, för plötsligt sa han: *Jag var hemma hela kvällen och kan inte ha sprungit omkring på stan med en sten i tröjan.*

Jag hajade till men fann mig snabbt och lät det passera utan kommentar. Jag var så gott som säker på att ingen hade nämnt hur mannen på gatan bar stenen. Jag har inte hört Widén nämna det vare sig under förhören eller off the record, och efter att ha gått igenom alla förhörsutskrifter noga, vet jag det säkert nu. Ingen har berättat det för honom, så hur kan han veta, om det inte var han själv som hade stenen?

Nu är frågan hur han kommer att reagera när jag konfronterar honom med det. Vi har det på band, så han kan inte förneka att han har sagt det, och han kan inte hävda att han bara gissade eftersom det är så speciellt, och han kan inte påstå att han har läst det i tidningen eftersom vi inte har lämnat ut den detaljen till media, och han kan inte säga att han har hört det ryktesvägen med ursprung från vittnet, eftersom vederbörande är tillsagd att inte avslöja det.

Om jag ska gissa så kommer han att tiga. När han inser att alla utvägar är stängda kommer han att tiga som han tiger om våldtäkterna. Det är en kollega som har hand om den delen, och han kommer ingen vart alls eftersom

Bengt vägrar svara på frågor. Men vi vet det vi vet och kommer att använda oss av det så långt det är möjligt. Och helst vill jag ju ha ett erkännande.

Jag fortsatte förhöret som om ingenting hänt.

FL: Vad sysselsatte du dig med under kvällen?

BS: Ja, vad gjorde jag? Åt middag, googlade, tog ett bad som jag alltid gör på fredagar, kollade på teve...

FL: När fick du veta att Karin var död?

BS: Att det var hon visste jag inte förrän jag kom tillbaka till jobbet, men själva händelsen läste jag om på nätet.

FL: Vem berättade det för dig på jobbet?

BS: Helena, tror jag.

FL: Hur reagerade du?

BS: Med bestörtning, som alla andra.

FL: Vad hade du för relation till Karin?

BS: En arbetsrelation.

FL: Vad tyckte du om henne?

BS: Tyckte? Inget särskilt. Jag har redan svarat på det.

FL: Ja, det är lika bra att vi avslutar. Ola Widén kommer att fortsätta som förhörsledare så fort han får tid, och till dess gör vi ett uppehåll med förhören igen. Han kommer att meddela dig slutresultatet från NFC när det är klart. Förhöret avslutat klockan 14.47.

Jag avbröt förhöret utan förvarning och lämnade rummet. Jag vet att jag gjorde honom irriterad med min plötsliga sorti, och jag vet att ensamheten i cellen gör honom frustrerad, och jag vet att han inte vill ha tillbaka Widén.

Så frågan är hur han kommer att reagera. Inför Widén, som är stel och ogillande, är det lätt för honom att tiga och göra sig onåbar, men med mig, som visar mig öppen och intresserad, är det inte lika enkelt. Det är faktiskt svårare än man kan tro att tiga helt och hållet inför en människa som visar vänligt intresse och är beredd att lyssna förutsättningslöst. Har man dessutom ett starkt – men kanske förnekat – behov av att avbörda sig, krävs det stor kraft och koncentration för att lyckas hålla sig själv i schack. Jag kommer att gå in som förhörsledare igen när ensamheten har fått hans behov av uppmärksamhet att öka, och då hoppas jag att han har tröttnat på sin lek en gång för alla och börjar få ur sig skiten han bär på.

Apropå skiten så har jag fått ett nytt brev från Ynkryggen. Tom tycker att det känns hotfullt och vill att jag ska berätta om breven på jobbet, men jag vet inte riktigt. Varför skulle han vilja hämnas på mig? Inte tror jag att han vill träffa mig av andra orsaker heller. Jag har kollat upp honom lite, och han bor fortfarande kvar där han bosatte sig efter Annie. Det är tjugo mil härifrån, och så viktig för honom kan jag absolut inte vara, så att han skulle göra sig omaket att ta sig hela den långa vägen hit bara för att få träffa mig.

Han minns dig också, Mårtensson, och har tagit reda på att du är död. Fan vet varför han har börjat intressera sig för oss två efter så lång tid. Så här skriver han:

Jaså, din snutpolare har kilat vidare? Det visste jag inte förra gången jag skrev. Jag har luskat lite och råkade få fram att han har dött. Tråkigt för dig och poliskåren, antar jag, men ske Guds vilja! Hur jag fick fram det? Ja, det kan du fundera på i din ensamhet. (Ann-Catrin Friberg är en 43-årig ogift kvinna som bor i en bostadsrätt på 58 kvm på Ringvägen. Inga fler över 16 år är skrivna på samma adress.) Det är mycket man kan få fram på nätet, du vet... En vacker dag kommer jag kanske och hälsar på dig.

Ni har fått fast den ökända Tunnelmannen, ser jag. Bra jobbat, snutarna! Men var det inte lite i senaste laget, med tanke på att han fick tid att begå ett mord också?

Här nere har vi bara gängskjutningar och en flerfaldig barnamördare som jobbar på dagis under falskt namn. Och fallet med ungen som försvann när hon var på väg till mormor är fortfarande olöst. Troligtvis var det stora stygga vargen som tog henne, för det har ju hänt förr, he he. Vi ses när vi råkas, psykologsnuten!

Nu när jag läser brevet igen tänker jag: Är det Alva-fallet han vill att jag ska få ögonen på? Han skrev ju om det i förra brevet också. Försöker han tala om för mig att han vet nånting om det som inte polisen känner till? Var det han som tog henne? Menar han att det är han själv som jobbar på dagis under falskt namn? Skriver han till mig för att han mer eller mindre omedvetet hoppas på att bli avslöjad nu? Testar han mig, eller svamlar han bara? Förekommer han över huvud taget i utredningen? Jag får kolla upp det, för helt klart är han ute efter nånting.

52

Nej, Ynkryggen finns inte med i Alva-utredningen. Han blev inte ens kollad, vilket är konstigt med tanke på hans förflutna.

Alva var nio år och på väg hem från skolan när hon försvann. Ingenstans har jag hittat uppgifter som säger att hon skulle gå till sin mormor. Varför skrev han det i brevet? Svamlade han bara, eller visste han det därför att han träffade henne den dagen? Vill han åka fast nu? Är det därför han skriver till mig? Utmanade han mig när han avslöjade en detalj – om den nu är sann – som bara den skyldige kan känna till, eller gjorde han det av misstag?

Ja, jag vet inte. Jag har i alla fall informerat kollegerna som hade hand om utredningen och hoppas att sökarljuset i och med det ska riktas mot just honom. Han måste ju kollas upp i samband med Alvas försvinnande. Gjordes det inte då, måste det göras nu.

Och det är han själv som har satt oss på spåret. Varför, efter så lång tid? Orkar han inte bära det längre? Kommer han att erkänna att han har mördat Annie också när han erkänner att han har dödat Alva? Eller är det inte alls det han är ute efter?

Han gillade att prata med dig, Mårtensson. Hade han hittat din adress hade han säkert skrivit till dig istället. Mig retade han sig på, och jag hade så svårt att dölja mitt förakt. Men jag har lärt mig. Snart är det dags att ta itu med Bengt igen, och då ska jag använda mig av allt jag kan för att få honom att öppna sig.

53

Utlåtandet från NFC har kommit. Det räckte med en standardanalys, och Bengt har informerats om att resultatet talar starkt för att blodet på stenen är hans. Det är alltså av graden +3, så det borde räcka, tycker jag, om man tar övriga omständigheter i beaktande också. Men säker kan man aldrig vara.

Själv ligger jag hemma i sängen med influensa. Hur gärna jag än vill kan jag inte jobba. Jag kan knappt stå på benen och känner mig totalt orkeslös. Långvarigt kan det bli också, att döma av hur andra drabbade har haft det.

Men nu tror jag att vi har honom, Mårtensson! Enligt Widén reagerade han med "sammanbiten tystnad" när han fick beskedet, och det kan jag mycket väl tänka mig. Det är ju så han gör när han inser att han är överbevisad. Fast överbevisad är det kanske för tidigt att säga att han är. Jag vet inte. Men jag ska få honom att erkänna, Mårtensson! Så fort jag är frisk och tillbaka på jobbet ska jag få honom att berätta. Våldtäkterna har jag förstått att han inte tyngs nämnvärt av och inte känner behov av att fördjupa sig i. Att han är en person som under vissa omständigheter våldtar kan han acceptera och hjälpligt rättfärdiga inför sig själv, men inte att han är en som dödar. Att Karin dog i samband med våldtäkten gjorde honom till en mördare, och det kan han inte smälta. Det är så jag uppfattar det. Och han kände henne. Vad kan det innebära för honom, tro?

Det är dags att han tar på sig skulden nu. Jag tänker inte låta honom slippa undan längre. Även om det inte var hans mening att hon skulle dö, så är det han som har berövat henne livet, och det måste han ta på sig ansvaret för. Det måste han, Mårtensson, om han inte ska bli helt låst inombords. Han måste öppna sig för att komma vidare, och det ska jag få honom att förstå.

Strategi: Jag står fortfarande på hans sida. Allt jag gör är för hans eget bästa. Jag lyssnar och förstår, ger honom uppmuntran och bekräftelse. Jag är den enda som kan hjälpa honom ut ur situationen och ge honom hans förlorade rättigheter åter. Jag är den enda som verkligen bryr mig om honom och vill honom väl.

54

Jag har suttit och scrollat lite på min Facebooksida. En pensionerad kollega, som jag inte har träffat på år och dag och som jag är Facebookvän med, hade lagt ut ett foto på sig själv från en semesterresa och skrivit:

Christina: Efter fjorton dagar i sol och värme är det dags att lämna detta paradis.

Lena: Välkommen hem till Sverige igen!

Christina: Tack.

Lena: Så snygg du är i håret!

Christina: Åh, tack Lena!

Lena: Hoppas du haft det gött på semestern. Vi är på Arlanda just nu och snart bär det iväg till Kap Verde. Kram från oss!

Christina: Hoppas ni också får en härlig avkoppling!

Jag: Flyga är inte bra för klimatet.

Christina: Ann-Catrin Friberg jag avskyr att flyga men älskar att resa!

Jag: Klimatförändringarna då?

Christina: Ja du Anki, vad ska jag svara…? Tycker att vi ska börja med att politiker och alla businessmänniskor föregår med gott exempel…

Jag: Varför inte föregå med gott exempel själv?

Lena: Känns som om hela världen ser allt i svart och vitt. Men ibland är det ok med grått också, ha ha. Vi har haft klimat förändringar långt innan vi hade bilar. Varmare klimat skulle dessutom främja växtligheten jorden runt.

Christina: Ann-Catrin Friberg jag vet hur du tänker, men jag har inget bra svar… De flesta av oss är nog ganska egocentriska… Om jag hade stannat hemma från min Lanzaroteresa, skulle jag ha känt mig lyckligare då?

Jag: Ja, det hoppas jag verkligen.

Och den kommentaren satte hon en gillamarkering på, som om hon inte alls uppfattade undermeningen som är: …för annars har du inget som helst vett i skallen.

Och det har hon bevisligen inte. Hon tycker att hennes personliga "lycka" är viktigare än det som händer med vår stackars planet.

Dumhet och särskrivning retar mig till vansinne, Mårtensson! Det bara kryper i kroppen på mig! Nu kanske du förstår varför jag inte är så aktiv på Facebook? Jag skulle inte få göra annat än upplysa alla okunniga och inskränkta korkskallar om vad som är viktigt här i världen. Jag har förstås kloka och ansvarsfulla Facebookvänner också, men jag blir så trött när jag ser hur totalt urblåsta en del är.

Eller spelar det ingen roll hur vi beter oss här på jorden, Mårtensson? Blir allt bra ändå, när vi väl har hamnat i din himmel och befinner oss i en helt annan dimension?

Men det strider mot mitt innersta att bete mig ansvarslöst. Jag vet det jag vet, och det kan jag inte blunda för. Jag fattar inte hur folk klarar av att sticka huvudet i sanden utan att få dåligt samvete. Det är ett beteende som är utmärkande för kriminella, tycker jag. Skurken vet att han har begått ett brott, men han rättfärdigar sin handling inför sig själv och känner sig inte det minsta skyldig. Hur skyldig känner sig till exempel Bengt? Några tecken på ånger och ruelse har jag inte sett hittills i alla fall. Och beskedet från NFC tycks inte ha gjort honom mer samarbetsvillig. Widén verkar uttröttad och tycks inte komma vidare. Jag har varit iväg och uppdaterat mig lite, för på måndag är jag fit for fight igen.

Förhör med Bengt Sundin
FL: Förhörsledare
BS: Bengt Sundin

FL: Ja, den här ungdomskamraten till dig som vi har förhört...

BS: Vem då?

FL: Tomas Hedén.

BS: Tack för upplysningen. Det kände jag inte till.

FL: I förhöret säger han alltså...

BS: Har ni förhört honom? Sitter han också häktad kanske?

FL: Nej, han sitter inte häktad. Det finns det ingen anledning till, vad vi vet. Eller vet du någonting som...

BS: Jag är ingen polis.

FL: Nej. Men i förhöret säger han alltså att det säkert är du som har gjort det här också.

BS: Intressant.

FL: Varför tror du att han säger så?

BS: Hur ska jag kunna veta det?

FL: Ligger det någonting i det Tomas säger?

BS: Nej, det gör det inte.

FL: Inte?

BS: Nej.

FL: I samma förhör säger han att "Bengts relation till tjejer är helt sjuk. Han är typ inte normal för fem öre", säger han.

BS: Jaha.

FL: "Det måste ha slagit helt slint för honom", säger han.

BS: Ja, det kommer ju från rätt person.

FL: Du menar Tomas?

BS: Mm.

FL: Hur tänker du då?

BS: Att jag tycker exakt detsamma om honom.

FL: Okej.

BS: Att han inte är normal.

FL: Men vad kan du ha gjort som gör att han tycker att du…

BS: …inte är normal?

FL: Ja, precis.

BS: Jag har kanske lyckats inrätta mitt liv på ett sätt som inte han har lyckats med.

FL: När man lyssnar på det Tomas har berättat för oss verkar det som att han tror att det är du som har tagit livet av Karin.

BS: Vad spelar det för roll vad han tror?

FL: Det är i alla fall en intressant reflektion.

BS: Ja, jätteintressant.

FL: Kan han veta mer om det här än han har berättat för oss?

BS: Hur ska jag kunna veta det? Det får du fråga honom om.

FL: Varför tror du att han misstänker dig då?

BS: Det har du redan frågat.

FL: Ja, och vad svarar du?

BS: Samma som förut.

FL: Hur har er relation varit under årens lopp?

BS: Hur så?

FL: Känner Tomas dig väl?

BS: Nej.

FL: Men ni har i alla fall träffats då och då?

BS: Ytterst sporadiskt.

FL: Okej. Men i förhöret säger han att han misstänker att det är du som har gjort det här. Varför tror du att han säger så?

BS: Gissa.

FL: Jag har ingen aning.

BS: Du har ingen aning? Och du har jobbat som polis i hur många år?

FL: Ganska många år.

BS: Det kan man inte tro. Du är ju dum i huvudet.

FL: Jaha, men berätta för mig du då. Jag kan ju inte sitta här och gissa.

BS: Nej, precis. Inte jag heller.

FL: I samma förhör beskriver Tomas dig som psykopat.

BS: Jaha.

FL: Han säger att det måste vara något allvarligt fel på dig.

BS: Jaha.

FL: Vad kan han syfta på då?

BS: Ja, inte vet jag. För övrigt passar den beskrivningen bättre in på honom än på mig.

FL: Okej. Du tror att Tomas är psykopat?

BS: Jag vill inte sitta här och snacka skit om honom.

FL: Men varför snackar han skit om dig då?

BS: Det har du redan frågat.

FL: Jag tänkte om det kanske fanns något ouppklarat er emellan.

BS: Inte vad jag vet.

FL: Känner Tomas till något om den här händelsen?

BS: Det får du fråga honom om.

FL: Men nu frågar jag dig.

BS: Jag vet inte, som sagt var.

FL: Men du kan ju veta om Tomas vet något?

BS: Nej, hur ska jag kunna veta det?

FL: Han kan ju ha berättat något för dig.

BS: Nej, vad skulle det vara?

FL: Vad är det Tomas tror att du har gjort då?

BS: Ingen aning. Snattat godis på Ica kanske?

FL: Men hela det här förhöret handlar ju om mordet på Karin.

BS: Ja, precis, så det var väl en jävligt dum fråga från dig.

FL: Ja.

BS: Ja.

FL: Då har jag inga fler frågor om inte du har någon fråga till mig?

BS: Ja, när ska ni sluta upp med det här jävla idiotutfrågandet och låta mig vara ifred?

FL: Du vill inte bli förhörd mer?

BS: Inte av er i alla fall.

FL: Varför inte?

BS: För att ni är så jävla korkade och bara sitter och tjatar om vad jag tror att andra tror och så vidare.

FL: Mm. Men det är ju sådant som har kommit fram i utredningen.

BS: Vadå? Att en gammal klasskompis som jag knappt träffar längre tycker att jag är onormal? Ja, det verkar vara jävligt viktig info.

FL: Men vi måste ju fråga både dig och andra om saker. Vi håller ju på med en mordutredning här, Bengt.

BS: Ja, och hur tycker ni att det går?

FL: Och det som... det som du tycker är oväsentligt är kanske inte oväsentligt för oss.

BS: Nähä.

FL: Så kan det vara.

BS: Så kan det vara, ja. Men det är inte intressant.

FL: Jo, jag tycker att det är intressant.

BS: Det tycker du?

FL: Ja, jag är intresserad av...

BS: Det är nog Expressen också.

FL: Mm. Har du ingenting att tillägga så får du gå tillbaka till cellen då.

BS: Ja, jag sitter väl hellre där än här med er. Det här ger ju för fan ingenting.

FL: Vad vill du att det ska ge?

BS: Ja, vad tror du?

FL: Det brukar ju vara så att förhörstillfällena ändå ger en viss struktur åt tillvaron.

BS: Struktur? Det är likadant arton timmar om dygnet.

FL: Okej.

BS: Ja, du kan ju tänka dig själv. Det är ju inte som att…

FL: Vad sa du Bengt, jag hörde inte?

BS: Det är ju inte som att man kan gå till jobbet och vara normal, precis.

FL: Nej.

BS: Och evig semester vill väl ingen ha.

FL: Nej.

BS: Men det är bättre än meningslöst skitsnack i alla fall.

FL: Okej. Har du något att tillägga just nu?

BS: Ja, att ni kan dra åt helvete.

55

Nu är vi igång, Mårtensson! Nu har Bengt börjat lätta på förlåten. När jag var sjuk frågade han efter mig, och nu har jag återupptagit förhören med honom. Han vill fortfarande inte ha sin advokat närvarande, och det tycker jag är bra, för det skulle hämma honom, tror jag. Vid det första förhöret efter uppehållet klargjorde han tydligt och klart att det är bara mig han vill ha. Inte min "hjärndöda kollega" och inte sin "mediekåta advokat". Får han inte mig kommer han inte att ge oss det vi vill ha, säger han.

Han börjar bli trött. Tiden och ensamheten i cellen har tydligen gjort sitt, precis som jag hoppades. All självbelåtenhet har runnit av honom och han upplever inte förhörssituationen som enbart roande längre. Nu behöver han den, och är beroende av den, för att orka hålla sig uppe. Och när allt annat är sagt är det bara hans erkännande och detaljerade redogörelse för händelseförloppet som kan ge honom mer.

56

Idag är det ett år sen du dog, Mårtensson, och jag har varit iväg och satt ett ljus på din grav. Det är jag som sköter om den nu. När Eva flyttade erbjöd jag mig att ta hand om den. Hon har planterat låga perenner som klarar sig i stort sett själva framför stenen, men graven ligger under en stor ek, så det faller alltid ner en massa löv och ekollon på den. Det tror jag du gillar, men jag måste hålla den snygg för andras skull så att det inte blir klagomål. Men nu är den täckt av snö och inga löv finns kvar på eken.

Jag kan inte påstå att jag känner mig närmare dig när jag står vid din grav, för du är ju med mig nästan jämt, men jag går ganska ofta dit, för jag gillar lugnet och tystnaden på kyrkogården.

Jag kan inte fatta att ett helt år redan har gått. När Eva ringde och berättade att du var död kunde jag inte tro att det var sant. Du hade hittats liggande på en gata i snön, och ingen visste vad som hade hänt. Klockan var nio på kvällen och du hade varit till återvinningen med en tidningskasse och var på väg hem. Den tomma kassen låg halvvägs in under din kropp på trottoaren. Vid den rättsmedicinska undersökningen upptäckte man en skallskada som bedömdes ha uppkommit i samband med fallet. Du föll omkull och slog bakhuvudet i marken och dog. Men vad var det som fick dig att stupa, Mårtensson?

Jag gillar inte oklarheter. Jag vill veta varför du föll i gatan, och jag vill veta varför pappa föll i sjön. Jag vill ve-

271

ta exakt hur det gick till och varför jag förlorade er. Jag älskade er. Jag älskar er fortfarande, och det kommer jag att göra så länge jag lever.

Och jag älskar Tom. Han är som pappa och du tillsammans, och det är ett under att jag flyttade in i lägenheten bredvid hans och fick möjlighet att lära känna honom. Var det bara en slump att vi träffades, eller bestämdes det där uppe i din himmel, Mårtensson? Bestämdes det att jag skulle få uppleva det här, som jag aldrig har upplevt förut och som är så stort och vidunderligt?

Men varför? Jag tycker inte att jag har gjort mig förtjänt av det. Jag är kanske värd det, men jag har inte gjort mig förtjänt av det. Och varför bestämdes det att du skulle dö? På vilket sätt hade du gjort dig förtjänt av det?

Men det är kanske inte så man ska tänka. Jag vet inte hur man ska tänka. Jag borde tänka på utredningen istället och bestämma hur jag ska komma vidare med förhören. Du skulle ha hjälpt mig om du hade varit här. Du skulle ha fått honom att slappna av och börja prata med dig som med en polare. Men det kan inte jag. Det är inte så han ser på mig. Jag måste hitta en annan ingång. Jag har varit så kall och beräknande hela tiden, men nu när det verkligen gäller känner jag mig tveksam.

Han har erkänt alla våldtäkter nu utom den på Karin. Min känsla är att han inte vill se den som en i raden utan en händelse för sig, och att vi kommer att nå fram till den också så småningom. Jag pressar honom inte. Om han får ta det i sin egen takt kommer han att berätta när han är mogen för det. Det är jag säker på. Holth är missnöjd och Widén tvivlar, men Eva och resten av teamet litar på att

272

jag ska ro det i hamn. Bengt själv vill naturligtvis dra ut på det så länge han kan för att inte förlora kontakten och uppmärksamheten, men slutet närmar sig ändå obönhörligen.

Förhör med Bengt Sundin
FL: Förhörsledare
BS: Bengt Sundin

BS: Jag har alltid varit av den åsikten att om en människa råkar hamna i en ohållbar situation så är det hennes skyldighet att själv ta sig ur den. Inte lägga sig platt och förvänta sig att andra ska ta över ansvaret.

FL: Nej.

BS: Du vet inte allt jag har tagit mig ur här i livet... En skadlig ungdomsmiljö, destruktiva relationer, ett livshotande missbruk...

FL: Ja, det är beundransvärt.

BS: Och nu befinner jag mig i en ohållbar situation ytterligare en gång.

FL: Ja, det gör du.

BS: Men det ska jag väl också hitta en lösning på.

FL: Ja, det gör du säkert.

BS: Kan du föreställa dig hur det känns att sitta inlåst i en cell och vara avstängd från all mänsklig kontakt?

FL: Ja, instängdhetskänslan kan jag förstå.

BS: Det är ungefär detsamma som att sitta ensam i sin lägenhet och känna sig isolerad. Trycket ökar, och när man har nått gränsen för vad man klarar av måste man hitta en lösning. Men vid det laget är man så förbannad

273

att man rusar iväg i blindo.

FL: Mm.

BS: Det går bra så länge man har en utloppskanal, men stängs den av förvandlas man snart till en tryckkokare.

FL: Vad kan den kanalen bestå av?

BS: Att man har nån som lyssnar.

FL: Mm.

BS: Fast ibland räcker det inte med det. Ibland blir rast-lösheten så stor att den sätter sig i musklerna.

FL: Mm.

BS: Ja, där har du bakgrunden.

FL: Du erkänner att du har begått våldtäkterna?

BS: Ja.

FL: Hur många rör det sig om?

BS: Sex.

FL: För ordningens skull räknar jag upp kvinnornas namn här: Julia Zetterberg, Ellen Nylander, Magdalena Hjelm, Anna Westin, Pernilla Söderblom, Cecilia Malm. Är det namnen på kvinnorna du våldtog?

BS: Ja.

FL: Inga fler?

BS: Nej.

FL: Vad minns du av det som hände?

BS: Bara känslan som drev mig.

FL: Kan du beskriva den?

BS: Nej, inte nu.

FL: Hur kände du dig efteråt då?

BS: Lättad, äcklad, uppe i varv. Men jag lugnade gans-ska snart ner mig igen.

FL: Och efter det?

BS: Efter det var allt som vanligt.

FL: Lyckades du alltid skaffa dig det du var ute efter, eller stannade det nån gång vid bara ett försök?

BS: Jag lyckades varje gång. Det hade jag satt mig i sinnet att jag skulle göra.

FL: Det finns inga andra?

BS: Nej.

FL: Okej. Och du kan inte säga nånting om känslan som drev dig?

BS: Nej, inte nu.

FL: Första gången det hände var alltså för snart fem år sen. Hur såg din livssituation ut vid den tidpunkten?

BS: Samma som nu.

FL: Hade du några vänner?

BS: Ja, men jag var inte så intresserad av att umgås.

FL: Varför inte?

BS: Jag trivs bäst i mitt eget sällskap.

FL: Vi har pratat med en före detta arbetskamrat till dig, Rolf Köhler, och honom hade du kontakt med vid den här tiden?

BS: Ja, det är möjligt.

FL: Men ni slutade umgås?

BS: Ja.

FL: Vad var orsaken till det?

BS: Att brudar och booze var det enda som intresserade honom.

FL: Och det var ingenting för dig?

BS: Nej, har man en gång lyckats ta sig upp ur träsket vill man ju inte riskera att trilla dit igen.

FL: Vad menar du med träsket?

BS: Alkoholmissbruket.

FL: Ja, det du lyckades ta dig ur helt på egen hand.

BS: Exakt.

FL: Så ni slutade träffas, du och Köhler?

BS: Ja.

FL: Var det du eller han som sa upp bekantskapen?

BS: Det minns jag inte. Vi var nog ganska överens om att sätta stopp.

FL: Minns du vilken tid på året det var? Vilken månad?

BS: Nej.

FL: Enligt Köhler var det på våren, i april. Kan det stämma?

BS: Jag antar det.

FL: Och månaden efter skedde det första överfallet.

BS: (tystnad)

FL: Kan det ena ha lett till det andra för din del där?

BS: (tystnad)

FL: För det skulle ju kunna vara en förklaring. Då tänker jag alltså på känslan som drev dig att handla som du gjorde.

BS: (tystnad)

FL: Kan det ha funnits en samband där, Bengt?

BS: (tystnad)

FL: Att jag frågar är inte för att försöka snärja dig utan för att jag ska förstå sammanhanget och hur du upplevde det.

BS: (tystnad)

FL: Att bli avvisad och sviken av en vän kan ju väcka starka känslor hos vem som helst.

BS: (tystnad)

FL: Var det så, Bengt? Var det på grund av brytningen med Köhler som trycket inom dig ökade?

BS: (tystnad)

FL: Släpp fram det, Bengt. Här är du trygg, här kan inget hända.

57

Jag fick honom att börja gråta, Mårtensson! Det hade jag inte väntat mig. Han gav inte ett ljud ifrån sig, men plötsligt förvreds hans ansikte och han fick tårar i ögonen. Det var ingen våldsam gråt, och det dröjde inte många minuter förrän han tog sig samman och var som vanligt igen. Men han grät, och i och med det visste jag att jag hade träffat rätt.

Inför undanflykter och starka försvar är jag kall och distanserad, men när en person börjar öppna sig veknar jag och blir mer förstående än jag egentligen borde. Jag önskar att jag kunde känna lika stort förakt för Bengt som jag gjorde för Ynkryggen. Jag har lättare att förstå maktlöshet, vrede och våld än självupptagenhet, egoism och dumhet, och Ynkryggens förnekanden, bortförklaringar och lögner fick mig att förakta honom i djupet av min själ. Men när jag sitter med Bengt har jag svårt att få honom att stämma med bilden av Tunnelmannen. Trots att jag vet hur hånfullt, våldsamt och brutalt han har behandlat sina offer sitter jag och veknar när han lyckas klämma fram ett par tårar. Jag har ju aldrig sett den våldsamma sidan av honom och aldrig hört honom uttala sig negativt om sina offer.

Det var lättare i början, när han intog en arrogant och överlägsen attityd som jag retade mig på och försökte få honom att släppa. Då var min förståelse spelad och jag kunde utan besvär hålla distansen. Nu måste jag vara är-

278

ligare utan att förlora avståndet. Kommer jag för nära tappar jag greppet och måste backa för att återfå kontrollen. Jag gillar inte att spåra ur, och varje gång det händer grämer jag mig.

Att vara öppen och förstående ger kanske resultat, men jag får aldrig glömma vem det är jag har framför mig och vilka destruktiva krafter som bor i honom. Han har våldtagit minst sju kvinnor och dödat en arbetskamrat, och hittills har han inte visat minsta tecken på ånger eller förtvivlan. Tårarna han fällde gällde med all säkerhet bara honom själv och inte hans offer.

Jag känner inget medlidande med honom, för det finns massor med människor som har haft en taskig barndom och ändå inte börjat bete sig som odjur. Hur Bengt har haft det är lite oklart, men det vi med säkerhet vet är att båda hans föräldrar omkom i en bilolycka när han var tretton år. Han var själv med i bilen vid olyckstillfället och tvingades bevittna föräldrarnas plågsamma död. Den upplevelsen måste naturligtvis ha satt sina spår.

Han togs om hand av en moster, som också är död nu, och klarade av sin skolgång utan större problem. Det var först senare det började gå snett för honom. Han råkade aldrig i klammeri med rättvisan, men han drack mer och mer och till slut blev situationen ohållbar. Han fick sparken från jobbet och lyckades av egen kraft ta sig ur spritmissbruket, vilket låter mindre sannolikt men troligtvis är sant. Frågan är om det var spritens bedövande effekt som hade hållit ursinnet inom honom i schack, för det var ungefär då, när han hade slutat dricka, som han började överfalla och våldta kvinnor. Istället för att bedöva ursinnet gav han det fritt utlopp, tänker jag. Men jag vet inte. Alkohol brukar ju inte hämma utan förlösa. Frågan är bara hur mycket han drack när han kände sig sprickfärdig. Söp han sig redlöst berusad kunde han ju knappast ge sig ut och våldta, menar jag. Men jag vet inte hur han gjorde.

Hur känner han sig nu när han varken har det ena eller det andra att ta till? Är han på väg mot bristningsgränsen, och vad kommer i så fall att hända när han når den?

Ute snöar det för fullt. Våren närmar sig, men det har varit kallt länge och snön ligger fortfarande kvar. Där du är finns det väl inget väder, antar jag, men här på jorden blir det mer och mer extremt, med hetta, torka, bränder, skyfall, översvämningar och orkaner. Hur ska det sluta, Mårtensson? Kommer mänskligheten att överleva eller inte? Inte, hoppas jag, för bevisligen var homo sapiens bara ett intressant men misslyckat experiment som det är dags att lägga ner nu. Låt oss dö ut som dinosaurierna en gång dog ut, för vi är fan inte värda livet här på jorden.

Jag längtar efter Tom. Jag känner mig trött och ledsen och vill inte tänka på Sundin och utredningen mer. Jag behöver vila och koppla av. Men Tom är inte hemma i kväll. Han är i studion och läser in en bok som han med nöd och näppe står ut med. Den är så taffligt skriven att det är plågsamt, säger han, med prepositioner som inte stämmer, syftningsfel och meningsbyggnadsfel och ett språk som ligger på ungefär samma nivå som i en skoluppsats på högstadiet.

Jag förstår inte varför jag känner mig så nere. Det är inte likt mig. Att träffa Bengt är kanske inte nyttigt för mig. Jag blir kanske mer påverkad av honom än jag tror. Men jag måste slutföra det. Jag tror inte att han ljuger när han säger att han inte kommer ihåg så mycket av våldtäkterna, men mordet på Karin är jag säker på att han minns in i minsta detalj. Snart får han lov att berätta alltihop så vi blir klara med det här.

Förhör med Bengt Sundin
FL: Förhörsledare
BS: Bengt Sundin

FL: Varför blev du ledsen, Bengt?

BS: För det där du sa, om att ingenting kan hända här. Enda gångerna jag har känt mig trygg i mitt liv är när jag var liten och när jag var full.

FL: Hur gammal var du när du började dricka?

BS: I femtonårsåldern.

FL: Då bodde du hos din moster?

BS: Ja.

FL: Kände du dig inte trygg hos henne då?

BS: Nej.

FL: Varför inte?

BS: Därför att hon… gav sig på mig.

FL: Slog hon dig?

BS: Nej, hon var närgången.

FL: Fysiskt, sexuellt?

BS: Ja. Inte grovt, men tillräckligt för att det skulle kännas obehagligt. Jag fick vara på min vakt hela tiden. Låsa in mig på toaletten och i mitt rum. Så hos henne fanns det ingen trygghet.

FL: Nej, jag förstår.

BS: Men jag hittade en lösning på det problemet också, så småningom.

FL: Vad gjorde du?

BS: (tystnad)

FL: Okej, vi lämnar det så länge. Som du vet är alla resultat från NFC klara. Blodet på stenen som krossade Karins huvud tillhör din blodgrupp och har ditt DNA. Och så har du berättat att du bar med dig stenen i tröjan när du flydde från platsen.

BS: Nej, det har jag inte gjort.

FL: Hade du hennes midjebälte i tröjan också?

BS: Vilket midjebälte?

FL: Det du drog av henne i skogen och tog med dig därifrån.

BS: (tystnad)

FL: Du är där nu, Bengt. Berätta vad som hände.

BS: (tystnad)

FL: Du drar av henne bältet och placerar det i din uppvikta tröja tillsammans med stenen, och så springer du genom skogen ner mot fotbollsplanen och över på andra sidan. Gående eller småspringande fortsätter du mot villakvarteren lite längre bort, och där, på en folktom gata, kastar du in stenen i en häck. Sen fortsätter du att springa med bältet kvar i tröjan och tar dig hem. Varför bar du med dig stenen så långt?

BS: Jag gjorde inte det där. Jag var hemma.

FL: Ansvaret, Bengt, ansvaret som ska placeras där det hör hemma? Det är dags för det nu.

BS: (tystnad)

FL: Att du kom springande med stenen i tröjan och kastade in den i häcken är ingenting som vi tror eller gissar. Det är ett ovedersägligt faktum, på samma sätt som att både ditt och Karins DNA fanns på stenen. Så vad ser du för lösning, annat än att berätta sanningen och kanske få tillfälle att redogöra för eventuella förmildrande omständigheter och få lite förståelse?

BS: Det finns inga förmildrande omständigheter. Inte i andras ögon.

FL: Nej, kanske inte. Men det finns en förklaring, och den är det bara du som känner till, Bengt. Den är det bara du som kan redogöra för.

BS: (tystnad)

FL: Förklara för mig, Bengt. Varför tog du av henne midjebältet?

BS: Det följde med av sig självt, och sen satt det runt hennes ben. Jag slet loss det och tog det med mig.

FL: Varför gjorde du det?

BS: Jag vet inte. Ville väl se vad som fanns i det.

FL: Och stenen?

BS: Den låg där, alldeles intill.

FL: Så vad gjorde du?

BS: Gjorde en ficka på framsidan av tröjan och stoppade ner den där tillsammans med bältet.

FL: Och så sprang du?

BS: Ja.

FL: Vilken väg tog du?

BS: Den du sa. Genom skogen, över fotbollsplanen, in mellan husen.

FL: Hur fort sprang du?

283

BS: Ganska långsamt när jag kom ner till gatan. Jag joggade, kan man väl säga.

FL: Vad kände du?

BS: Upprördhet. Jag tänkte att jag skulle lugna ner mig av att röra mig långsamt. Jag kom liksom in i en rytm och kunde inte stanna. Det var därför det dröjde innan jag kastade ifrån mig stenen. Och tröjan var väldigt blodig på framsidan, så det var bättre att ha den uppvikt så att det inte syntes ifall jag skulle möta nån.

FL: Okej. Du kastade ifrån dig stenen, men bältet behöll du?

BS: Ja, jag ville undersöka det när jag kom hem.

58

Ibland när Holth är stressad för att det har kört ihop sig för honom på jobbet kan han få för sig att göra mig till sin tillfälligt förtrogna. Han fattar ju inte hur jävla negativ till honom jag är. Han seglar in på mitt rum, och utan att fråga om jag har tid eller om han stör mig i mitt arbete, börjar han breda ut sig om sina problem. Jag väntar, utan att lyssna, och när han tystnar säger jag utan minsta känsla: *Det låter besvärligt, du.* Samtidigt tänker jag: Och vafan angår det där mig? Han tar för givet att han kan ta upp min tid med sina egna bekymmer och skiter fullständigt i vad det innebär för mig. Jag är ju fullt upptagen med att förhöra Sundin nu, plus allt annat som måste göras, så Holth har jag fan inte tid med.

Förhör med Bengt Sundin
FL: Förhörsledare
BS: Bengt Sundin

FL: Mötte du några på vägen hem?

BS: Inte vad jag minns. Jag försökte springa där det var tomt på folk och bilar.

FL: Berätta hur det var när du kom hem.

BS: När jag kom fram till porten stannade jag och kollade att ingen stod i entrén och väntade på hissen. Man ser hissen utifrån, alltså, genom glasdörrarna. Sen gick jag in, och hissen var redan nere, så det var bara att kliva in och åka upp. Jag minns att jag... Det finns en spegel i hissen, och den vände jag ryggen åt, minns jag.

FL: Du ville inte se dig själv i spegeln?

BS: Nej, det räckte med att jag såg händerna och tröjan.

FL: Hur såg händerna och tröjan ut?

BS: Dom var blodiga.

FL: Hur kände du dig?

BS: Spänd. Jag var rädd att möta nån när jag kom ut ur hissen. Men det gjorde jag inte, och när jag väl var inne och hade låst dörren slappnade jag av.

FL: Vad gjorde du när du hade kommit in?

BS: Jag skalade av mig allt jag hade på mig och lämnade det i en hög på hallgolvet. Sen gick jag direkt in i badrummet. Först duschade jag, sen tog jag mitt vanliga fredagsbad. Jag hann liksom ifatt då, tycket jag, och det var som om jag aldrig hade varit ute.

FL: Beskriv kläderna du tog av dig.

BS: Ljusgrå fleecetröja, vit T-shirt, svarta jeans, gröna kalsingar, vita strumpor, mörkblå skor.

FL: Tack. Vad gjorde du när du hade badat?

BS: Tog på mig rena kläder och började tänka på vad jag skulle göra med högen i hallen.

FL: Och vad kom du fram till?

BS: Ingenting först. Jag gick och hämtade bältet och tog ut det som låg i.

FL: Och vad var det?

BS: Nycklar och telefon. Mobilen var en omodern typ utan lösenord, och efter ett tag kom jag in i den, men det fanns nästan ingenting i den.

FL: Vad gjorde du med den sen?

BS: Jag stoppade in den i en gammal strumpa och slog sönder den med en hammare.

FL: Och nycklarna?

BS: Stoppade jag ner i samma strumpa och pulade ner i en sko.

FL: Vilken sko?

BS: En av dom jag hade haft på mig.

FL: Okej. Vad gjorde du sen?

BS: Tog itu med kläderna.

FL: Var kläderna blodiga?

BS: Ja, fleecetröjan var det i alla fall, och säkert jeansen också, fast det inte syntes.

FL: Kan du berätta så detaljerat som möjligt vad du gjorde med kläderna.

BS: Strumporna stoppade jag in i den tomma skon. Jeansen, T-tröjan, kalsongerna och bältet klippte jag i mindre bitar. Sen ställde jag skorna inuti fleecetröjan och placerade tygbitarna ovanpå och gjorde ett paket av alltihop. Jag ville få det samlat och kompakt, liksom.

FL: På vilket sätt gjorde du ett paket av det?

BS: Jag vek in ärmarna och kanterna på tröjan och virade silvertejp runt om så hårt det gick. Sen hämtade jag en plastkasse och stoppade ner paketet i den.

FL: Vad tänkte du göra med paketet?

BS: Det hade jag inte bestämt. Men det kändes bra att ha fått det hårt packat och samlat på ett ställe.

FL: Var finns kassen med kläderna nu?

BS: Den är nergrävd på ett säkert ställe.

FL: Kan du visa oss platsen där den ligger?

BS: Ja.

287

FL: När grävde du ner den?

BS: Senare på kvällen. På natten.

FL: Vad grävde du med?

BS: En kastrull.

FL: Du tog med dig en kastrull att gräva med?

BS: Ja, jag äger ingen spade.

FL: Nej, jag förstår. Hur tog du dig till platsen?

BS: Jag cyklade.

FL: Hur fick du med dig kassen och kastrullen på cykeln?

BS: Jag hade alltihop i en ryggsäck på ryggen.

FL: Valde du ut platsen där du skulle gräva i förväg?

BS: Stället bestämde jag i förväg men inte den exakta platsen där jag skulle gräva.

FL: Men du är säker på att du kan peka ut den?

BS: Ja.

FL: Okej, Bengt, då frågar jag dig, innan vi sätter igång och tar det från början, om du är beredd att lämna en fullständig bekännelse rörande mordet på Karin Wiklund?

BS: Ja, det är jag. Men bara i enrum med dig.

59

Vi började med slutet, och Bengt svarade villigt på alla frågor. Han berättade var han hade gömt Karins nycklar och mobil, och under vallning har han pekat ut platsen för oss. Han egna, blodiga kläder fanns också där, och alltihop har skickats till NFC för undersökning.

Vi har nått vårt mål, Mårtensson. Efter hårt och idogt arbete är vi äntligen framme. Våldtäktsmannen och mördaren kommer att fällas i domstol och få lagens strängaste straff. Det är jag helt säker på. Om ett mord har skett genom grymt våld i samband med sexualbrott och offret har befunnit sig i ett hjälplöst tillstånd är straffvärdet enligt praxis livstid.

Ett antal timmar till måste jag hålla skenet uppe och visa intresse för honom, men sanningen att säga är jag rejält trött på honom vid det här laget. Han är inte längre en utmaning, och hur han än kommer att beskriva mordet är det bara kalla fakta som behövs för utredningen och ingenting som jag kommer att lyssna till av intresse för honom själv. Jag känner mig distanserad och kallsinnig till honom nu, och efter det senaste förhöret, som visade hur kall och självupptagen han är, ligger mitt förakt inte långt borta.

Förhör med Bengt Sundin
FL: Förhörsledare
BS: Bengt Sundin

FL: Ja, då är det dags, Bengt. Var vill du börja?

BS: Jag vet inte.

FL: Du var på jobbet som vanligt innan?

BS: Ja.

FL: Träffade du Karin under dagen?

BS: Ja, det antar jag.

FL: Du minns inte?

BS: Det var väl som det brukade.

FL: Och hur brukade det vara?

BS: (tystnad)

FL: Hade du och Karin mycket med varann att göra under en vanlig arbetsdag?

BS: Nej, det kan jag inte påstå.

FL: Kom ni bra överens?

BS: Ja, det var väl inga problem.

FL: Tycker du att det känns svårt att prata om henne?

BS: Nej, men det finns inte mycket att säga. Vi hade en vanlig arbetsrelation och jag kände henne inte närmare.

FL: Hur länge hade ni jobbat ihop?

BS: Sen jag började där för fyra år sen. Men det var inte henne jag hade mest kontakt med.

FL: Vem var det då?

BS: En som heter Jenny. Vi delade till och med rum ett tag.

FL: Okej. Du var alltså på jobbet som vanlig den här dagen, som var en fredag.

BS: Ja.

FL: Minns du hur du mådde?

BS: Som vanligt, antar jag.

FL: Du var inte upprörd över nånting?

BS: Inte vad jag minns. Inte då i alla fall.

FL: Men senare?

BS: (tystnad)

FL: Hade du några särskilda planer för kvällen?

BS: Nej.

FL: Berätta vad du gjorde när du kom hem.

BS: Jag värmde en färdigrätt i mikron och åt middag. Sen satte jag mig vid datorn och googlade lite.

FL: Vad googlade du på?

BS: Det minns jag inte. Lite allt möjligt.

FL: Gick du in på Facebook också?

BS: Ja.

FL: Har du många Facebookvänner?

BS: Ja, alltför många kan jag tycka.

FL: Finns det några som du har närmare kontakt med än andra?

BS: Ja, några stycken. Men dom flesta är halvkändisar som jag inte är personligen bekant med.

FL: Men du gick alltså in på Facebook och kollade.

BS: Ja, det var då jag blev upprörd.

FL: Minns du varför?

BS: Det vill jag inte gå in på.

FL: På vilket sätt kände du dig upprörd då? Vad var det för känslor du fick?

BS: Jag fick den där instängdhetskänslan och rastlösheten.

FL: Och vad gjorde du då?

BS: Gick ut. Tänkte att jag skulle ta en promenad eller springa lite för att lugna ner mig.

FL: Anade du redan då hur det skulle sluta?

BS: Ja, jag kände ju igen känslan från andra gånger.

FL: Kan du beskriva känslan lite närmare?

BS: Instängdhet, maktlöshet, desperation, ilska.

FL: Men din tanke var att du skulle försöka lugna ner dig och inte ge utlopp för känslan?

BS: Ja.

FL: Så vad hände?

BS: Jag gick upp till Vråken, och där fick jag nästan genast syn på en kvinna som sprang framför mig i spåret. Jag skyndade ifatt henne och grep tag i henne bakifrån och drog omkull henne. Hon hade en röd tröja på sig, och den drog jag upp till halsen och spände åt. Sen släpade jag in henne i skogen.

FL: Gjorde hon motstånd?

BS: Ja, men hon tappade luften nästan på en gång.

FL: På grund av tröjan som du drog åt om hennes hals?

BS: Exakt.

FL: Det var så här Tunnelmannen brukade gå till väga?

BS: Ja, det kändes inövat och vant.

FL: Du kände att du hade kontroll över situationen?

BS: Ja, definitivt.

FL: Hur långt in i skogen släpade du henne?

BS: Tjugo meter kanske. Så långt att ljuset från spåret inte nådde dit.

FL: Vad gjorde du sen?

BS: Fick ner henne på rygg och försökte få av henne

292

byxorna.

FL: Hur höll du fast henne?

BS: Det minns jag inte. Hon bråkade och försökte kom-
ma loss. Och plötsligt kände hon igen mig och sa: *Men är
det du?* Och då såg jag vem det var.

60

Jag har fått ett mejl från Eva, din fru. Så här skriver hon:

Hej, Ann-Catrin, hoppas allt är bra med dig. Vad skönt att ni har fått fast Tunnelmannen, så att han inte kan göra mer skada!

Barnen och jag mår efter omständigheterna bra, och jag trivs med mitt nya jobb. Som du vet bor vi i min barndomsstad nu, nära mina föräldrar, och jag får mycket hjälp med barnen. Det är till gagn för oss alla att vi har kunnat ordna det så här.

Hur går det med graven? Det är lite sorgligt att vi har den så långt ifrån oss, men jag vet hur mycket Göran uppskattade dig (och du honom, har jag förstått), så den kan inte vara i bättre händer än dina. Men lova att du säger till om du tycker att det blir för betungande att sköta om den, så ordnar jag det på annat sätt.

Nu till saken: Jag har fått ett mejl från Mona, som bodde granne med oss innan jag och barnen flyttade. Det blev ju aldrig riktigt klarlagt hur det gick till när Göran dog, och jag vet att du, liksom jag, inte var nöjd med det, och därför bifogar jag hennes mejl till dig. Det innehåller nämligen en möjlighet att få veta mer, och den möjligheten har jag använt mig av och antar att du vill göra detsamma. För att du ska kunna lyssna förutsättningslöst om du ringer till henne, avstår jag från att gå in på vad hon sa till mig. Du som är polis vill kanske gå vidare med det, för allt har inte fått sin fulla förklaring, även om jag vet det viktigaste nu. Det är så skönt att ovissheten är över, och det hoppas jag att du också ska tycka! Här kommer Monas mejl.

Hej Eva! Förlåt att jag inte har hört av mej, men du vet hur det är... Hur har ni det där uppe? Här är allt som vanligt. Våra nya grannar är trevliga, men vi umgås inte närmare och jag saknar dej, Göran och barnen! Att jag skriver till dej nu beror på att det har hänt en sak som jag tror att du gärna vill veta. En dag när jag och en väninna (som du inte känner) var ute och promenerade passerade vi stället dör Göran hittades, och då berättade jag för henne om honom. Hon blev intresserad och började ställa frågor, och jag svarade så gott jag kunde. Till slut sa hon: Då var det honom jag såg! Sen berättade hon vad hon visste, och det var ganska mycket, så jag tror att det är bättre om du får höra det direkt från henne själv än att jag ska försöka berätta det här. Jag frågade henne om det är ok att du ringer till henne, och det var det, sa hon, så jag bifogar hennes namn och telefonnummer. Att jag inte ringer till dej och berättar, beror alltså på att jag tror att det är bäst att du pratar med henne själv, om du till exempel har frågor som jag inte kan svara på eller om jag börjar babbla och säga saker som kanske inte stämmer. Ja, du vet ju hur jag är när jag kommer igång! Hör gärna av dej när du har pratat med henne! Ring eller mejla, vilket du vill, så kan vi kanske fortsätta att ha kontakt framöver?
Kram, Mona.

Det var snällt av Eva att tänka på mig, och jag är glad att hon förstår hur gärna jag vill veta vad som hände när du dog. Jag har inte ringt till hennes väninna än, men när jag gör det kommer jag att föreslå att vi ska träffas. Det kan ju hända att väninnan inte är så tillförlitlig som Eva tycks tro, och det vill jag bilda mig en egen uppfattning om, vilket sker bäst öga mot öga. Jag har bestämt mig för att vänta med att kontakta henne tills förhören med Bengt är avslutade. Jag vill koncentrera mig på en sak i taget, och slutet närmar sig, så snart är jag förhoppningsvis av med honom en gång för alla.

Förhör med Bengt Sundin
FL: Förhörsledare
BS: Bengt Sundin

FL: Vad tänkte du när du såg att det var hon?

BS: Fan i helvete, tror jag. Sen fick hon in en spark som träffade mig över näsan. Hon kom loss och upp på knä och började krypa iväg. Det såg så jävla patetiskt ut! Vafan trodde hon? Att hon skulle komma undan? Det kunde jag inte tillåta.

FL: Så vad gjorde du?

BS: Jag fick tag i en sten och slog den i skallen på henne.

FL: Var träffade slaget?

BS: I bakhuvudet. Och det stöp hon av.

FL: Hon stöp.

BS: Ja, föll ihop så att jag kunde vända på henne och få av henne byxorna.

FL: Vilken sorts byxor hade hon?

BS: Nån sorts joggingbyxor med resår i midjan.

FL: Hur långt ner drog du byxorna?

BS: Till fötterna. Men sen…

FL: Ja?

BS: Sen kunde jag inte.

FL: Vad kunde du inte?

BS: Ta henne.

FL: Ta henne sexuellt, menar du?

BS: Ja.

FL: Var hon vid medvetande där hon låg?

BS: Det vet jag inte. Kanske inte, för hon rörde sig inte.

FL: Såg du hennes ansikte?

BS: Det minns jag inte.

FL: Vad var det som gjorde att du inte kunde ta henne, som du säger?

BS: Jag var inte fysiskt kapabel till det.

FL: Du hade ingen erektion?

BS: (tystnad)

FL: Var det så, Bengt, att du inte var tillräckligt hård för att komma in i henne?

BS: Ja.

FL: Vad berodde det på?

BS: Att jag var bekant med henne. Att det var hon. Att hon inte var lika namnlös och okänd som dom andra.

FL: Vad kände du när du inte lyckades få erektion?

BS: Frustration.

FL: Vad tänkte du?

BS: Att det var en jävla otur att det var just henne jag hade råkat på.

FL: Visste du att hon brukade springa vid Vråken?

297

BS: Nej, jag visste inte ens att hon motionerade.

FL: Du blev frustrerad, säger du.

BS: Ja, eller förbannad, rent ut sagt. Men å andra sidan...Vem fan skulle vilja knulla den där jävla surkärringen!

FL: Du gillade henne inget vidare?

BS: Det var hon som inte gillade mig. Skulle alltid vara så jävla kritisk och beskäftig. Hon och Jenny var emot mig båda två. Dom gaddade ihop sig och försökte frysa ut mig. Men det lyckades dom inte med! Jag hade chefens stöd, så där högg dom i sten!

FL: På vilket sätt försökte dom frysa ut dig?

BS: Det vill jag inte gå in på. Det hör inte hit. Det var inte därför jag... När jag fick den där sparken över näsan var det klippt. Då var det kört för hennes del. Då visste jag att hon skulle få vad hon förtjänade.

FL: Vad gjorde du?

BS: Det vet du. Det behöver vi inte gå in på.

FL: Du körde in en knytnäve i henne.

BS: Ja.

FL: Varför gjorde du just det?

BS: Det kan jag inte svara på.

FL: Men det var inte första gången du gjorde så mot en kvinna?

BS: Nej.

61

Jag är inte klar med Sundin än, men jag kunde inte vänta med att ringa till kvinnan som såg dig. Jag har redan träffat henne, och nu vet jag vad som hände när du dog.

Louise Löfquist

Vi var ute och gick, Mona och jag, och jag hade min lilla hund med mig, som jag alltid brukar ha. Vid ett tillfälle när hon stannade och började nosa på marken, sa Mona att precis där hade en granne till henne ramlat ihop och dött. Det var mannen i familjen som hade dött, alltså, och det hade hänt för ungefär ett år sen. Jag frågade hur det hade gått till, och hon sa att han hade varit ute i ett ärende ganska sent på kvällen och inte kommit hem igen, och sen hade han hittats död där på trottoaren.

Då mindes jag att jag hade sett en man ramla omkull där en kväll. Jag fick syn på honom från en buss som jag satt i. Han kom gående i ganska snabb takt med en hopvikt papperskasse i ena handen, och plötsligt halkade han till och föll handlöst bakåt. Han hann inte ta emot sig alls och måste ha slagit huvudet i marken. Det hade snöat lite under kvällen, och troligtvis halkade han på en isfläck som inte syntes under snön. Jag vände mig om i bussen för att se om han kom på fötter igen, och då såg jag att två killar närmade sig, så jag tänkte att även om han hade skadat sig så skulle han få hjälp.

Ja, och så var bussen förbi och jag såg inget mer. Jag

åker ofta förbi det där stället, och jag känner så väl igen det, för det finns en liten plantering där med ett lågvuxet prydnadsträd som får illröda löv på hösten. Men då, när det hände, var det vinter och snö. Jag hade glömt bort alltihop, men nu när Mitzi började nosa där, och Mona sa att hennes granne hade hittats precis där, kom minnet tillbaka. Men aldrig kunde jag väl tro att mannen jag såg slog sig så illa att han dog!

Men så var det alltså, och dessutom var han granne med Mona. Hon hade ju berättat tidigare om en granne som var polis och som hade dött, men den gången sa hon ingenting om var det hade hänt och hur det hade gått till, så jag kopplade inte alls ihop det med det jag hade sett. Hon hade också berättat att grannhuset skulle säljas och att frun och barnen skulle flytta till Norrland eller vad det var, och nu sa hon att frun alltid hade undrat hur det egentligen hade gått till när hennes man dog och frågade mig om jag kunde tänka mig att berätta det för henne om hon fick ringa till mig. Och det gick jag naturligtvis med på, fast jag inte tyckte att jag hade så mycket att komma med. Jag tror att frun ville utesluta att det inte var nån buse som hade attackerat och knuffat omkull hennes man. Och på den punkten kunde jag lugna henne, för jag såg tydligt att han bara halkade och föll. Det fanns ingen annan i närheten just då. Men sen kom det ett par killar som jag tänkte att han skulle få hjälp av, och när jag berättade det för frun sa hon att det var konstigt, för efter vad hon hade hört så var det en kvinna som hade hittat honom och ringt efter ambulans. Men jag såg att killarna var på väg fram till honom, så varför var det inte dom som ringde? Man lämnar väl inte en skadad eller död människa på en trottoar och går vidare som om ingenting har hänt? Men det måste dom alltså ha gjort, om det inte var så att kvinnan kom nästan samtidigt fast jag inte hann se henne, och att det blev hon som ringde fast killarna fortfarande var kvar. Dom hade kanske ingen telefon. Så kan det ha gått till, sa jag till frun, och det höll hon med om, men det hon tyckte var viktigast var att hon visste nu att ingen hade överfallit honom.

Sen dröjde det inte så länge förrän en kvinnlig polis ringde och ville träffa mig i samma ärende. Hon hade varit kollega med den döda polisen och kände hans fru. Vi träffades på ett fik och jag berättade samma sak för henne som jag hade berättat för frun. Hon frågade om dom där killarna och bad mig beskriva deras utseende, men det kunde jag inte mer än att dom var unga och eventuellt invandrare. Kriminella kanske, tänker jag nu, och det kan ju vara en förklaring till varför dom inte ringde efter hjälp. För jag antar att polisen kom dit, och det ville dom förstås undvika om dom inte hade rent mjöl i påsen.

62

Herregud, Mårtensson, du gick helt enkelt och halkade omkull och slog ihjäl dig! Några av oss i gruppen vid den tiden misstänkte att det kunde ligga annat bakom, men Holth var bergsäker på att det var en olycka. *Snöplig sorti för en tuff snut!* minns jag att han sa, och han såg nästan belåten ut, tyckte jag, som om det gladde honom att du inte hade dött ärofyllt i tjänsten istället.

Det finns ingen polisrapport om själva händelsen, för vi blev aldrig tillkallade. Det var bara ambulansen som kom och hämtade dig, och då var du redan död.

Jag har varit där och tittat. Vid sidan av trottoaren, runt ett litet träd, finns det en låg stenkant som ditt huvud måste ha träffat när du halkade och föll. Du hade maximal otur. Fast värre och plågsammare sätt att dö på finns det ju, och det är i alla fall skönt att veta att det gick fort och att ingen annan var inblandad.

Jag saknar dig fortfarande, Mårtensson. Jag kommer aldrig mer att få höra din röst. Jag kommer aldrig mer att få uppleva den närhet vi hade, när en av oss sa nånting som den andra genast förstod och kunde spinna vidare på. Jag kommer aldrig mer att få se dig.

Ibland tänker jag att det är extra svårt för mig att lämna dig därför att tomheten efter dig påminner om tomheten jag kände efter pappa. Men jag vet att det börjar bli dags nu. Jag tycker inte att det är riktigt normalt att jag har den här fantasikontakten med dig. Den hindrar mig antagli-

302

gen från att uppleva den kvarvarande sorgen över både pappa och dig, och det vill jag inte. Bara jag är klar med Tunnelmannen ska jag ta itu med det, och sen får det vara slut med allt flyktbeteende för min del.

Förhör med Bengt Sundin
FL: Förhörsledare
BS: Bengt Sundin

FL: I den här första omgången tar vi det i lite större drag, och så återkommer vi till detaljerna senare. Det är du införstådd med?

BS: Ja.

FL: Så vad gjorde du när din värsta frustration hade lagt sig och du tyckte att hon hade fått nog?

BS: Då började jag tänka på att ta mig därifrån. Jag kände att näsan värkte och blödde, men det mesta hade stannat av och jag trodde inte att jag hade skvätt blod omkring mig medan jag höll på med henne. Men det kunde kanske ha hamnat lite blod på stenen när hon precis hade sparkat till mig och det rann som värst, tänkte jag, så jag letade reda på den och bestämde mig för att ta den med mig. Sen såg jag bältet runt hennes fötter och slet loss det med tanken att det var det enda som kunde avslöja vem hon var och att jag skulle vinna lite tid på att inte lämna det kvar. Jag trodde att hon var död och inte skulle kunna berätta nånting själv, alltså.

FL: Men du försäkrade dig inte om att hon var död?

BS: Nej, men så skadad som hon var kunde hon omöjligt leva, tänkte jag.

303

FL: Du var medveten om att du hade tillfogat henne livshotande skador?

BS: Ja.

FL: Vad kände du inför det?

BS: Att det var oundvikligt.

FL: Vad var oundvikligt?

BS: Att hon skulle dö. Men jag gick inte in för att döda henne medan jag höll på. Det bara blev så. När ilskan hade gått över skulle jag inte ha kunnat slå ihjäl henne om hon fortfarande hade visat livstecken. Så det var tur att hon dog av det hon redan hade fått.

FL: Men nu sitter du ändå här med hennes liv på ditt samvete.

BS: Ja, det är för jävligt.

FL: Du lugnade ner dig, säger du, och började tänka rationellt.

BS: Exakt.

FL: Vad kände du medan det pågick då?

BS: Blint raseri.

FL: Skulle du ha kunnat hejda dig?

BS: Nej, inte en chans.

FL: Var det här första gången du använde ett tillhygge mot en kvinna?

BS: Ja, den jävla subban försökte ju…

FL: Du kunde inte låta henne komma undan.

BS: (tystnad)

FL: För då skulle hon ha kunnat avslöja dig.

BS: Ja, men det var inte planerat.

FL: Det var bara tur för dig att hon inte överlevde.

BS: Exakt.

63

Nu har Tunnelmannen börjat visa sitt rätta ansikte. Herregud, Mårtensson, vilken kallblodig jävla skithög han är! Nu stämmer bilden med den person som våldtäktsoffren har berättat om. Han är totalt känslokall. Jag hade all möda i världen att inte visa vad jag kände när han gav uttryck för sin brist på empati för Karin och sin brist på ånger över vad han har gjort. I stora drag har han redogjort för och erkänt allt, men vi måste ju tröska igenom det ett antal gånger till innan vi är klara med honom. Just nu känns det som om jag inte ska orka lyssna på honom mer. Den här världen, Mårtensson, med all ondska och allt lidande, är svår att stå ut med ibland. Som polis ser man alldeles för mycket av den mörka sidan och blir desillusionerad och uppgiven.

Desillusionerad och uppgiven blir man av alla idioter på Facebook också. Jag är med i en grupp som heter "Jag flyger inte för klimatets skull". Ibland, när folk skriver för mycket om sina flygresor, brukar jag lägga in gruppens namn och bakgrundsfoto i kommentarsfältet som motvikt. Här är ett exempel:

En man vid namn Dag Burman befann sig på en sydeuropeisk flygplats och hade lagt ut en liten karta med sin planerade flygresa markerad.

DB: Nu blir det ett par sköna vårdagar i gamla Svedala som omväxling.

Jag: Jag flyger inte för klimatets skull.

DB: Jag har inga problem med att du tycker så, Ann-Catrin.

Jag: Nej, problemet är ju att folk fortsätter att flyga trots att alla vet vad det innebär för klimatet. Det är helt obegripligt för mig.

DB: Tack, men det är jävligt magstarkt att läxa upp mig på min egen vägg! Jag flyger för att min tid är värdefullare för mig än några miljöpartisters åsikter. Ha det bra!

Jag: Du vill inte att andra ska kommentera dina inlägg här på Facebook?

DB: Du kanske även går fram till folk du inte känner och kritiserar dem? Jag tycker att vi slutar att lägga oss i hur vi båda använder vår fritid. Trevlig helg!

Jag: Aha, du vill bara ha kommentarer från folk du känner personligen (och som tycker som du?). Då är det ingen idé att vi är "vänner" längre. Och nu när du har visat graden av din intelligens blir ditt frånfälle ingen större förlust, kan jag säga.

Och så tog jag bort honom.

Jag vet inte om du känner till honom, men Dag Burman är en ganska känd deckarförfattare som jag har haft som Facebookvän sen den tiden då jag utifrån mitt film- och litteraturintresse gick in för att skaffa mig kulturella Facebookvänner. Jag har inte läst några av hans böcker, och det är jag glad för nu när han har visat vilken sorts människa han är.

Jag flyger inte-sidan är tydligen ett bra hjälpmedel om jag vill skilja agnarna från vetet bland mina Facebookvänner. Mitt främsta syfte är inte att få puckona att träda fram och avslöja sig, utan att en och annan lite vettigare människa ska tänka till och kanske lägga av med flygandet. Inte särskilt troligt, men jag kan inte låta dumheterna bara passera heller. Så länge folk blundar för sanningen och inte ens skäms över att lägga ut info om sina flygresor på Facebook kommer jag att vara där ibland och visa var jag står. Den som inte tål det får mer än gärna ta bort mig som vän, för puckon är jag definitivt inte intresserad av.

64

Det var inte så djupt och allvarligt som jag trodde, Mårtensson. Det var ingen oförlöst gammal sorg över dig och pappa som låg där och ruvade. Men det har blivit så tydligt, nu när du är borta och jag har träffat Tom, vilken torftig gemenskap jag har på jobbet. Ingen av mina nuvarande kolleger är på samma våglängd som jag, och det gör att jag ofta blir uttråkad och drar mig undan. Jag vet att det är fel, men jag kan inte hjälpa det. Jag tappar gnistan och blir alldeles tom. Det är därför jag vänder jag mig till dig. Jag tar tillbaka tanken jag hade om att det inte är riktigt normalt, för nu förstår jag att det är ett sätt för mig att hålla mig alert och vid gott mod när kontakten med min omgivning blir för ytlig och oinspirerande.

Nu när Sundin är gripen och har erkänt är min egen drivkraft gällande det här fallet inte särskilt stark längre. Alla relevanta frågor är ju besvarade. Vem är offret? Var skedde brottet? När skedde brottet? Hur genomfördes brottet? Vem begick brottet? Varför genomfördes brottet?

Ja, varför? För att gärningsmannen är skadad, sjuk, ond, galen? Det skiter jag faktiskt i. Jag är innerligt trött på honom och vill bara se fallet avslutat. Att nysta upp ett par lösa trådar är allt som återstår för min del. Sen får andra ta över.

Förhör med Bengt Sundin
FL: Förhörsledare
BS: Bengt Sundin

FL: Vad hände med din moster?
  BS: Hon dog.
  FL: Hur gammal var du då?
  BS: Sjutton.
  FL: Var det bara du och hon, eller hade hon egna barn också?
  BS: Hon var gift men hade inga barn.
  FL: Hur blev det när hon hade dött då? Bodde du kvar hos hennes man?
  BS: Ja. Men han var borta nästan jämt.
  FL: Av vilken anledning?
  BS: Jobb. Han jobbade på en oljeplattform i Norge.
  FL: Hur länge bodde du kvar hos honom?
  BS: Tills jag var klar med gymnasiet.
  FL: Och vad gjorde du sen?
  BS: Skaffade jobb och egen lägenhet.
  FL: Du yrkesutbildade dig också?
  BS: Mm.
  FL: Hur dog din moster?
  BS: Hon blev sjuk.
  FL: På vilket sätt?
  BS: Hon hade lunginflammation och fick ingen vård.
  FL: Hur kom det sig?
  BS: Hon hade influensa och låg ensam hemma och blev så svag att hon inte orkade ringa efter hjälp.
  FL: Hur vet du det?

309

BS: Det var vad folk sa efteråt.

FL: Var inte du där och hjälpte henne då?

BS: Jo, i början. Jag gav henne mat och medicin och så. Men sen blev hon bättre och då stack jag iväg med en kompis till Åland över helgen. Hon sa att det var okej att jag åkte.

FL: Hennes man var inte hemma?

BS: Nej. Men hon klarade sig, sa hon. Hon hade ju telefon och så, om hon skulle behöva ringa.

FL: Mm. Och vad hände sen?

BS: När jag kom hem var hon död. Då låg hon död i sängen.

FL: Var det du som hittade henne?

BS: Ja.

FL: Vad gjorde du då?

BS: Gick till en granne och skaffade hjälp.

FL: I vilken sorts hus bodde ni?

BS: I ett höghus.

FL: Vilken våning?

BS: Sjätte.

FL: I ett tidigare förhör har du sagt att din moster ofredade dig och att du "hittade en lösning på det problemet också så småningom". Vad menade du med det?

BS: Att jag flyttade så fort jag kunde.

FL: Men när du flyttade hade hon ju redan varit död i ett par år?

BS: Ja, men jag ville inte ligga nån till last, så att flytta var lösningen. Det var så jag tänkte hela tiden. Och Kurt tyckte att det var mitt fel att hon dog.

FL: För att du lämnade henne ensam när hon var sjuk?

BS: Ja.

FL: Vilka symtom hade hon när hon var sjuk?

BS: Hon hade hosta och feber. Orkade knappt gå på toa en gång.

FL: Hur länge hade hon varit sjuk innan du åkte till Åland?

BS: Det minns jag inte.

FL: Men då hade hon börjat bli bättre?

BS: Ja.

FL: Ja, som du kanske förstår Bengt, så börjar du och jag bli klara med det här nu. Vad känner du inför det?

BS: Att det var roligt så länge det varade.

FL: Roligt?

BS: Ja, är det inte så man brukar säga?

FL: Jo, ibland.

BS: Jag läste en gång att ingen härdar ut mer än tio år i fängelse eller mer än ett år i ensamcell.

FL: Mm.

BS: Jag har alltid vetat hur det känns att vara instängd, men det jag inte visste var hur otroligt långsamt tiden går när man är avskuren från allt och alla.

FL: Mm.

BS: Men det skiter väl du i. Hur det känns för mig, menar jag.

FL: Ja, det gör jag faktiskt. För mig är du bara ett avslutat fall nu.

BS: Åh fan.

FL: Ja, vad trodde du då?

BS: Ingenting.

65

När mitt sista förhör med Bengt var avslutat och jag hade vänt ryggen åt honom och var på väg att lämna rummet hörde jag honom säga bakom mig: *The collector*. Jag hejdade mig vid dörren och frågade vad han menade, men han bara såg på mig och log sitt självbelåtna leende. Vad sysslar han med nu då? tänkte jag. Vad betyder det där? The collector? Samlaren?

Jag kände på mig att det var nån sorts fingervisning som han i sin inbillade överlägsenhet ville ge mig. När jag kom tillbaka till mitt rum googlade jag på det.

Det första som kom upp var en film, men det finns en bok också med samma namn. Filmen är en amerikansk skräckfilm från 2009. Så här beskrivs den:

Arkin är en ex-fånge som jobbar som hemrenoverare åt familjen Chase. Arkins fru står i skuld till lånehajar, och för att skydda sin fru och deras dotter planerar Arkin att bryta sig in i familjen Chases hus och stjäla en sällsynt gem som de har gömt i ett kassaskåp, så att han ska kunna använda det för att betala tillbaka till hajarna. När han kommer in i huset upptäcker Arkin snabbt att någon annan redan har brutit sig in och har gömt ett flertal fällor runt omkring. Den andra inkräktaren ("The Collector") har satt familjen i fara, och Arkin tvingas försöka lista ut ett sätt att rädda dem som han från början avsåg att råna.

Boken "Samlaren" är en engelsk thriller från 1963 skriven av författaren John Fowles, och den beskrivs så här:

En ensam och udda man, Fredrick Clegg, samlar fjärilar och beundrar den vackra studentskan Miranda Grey på avstånd. När han en dag vinner en större summa pengar slutar han sitt jobb och kan äntligen få utlopp för sin besatthet. Han kidnappar Miranda och tänker hålla henne fången i källaren till dess att hon älskar honom. Han tror att han kan vinna hennes kärlek genom respekt och gåvor. Första delen av romanen berättas utifrån Fredricks perspektiv och den andra delen ur Mirandas.

Boken filmatiserades 1965, och det fanns en trailer på både den och skräckfilmen. Jag tittade på båda men blev inte mycket klokare för det. Ska jag behöva se hela filmen och läsa boken för att förstå vad Bengt menade? tänkte jag. Har jag verkligen lust med det? Han kanske bara svamlade, och så hittar jag lik förbannat ingenting.

Men jag känner på mig att han har nånting med sin mosters död att göra. Jag tror att han ljög när han sa att hon mådde bättre innan han åkte iväg. Jag tror att det var tvärtom, att hon mådde sämre, och att han lämnade henne i hopp om att hon skulle bli ännu sämre och kanske till och med dö. Han kanske inte gav henne rätt sorts medicin, så att febern steg i stället för sjönk. Han kan ha gett henne vad fan som helst eller ingenting alls.

Men hur blir man så svag att man inte orkar ringa efter hjälp? Även om man känner sig så totalt orkeslös som jag själv gjorde när jag hade influensa, klarar man väl av att ringa? Men kanske inte, om man har så hög feber och är så borta att man har tappat verklighetsuppfattningen.

När han berättade om det började han uttrycka sig som en tonåring, tyckte jag, som om han föll tillbaka i tid och rum. Jag har ofta tänkt på att det han känner och vill förmedla avspeglar sig väldigt tydligt i hans uttryckssätt. Det är som om han vid olika tillfällen blir olika personer med olika sorters språk.

Jag frågade Tom om han kände till filmen eller boken som jag hade hittat på nätet. Ja, filmen från 2009 hade han hört talas om men inte sett, och boken hade han läst och hade till och med kvar i sin bokhylla. Han gick och hämtade den och började bläddra i den och sa:

Ja, nu minns jag.

Hur slutade den? Klarade hon sig? Släppte han henne eller lyckades hon fly?

Ingetdera. Hon dog.

Mördade han henne?

Ja, indirekt. Hon blev sjuk, och han lät bli att skaffa läkarhjälp. Jag minns hur upprörande jag tyckte att det var när jag läste boken.

På vilket sätt var hon sjuk?

Hon hade lunginflammation.

Åh, herregud, tänkte jag. Det var alltså så Bengt gjorde. Han låste in mostern i sovrummet och lämnade henne ensam i två dagar. Han lät henne ligga där och dö, precis som killen i boken gjorde. Det var det han ville tala om för mig innan jag gick.

Eller hittade han bara på för att göra sig märkvärdig? Det får jag aldrig veta. Men sista ordet fick han, den jävla skitstöveln, och det kan jag väl bjuda på med tanke på allt elände som garanterat väntar honom.

En sexförbrytare står lågt i rang i fängelset, och Bengts nedlåtande stil kommer definitivt inte att göra det lättare för honom. Han kommer att bli utfryst, trakasserad och misshandlad. I fängelset är det inte svaga kvinnor han har att göra med utan garvade busar som är mycket starkare än han själv.

Och några besök utifrån lär han inte få. Vilka skulle det vara? Han är ensam. Ingen bryr sig om honom och ingen vill ha med honom att göra. Han kan lika gärna dö. Det kommer han att tycka till slut, och det är inte mer än rätt med tanke på allt ont han har gjort.

66

Jag trodde att författare var ett klokt och vidsynt släkte, men så är det tydligen inte. Nu är det en till som har visat sitt rätta ansikte.

Efter att ha tagit del av den kända deckarförfattarinnan Carina Gustavssons planerade flygresa, deklarerade jag kort och koncist mitt ställningstagande på hennes Facebooksida, och det ledde till att jag fick följande personliga meddelande:

Hej Ann-Catrin! Jag har gott om pengar och ger i storleksordningen 20 000 svenska kronor i månaden till miljö, utsatta barn och vuxna, akuta katastrofer, handikappade, mun- och fotmålare, flickor i länder där flickor inte anses värda utbildning osv. Gör du det? Nej, gissade det. Du tycker kanske att jag ska håna dig offentligt för det? Om inte föreslår jag vapenvila. Du får jättegärna vara aktivist på din egen Facebook-sida, men inte på min. Förlåt att jag inte, som många andra författare, skryter med min "godhet", men jag har valt bort kändisskapet också, och jobbar på att skriva bra böcker i stället för att jämföra mig med andra. Lycka till med ditt välgörenhetsarbete!

På det svarade jag:

Du vill att alla ska hålla med dig och bara ge dig gillamarkeringar? Ingen får ge uttryck för en motsatt åsikt på din sida? Då känner du dig hånad och går i försvarsställning? I så fall är det ingen idé att vi är "vänner" längre, för det blir alldeles för begränsat för mig. Jag spar ditt meddelande och lägger ut det på Facebook som ett exempel på vad som kan hända när man berättar för en "vän" att man har valt att inte flyga för klimatets skull. Det är intressant, tycker jag, vilken otroligt öm tå man trampar på när man uttrycker sin åsikt i den frågan.

Jag kommer inte att lägga ut det, men hon kan gärna få tro det ett tag. Sen tog jag bort henne eftersom hon hade gått över gränsen. Efteråt tänkte jag: När hon har lugnat ner sig inser hon hur avslöjande hennes aggressiva meddelande var och ångrar sig. Hon kommer inte att höra av sig mer.

Men där bedrog jag mig, för nästa gång jag gick in på Facebook hittade jag ett meddelande till.

Det är ingen öm tå. Jag är också mycket bekymrad när det gäller klimatfrågan. Jag gör mitt yttersta när det handlar om återvinning, att inte slösa energi o.s.v. Tar alltid tåget när det går, kör inte bil. Känner dock inte att jag måste ge upp mitt största intresse, att resa, för klimatets skull. Det finns betydligt värre bovar än jag, i Sverige men framför allt utomlands. Känner du att du mår bättre av att ge dig på en Facebookvän på semester så är det bara att gratulera. Min invändning rörde inte din oro för planeten, utan det faktum att du väljer just min Facebooksida för att utöva aktivism, och inte t.ex. din egen. Hämnd på det sätt du hotar med är under min värdighet.

Så du kan känna dig helt trygg med att jag inte kommer att kritisera dig på din tidslinje för att du t.ex. inte har byggt ett barnhem i Rumänien. Men ha så kul när du även fortsättningsvis drar mig i gruset på Facebook!

Herregud, Mårtensson, hur är folk skapta? Det var så urbota dumt att det inte ens var värt att bemöta.

Om jag vore i hennes kläder skulle jag inte må särskilt bra nu. Inte för att jag hade låtit min frustration gå ut över en oskyldig, för det skulle jag naturligtvis inte erkänna för mig själv, utan för att jag hade luftat mina känslor utan att ha nått fram till själva problemet. Att jag omedvetet hade lurat och svikit mig själv, alltså. Men det förstår hon nog inte, utan hon fortsätter säkert att göra mig till syndabock för det obehag hon eventuellt kände efteråt.

Jag har inte läst några av hennes böcker, men jag har googlat lite på henne. Hon är femtiofem år, högskoleutbildad, framgångsrik i ett annat yrke innan hon började skriva, översatt till trettio språk... Hur kan en person med den bakgrunden bete sig så otroligt korkat?

67

Det är en stor lättnad att vara av med Sundin. Jag kommer aldrig att få veta om han orsakade mosterns död, men det är det inte mycket att göra åt. Han kommer garanterat att få vad han förtjänar ändå. Däremot skulle jag gärna vilja veta om det var Ynkryggen som tog Alva. Det har visat sig att han bodde granne med hennes mormor när Alva försvann, och med tanke på det han skrev i brevet till mig är den omständigheten definitivt värd att beakta. Jag hoppas att kollegerna går till botten med det och undersöker hans lägenhet för att om möjligt hitta tekniska spår.

Hur har du det där uppe i din himmel, Mårtensson? Bra, hoppas jag. Här på jorden är det mest elände som vanligt, med krig, svält, lidande och död. Om jag håller mig till det allra närmaste kunde det vara bättre här också. Jag ska inte klaga, men förutom alla brott och allt våld som vi ställs inför på jobbet, har vi högsommarvärme fast det bara är vår än. Det känns inte riktigt normalt, och jag undrar hur det kommer att sluta.

Jag känner mig så modfälld och sorgsen. Det är tur att jag har jobbet, så att jag inte hinner grubbla så mycket. Och det är tur att jag har dig och Tom. Jag har i alla fall fått uppleva vänskap och kärlek under min tid på jorden. Jag har fått uppleva *samförstånd*, som det tycks finnas så lite av här i världen.

När det gäller jobbet har vi fått ett nytt mord att utreda. Den här gången är det en trettiosexårig man som har fått sätta livet till. Larmet kom i förrgår klockan 19.23. Det var en kvinna som ringde och sa att hon hade hittat sin sambo liggande död i en blodpöl på köksgolvet. I nuläget tyder det mesta på att det är hon själv som har slagit ihjäl honom.